本书由山东青年政治学院学术专著出版基金资助出版

# 明代《文心雕龙》接受研究

杨 倩 著

中国社会科学出版社

# 图书在版编目（CIP）数据

明代《文心雕龙》接受研究 / 杨倩著 . —北京：中国社会科学出版社，2016.7

ISBN 978 - 7 - 5161 - 8784 - 5

Ⅰ.①明… Ⅱ.①杨… Ⅲ.①文学理论—中国—南朝时代 ②《文心雕龙》—研究 Ⅳ.①I206.2

中国版本图书馆 CIP 数据核字（2016）第 191372 号

| 出 版 人 | 赵剑英 |
| --- | --- |
| 责任编辑 | 顾世宝 |
| 责任校对 | 张　慧 |
| 责任印制 | 戴　宽 |

| 出　　版 | 中国社会科学出版社 |
| --- | --- |
| 社　　址 | 北京鼓楼西大街甲 158 号 |
| 邮　　编 | 100720 |
| 网　　址 | http://www.csspw.cn |
| 发 行 部 | 010 - 84083685 |
| 门 市 部 | 010 - 84029450 |
| 经　　销 | 新华书店及其他书店 |
| 印　　刷 | 北京明恒达印务有限公司 |
| 装　　订 | 廊坊市广阳区广增装订厂 |
| 版　　次 | 2016 年 7 月第 1 版 |
| 印　　次 | 2016 年 7 月第 1 次印刷 |
| 开　　本 | 710 × 1000　1/16 |
| 印　　张 | 14.75 |
| 插　　页 | 2 |
| 字　　数 | 248 千字 |
| 定　　价 | 56.00 元 |

凡购买中国社会科学出版社图书，如有质量问题请与本社营销中心联系调换
电话：010 - 84083683
**版权所有　侵权必究**

# 目　　录

序 …………………………………………… 谭好哲(1)

绪论 ………………………………………………… (1)

**第一章　明代《文心雕龙》的传播途径与接受方式** …………(12)
　第一节　《文心雕龙》的传播途径 ………………………(12)
　　一　人际传播 ……………………………………(13)
　　二　商业传播 ……………………………………(17)
　第二节　《文心雕龙》的接受方式之序跋 ………………(20)
　　一　对《文心雕龙》性质的认识 ………………………(21)
　　二　对《文心雕龙》结构的划分 ………………………(22)
　　三　对"赞"的关注 …………………………………(25)
　　四　序跋中的宣传意识 ……………………………(26)
　第三节　《文心雕龙》的接受方式之评点 ………………(28)
　　一　评点的形式 …………………………………(29)
　　二　对"以艺论之"的强调 …………………………(31)
　　三　其他特点 ……………………………………(36)

**第二章　明代之前的《文心雕龙》接受** ……………………(39)
　第一节　接受概况 …………………………………(39)
　　一　齐梁《文心雕龙》接受 …………………………(39)
　　二　唐代《文心雕龙》接受 …………………………(43)
　　三　宋元《文心雕龙》接受 …………………………(53)
　第二节　接受价值 …………………………………(61)

一　对明代接受的意义 …………………………………………（61）
　　二　对传播的影响 ……………………………………………（67）

**第三章　明代对《文心雕龙》枢纽论的接受** ……………………（73）
　第一节　枢纽论中的宗经观 ………………………………………（73）
　　一　《文心雕龙》宗经观的建构 ……………………………（74）
　　二　刘勰宗经观的深层思维 …………………………………（77）
　第二节　明前期对宗经思想的接受——以宋濂为代表 …………（80）
　　一　对"道"的践行 …………………………………………（82）
　　二　对"经"本体论意义的认同 ……………………………（85）
　　三　对"文"的接受 …………………………………………（86）
　　四　出入释家以儒为本 ………………………………………（90）
　第三节　明代中晚期对宗经观的接受 ……………………………（93）
　　一　文论中的宗经观 …………………………………………（93）
　　二　典籍中的宗经观 …………………………………………（97）

**第四章　明代对《文心雕龙》创作论的接受** …………………（100）
　第一节　对《文心雕龙》性质的界定 ……………………………（100）
　　一　刘勰著书的初衷 …………………………………………（100）
　　二　接受重心 …………………………………………………（101）
　第二节　对《文心雕龙》"术"的探求 …………………………（104）
　　一　意象的形成 ………………………………………………（106）
　　二　对"情"的关注 …………………………………………（107）
　　三　意象的表达 ………………………………………………（115）
　第三节　《文心雕龙》对明代公文创作的影响 …………………（119）
　　一　《文心雕龙》中的公文写作理论 ………………………（121）
　　二　明人关注《文心雕龙》的原因 …………………………（123）
　第四节　创作论对明代文论的影响——以李维桢为例 …………（126）

**第五章　明代对《文心雕龙》文体论的接受** …………………（132）
　第一节　《文心雕龙》与辨体 ……………………………………（132）
　　一　明代重视辨体的原因 ……………………………………（133）

二　总集对文体论的接受 …………………………………… (134)
　　三　文笔说 ………………………………………………… (138)
　第二节　《文心雕龙》与通俗文体 ……………………………… (139)
　　一　《文心雕龙》对"俗"的态度 ………………………… (140)
　　二　小说对《文心雕龙》的借鉴 …………………………… (141)
　　三　戏曲对《文心雕龙》的借鉴 …………………………… (146)
　第三节　《文心雕龙》与骈散兼宗 ……………………………… (148)
　　一　骈散兼宗与"自然" …………………………………… (148)
　　二　明人对骈散兼宗的接受 ………………………………… (150)

第六章　明代对《文心雕龙》知音论的接受 ………………………… (154)
　第一节　对知音论接受的前提 …………………………………… (154)
　　一　知音论的内容 …………………………………………… (154)
　　二　知音论的特点 …………………………………………… (155)
　第二节　对知音论接受的重心 …………………………………… (157)
　　一　对接受主体的重视 ……………………………………… (157)
　　二　对"情"的重视 ………………………………………… (159)
　第三节　对知音论的运用 ………………………………………… (162)
　　一　诗文批评 ………………………………………………… (162)
　　二　小说评点 ………………………………………………… (164)

第七章　明代《文心雕龙》接受中的其他问题 ……………………… (167)
　第一节　明代《文心雕龙》接受中的涉佛问题 ………………… (167)
　　一　对刘勰僧侣身份的关注 ………………………………… (169)
　　二　《文心雕龙》与佛学的关系 …………………………… (174)
　第二节　明代科举与《文心雕龙》 ……………………………… (179)
　　一　接受主体的身份特征 …………………………………… (179)
　　二　接受者的科举背景 ……………………………………… (181)
　第三节　明人对《文心雕龙》涉梦问题的研究 ………………… (186)
　　一　对梦境真实性和神秘性的建构 ………………………… (188)
　　二　梦与创作动机的关系 …………………………………… (190)

余论 …………………………………………………………（196）

附表 …………………………………………………………（206）

参考文献 ……………………………………………………（219）

后记 …………………………………………………………（225）

# 序

20世纪80年代以来，源于西方的接受美学理论在中国得到快速并且持久的传播。其结果一是促使中国文艺学界充分意识到以往文艺学原理建构中与创作论、作品论相对应的欣赏论之局限和不足，转而重视读者及其文艺接受行为在文艺活动中的地位和作用，从而引起文艺研究整体理论格局和思想范式的变动与转换；二是启发文艺学界重新审视重体验、重兴会、重感悟的中国传统文艺理论与批评的特色和价值，从而推动了中国古典接受批评理论的再识与重建。而在中国古典接受批评理论的再识与重建方面，有一些研究者侧重梳理和阐发隐含于中国传统文艺理论与批评中丰富多样的接受美学思想和理论观点及其当代价值和意义，如刘勰《文心雕龙》"知音"篇或钟嵘《诗品》"滋味"说的读者接受意涵，如此等等，也有一些研究者直接运用接受美学的观点和思想方法对古代重要作家和作品（包括文艺作品和文艺理论文本）的接受史作个案的考辨与研究，杨倩博士的这部著作即属后一种类型。

杨倩的这部著作是在其博士学位论文的基础上修改而成的。在外审和正式答辩时，其博士论文均获得专家们的好评，这从一个侧面表明了学界对其学术水准和成果的肯定。而今，经过认真修改之后，将要正式进入学术传播与交流领域的这部著作比之原来的博士论文，不仅文字上多有改进润色，观点上也有进一步的拓展和提炼。全书以接受美学为理论依据，结合明代各时期的文学风尚、哲学思潮、地域文化、藏书印刷以及接受主体自身的经历、交游等多方面因素，以在历史上起过较大影响且具有一定代表性的文人、学派或专著作为重点考察对象，对明代的《文心雕龙》研究状况进行分析、阐释，力求归纳并凸显明代《文心雕龙》接受的总体特征以及不同时段的具体接受特点，涉及效果史、阐释史和影响史诸多方面。尽管在此之前，已有一些研究论著聚焦或涉及《文心雕龙》在明清时期的传播影响，但杨倩的这部著作无疑内容更为充实，考辨更为细致，架构更为全面，思考也比较深入，可以说是同类研究的最新代表性成果之一。

在文艺研究中不假实证而虚泛地谈论观念和思想往往是比较容易的，因为观念和思想层面上的问题可以智者见智仁者见仁各说各话不论对错，只要想得到说得出即可，而要研究属于历史的问题则困难得多，因为历史的研究离不开实证性材料的选择、考据和引证、评判，学养不足、功力不够自不必说，即便学养和功力皆具而用心不够，也会出差错生偏向，从而影响到言说的可信度和整体学术质量。杨倩的这部著作属于学术史的范畴，实证是其不可缺少的看家本领。由于硕士阶段学的是魏晋南北朝文学，其博士毕业论文的选题与写作可以说是建立在较为深厚的学养基础之上的。不仅如此，杨倩写得也极其用心、用力，在资料的收集和运用上下了很大功夫。这从其著作中大量相关研究文献的搜集和引用、许多证明性资料图表的建立以及附表二对明代关于《文心雕龙》重要接受史实的整理等，即可见一斑。这方面的用心与用力，使整部著作的理论架构建立在丰厚沉实的材料基础之上，真正做到了史论结合，论从史出，立论有依据，评断不虚妄。这种下死力气用真功夫的踏实学风，在当今普遍浮躁虚泛的时代风气下，显得尤为难能可贵。与此同时，杨倩将明人对《文心雕龙》的接受分为直接接受与间接接受，在研究中审慎地区别这两种不同情况对具体接受行为所具有的意义，也显示出严谨求实的科学精神。

除了作者学风踏实、严谨求实之外，这部著作在立题初衷上也自出机杼。目前学界对明代《文心雕龙》研究的关注以版本、校注、评点等为主，对明代《文心雕龙》的理论研究成果涉及较少。而杨倩在充分重视刊刻、序跋、评点等接受方式在明代《文心雕龙》接受与研究中的价值之外，进一步将自己的努力转向《文心雕龙》的诗学思想在明代的传承及其对明代诗学发展的影响方面，意图通过论述明人对《文心雕龙》各部分理论内容的接受，勾勒出《文心雕龙》在明代不同时期的接受状况及其诗学影响，分析其在明清时期逐渐成为"显学"的清晰脉络和深层原因，同时又透过明人的接受视域和期待视野彰显和发掘《文心雕龙》的理论价值，实现对这部经典名著的历史再认识和再评判。这样一种理论定位和追求，致使杨倩的研究显现出一些新的理论亮点：一是突出了明代《文心雕龙》接受中所提出的原创性问题，如宗经观在《文心雕龙》枢纽论中的地位以及与"经"本体论的关系,"术"的探求与《文心雕龙》性质的界定等,并结合当时的社会环境、文化思想、学术思潮等状况分析了这些问题被提出的原因及其对后世研究的影响;二是注重对接受者的考察,对明代《文心雕龙》的诸多接受者进行了深入的考辨和系统的整理,结合接受者的身份、交友和作品分析了他们对《文心雕龙》的接受以及对明代诗学的影响,致使《文心雕龙》在明代的接受变得鲜活、立体起来;三是以"纯文学"的视点从意象构成、"为情而造文"、意象表达三个方面分析了刘勰关于创作之"术"即"恒理"在明代的接受,进而发掘《文心雕龙》在广义之"文"视域下的意义,分析了它对明代科举应试、公文写作的指导性作用,此外还分析了刘勰关于作为文学元素之"俗"能够成为"雅"文学的借鉴和补充的看法对明代文论的影响,以及明代小说和戏剧创作对《文心雕龙》的借鉴等,从而将《文心雕龙》在纯文学领域的影响延伸到了更为广阔的政教体制和文化生活空间。

正如杨倩在书中所指出的,作品的生命力归根结底取决于其自身价值,但接受者对作品的传播也有着不容忽视的作用。在中国文学理论发展史上,"体大而虑周"的《文心雕龙》可以说是前无古人的鸿篇巨制,丰富广博的理论内容是其能够卓然立于中国传统文论之林的固有资本,而一代代文人的接受传播和阐发则是其走向经典化的外在因素。《文心雕龙》自问世就获得了文坛权威的嘉许,齐梁时期即有接受,至唐初更达到卢照邻在《南阳公集序》中所谓"近日刘勰《文心》,钟嵘《诗评》,异议蜂起,高谈不息"的盛况。杨倩的这部著作,不仅较为系统地呈现了明代《文心雕龙》接受的基本状况和斐然成就,对明代以前的接受状况以及对清代研究的影响也作了简要的勾勒,而在呈现和勾勒的过程中,作者既力图为当代的《文心雕龙》研究揭示出此前的不同历史视域,又力求从当代的期待视野去观照和理解历史视域中的种种接受景观,从而达到历史视域与当代视野的互释与汇通,并在这种互释与汇通的视域融合所实现的效果史中揭示《文心雕龙》的理论蕴意与价值。这样一种研究态度和思路,对其他古典学术的研究是具有启发意义的。

当然,作为一个刚刚踏入学术研究之路的年轻学人,杨倩的这部著作也并非无瑕可指、无需改进。按照接受美学的理论逻辑,读者或接受者基于个人先前的文学经验和生活经验而形成的充满了各种前见或成见的期待视野,从视域融合的效果史角度来看,不过是总体接受链条中的一个环节，都有其历史局限性。这决定了一个接受者能够从一个历史文本中看到什么或愿意从中接受什么，同时也决定了一个接受者不能从中看到什么或不愿意从中接受什么。简言之，基于个人期待视野对作品的接受必有所揭示和敞亮，亦必有所忽视和遮蔽。就此而言，杨倩在其著作中对于《文心雕龙》有哪些理论观点以及它们为什么能够在明代被接受多有陈述和论析，但对于明人基于其具体化的期待视野而有意无意地忽视和遮蔽了什么则涉及甚少。这不见得就是一个缺陷，却似乎是一个遗憾，至少也是杨倩在今后的研究中需要思考的一个问题。按照法国结构主义思想家阿尔都塞的"依据症候阅读"理论，理论话语表面的连续性背后的缺失、空白和疏忽、沉默往往更能显示理论的实质，也更具重要性。或许，分析一下明人在《文心雕龙》接受中有意无意忽视和遮蔽了什么，将会从另一个方面凸显明代思想文化与诗学发展的真实面目，也能更好地透视出《文心雕龙》的思想轮廓及其对此后不同时代的实际影响状况。这对于《文心雕龙》接受史的研究，不也是一个值得尝试与拓展的理论维度吗？

以上，是我的几点阅读感言。作为老师，我不仅对杨倩著作的出版感到高兴，更对其学术的进步有所期待，愿她不断有新的研究成果问世，最终也能成为他人期待视野中的一道理论风景。

是为序。

**谭好哲**

2014 年 5 月 15 日于济南千佛山下寓所

# 绪　　论

明代是中国古代学术发展的重要时期，就文学而言，虽然明代的"诗文创作已经历了高潮，不可能再达到唐宋时代那样的水平，但诗文的理论批评却没有衰退，而有了更大的进展，其意义不仅仅在评论当代的诗文，而是在对整个中国古代诗文创作进行整体的评论，研究其历史经验"[①]。

《文心雕龙》是六朝文论高度繁荣的代表之作，人们对它的研究自明代起逐渐形成规模，当今学界也普遍认同明代是龙学研究的"萌动"时期。《文心雕龙》以其通达的学术视野满足了明代学者的需求，明人在总结前人成果的基础上深入思考，提出了一系列对明代文论构建和文学发展有重要价值的观点。明代《文心雕龙》的传播途径以人际传播和商业传播为主，人际传播促进了研究的深入，商业传播扩大了接受的范围；接受方式以序跋和评点为主。虽然《文心雕龙》在明代并没有引起振聋发聩的文学运动或文学思潮，但在这一时期文学发展的各个环节中，都能够或隐或显地看到《文心雕龙》的影响。目前，学界对明代《文心雕龙》的研究以版本、校勘、注释为主。事实上，明人在《文心雕龙》的理论研究方面也留下了数量丰富的文献史实和独具特色的批评资料，涉及了文体的流变、文学风格的辨析、文学情感的阐释以及文学写作的诸多问题。可以说，明人对《文心雕龙》的研究整理总结了中国古代文论中的一系列重要问题，它"恰好在明清时期起到了整合诗学两极的作用，为诗学走向成熟发挥了积极的影响"[②]，值得后人去总结评述和深入分析，因而具有了承前启后和突破转折的意义，不仅为清代龙学"应时需而大现其光

---

[①]　张少康：《中国文学理论批评发展史》，北京大学出版社1995年版，第161页。
[②]　汪春泓：《〈文心雕龙〉的传播和影响》，学苑出版社2002年版，第230页。

华"奠定了基础,还直接影响了后世龙学研究的思路和重心,这也正是笔者写作本书的出发点。

用西方现当代文论观照中国古代文论是新时期文论经世致用的一大特色。就《文心雕龙》而言,伴随着大批西方理论的引进,推陈出新的理论方法开启了龙学研究日益多元化的局面。作为中国古代文论的集大成之作,《文心雕龙》在西方理论占据主导话语权的今天也面临着"当代性"的问题。长期以来,囿于西方哲学、文论的影响,人们对中国古代文论的价值认识不足,而本书对明人《文心雕龙》接受的研究正是试图以传统文论参与当代文论的话语建设,希冀能够实现两者的内在结合。

一

近百年来国内外《文心雕龙》研究跨越了哲学、历史学、语言学、艺术学和美学等多个学科领域,出版相关专著360多部,论文6000余篇。黄侃、范文澜、陆侃如、牟世金、杨明照、张光年、王元化等学术大师对《文心雕龙》的情有独钟和孜孜以求越发凸显了这部巨著的学术价值。

在浩如烟海的学术成果中,注释、校勘是研究的基础。这方面具有代表性的研究成果如下:范文澜的《〈文心雕龙〉注》(人民文学出版社1958年版)、郭晋稀的《〈文心雕龙〉注译》(甘肃人民出版社1963年版)、王叔岷的《〈文心雕龙〉缀补》(台北:艺文印书馆1975年版)、王利器的《文心雕龙校证》(上海古籍出版社1980年版)、陆侃如、牟世金的《〈文心雕龙〉译注》(齐鲁书社1981年版)、周振甫的《〈文心雕龙〉注释》(人民文学出版社1981年版)、杨明照的《〈文心雕龙〉校注拾遗》(上海古籍出版社1982年版)等。上述著作虽是以注释、校勘为名,却多是集校、注、译、评于一体,对相关的理论问题作了深入的探讨。

综述类著作在中国大陆以牟世金的《台湾〈文心雕龙〉鸟瞰》(山东大学出版社1985年版)、杨明照主编的《〈文心雕龙〉学综览》(上海书店出版社1995年版)、张少康、汪春泓、陶礼天、陈允锋的《〈文心雕龙〉研究史》(北京大学出版社2001年版)、戚良德的《〈文心雕龙〉学分类索引》（上海古籍出版社2005年版）为代表；在中国台湾以王更生的《台湾近五十年〈文心雕龙〉研究摘要》（台湾文史哲出版社1999年版）、刘渼的《台湾近五十年〈文心雕龙〉学研究》（台北万卷楼2001年版）为代表，上述著作代表了两岸三地《文心雕龙》综述类研究的成就。除了专著外，有关《文心雕龙》研究状况综述类的论文几乎每个年代都有作品问世，20世纪80年代，牟世金的《"龙学"七十年概观》一文总结了龙学近百年的研究成果。20世纪90年代以后的有：《近年来中国〈文心雕龙〉研究的现状及趋势》（马白，《汕头大学学报》1991年第3期）、《现代〈文心雕龙〉研究述评》（涂光社，《文学评论》1997年第1期）。进入21世纪以来有：《2000镇江〈文心雕龙〉国际学术研讨会综述》（李金坤，《镇江师专学报》2000年第2期）、《1999—2000年〈文心雕龙〉研究回顾与反思》（霍炬，《陕西师范大学继续教育学报》2001年第1期）、《20世纪〈文心雕龙〉研究》（张连科，《辽宁大学学报》2001年第4期）。这些综述论文简明扼要地概括了当时《文心雕龙》研究的主要成果和最新动向，为后继研究者提供了有益的帮助。在《文心雕龙》学术史中，还有两份刊物值得关注：分别是《〈文心雕龙〉学刊》和《〈文心雕龙〉研究》。[①] 除中国学者之外，国外的《文心雕龙》研究者也取得了不俗的成就，如日本的冈村繁著《〈文心雕龙〉索引》、斯波六郎著《〈文心雕龙〉范注补正》、户田浩晓著《〈文心雕龙〉研究》；韩国的李民树译《文心雕龙》、崔信浩译《文心雕龙》等。以上著述虽不以明代《文心雕龙》的接受状况为研究目标，但却为明代龙学研究的开展提供了巨大的帮助。

就明代《文心雕龙》研究状况来说，目前有关《文心雕龙》接受史的专著和论文数量不多，但与其相关的影响史研究却是很早就引起了大陆学者的关注，这些成果可大致分为两类：一类是研究著作。研究著作又可分为专著和著作中的有关章节。专著有张文勋的《〈文心雕龙〉研究史》（云南大学出版社2001年版）、汪春泓的《〈文心雕龙〉的传播和影响》

---

[①] 1982年经牟世金先生发起和组织，在山东济南召开了第一次全国性的《文心雕龙》学术研讨会，会后成立了学会筹备组，并于1983年成立中国的全国性一级学会——文心雕龙学会。张光年出任会长，王元化和杨明照任副会长，牟世金先生任秘书长。学会具有相当的声誉和影响。学会成立后相继出版了七辑《〈文心雕龙〉学刊》，对龙学研究的发展具有深远的意义。

(学苑出版社2002年版)、张少康的《〈文心雕龙〉研究史》(北京大学出版社2002年版)。张作约三分之一的篇幅阐述《文心雕龙》在古代的研究轨迹(第二至第四章),于资料整理的同时采用史论结合的述史方式将史的描述线索与论的阐释有机地统一起来。汪作共七部分,将《文心雕龙》的影响与各个时期文学思潮和文学流派相结合,探究了《文心雕龙》自齐梁至清末的传播和影响。书中还涉及了《文心雕龙》产生的文学史背景、文章学体系、刘勰传记、刘勰的佛学思想等内容。著作中章节涉及到明代研究的有:陆侃如先生和牟世金先生合著的《刘勰和〈文心雕龙〉》(上海古籍出版社1982年版)中的第五章"刘勰的地位和影响",王少良的《〈文心雕龙〉通论》(中国文史出版社2002年版)中的第六章"《文心雕龙》的历代传播和影响",邱世友的《〈文心雕龙〉探原》(岳麓出版社2007年版)中的第十章"声律论"之"刘勰声律论对后世诗律和诗学的影响"一节等。

另一类是论文:一类论文主要研究《文心雕龙》对后世的影响,如袁震宇的《〈文心雕龙〉对明清曲论的影响》(《文心雕龙学刊》第四辑)、陈谦豫的《刘勰的才、学说及其影响》《文心雕龙学刊》第四辑)、王景禔的《从文镜秘府论看〈文心雕龙〉对隋代文论的影响》(《文心雕龙研究》第三辑,北京大学出版社1997年版)、刘淦的《刘勰论比兴对唐代诗论的影响》(《文心雕龙学刊》第三辑)、朱迎平的《〈文心雕龙〉的"通论观"及其影响》(《文心雕龙研究》第六辑,学苑出版社2005年版)、韩湖初的《略论〈文心雕龙〉对我国后世的影响》、李金坤的《论〈文心雕龙〉对〈文选〉之影响》(《文学前沿》第四辑,首都师范大学出版社2000年版)、陈洪的《〈文心雕龙〉对高僧传之影响臆探》(《沧海蠡:陈洪自选集》,南开大学出版社2004年版)、祖保全的《试论杨、曹、钟对文心雕龙的批点》、雷恩海的《论韩愈对文心雕龙创作思想的认同与借鉴》(《湖南大学学报》2011年第1期)等。另一类主要是以《文心雕龙》在明清时期的传播影响为论述重点,主要有李金秋的《文心雕龙曹评中的贯文总术之风论》(《内蒙古师范大学学报》2004年第9期)、白建忠、孙俊杰的《论杨慎批点〈文心雕龙〉》(《广播电视大学学报》2006年第2期)、孔祥丽、李金秋的《明清两代〈文心雕龙〉评点综述》(《内蒙古师范大学学报》2009年第3期),以及以内蒙古师范大学王志彬及其硕士研究生为主体写作的《文心雕龙》评点研究系列论文,包括李金秋的《〈文心雕龙〉曹评中的创作论研究》、何颖的《〈文心雕龙〉纪评中的创作论研究》、白建忠的《〈文心雕龙〉杨批中的创作论研究——兼及杨评文心雕龙中的五色圈点》等。这部分论文以专题的形式展开研究，所论及的评点者包括以杨慎、曹学佺为代表的十余位龙学研究者，不仅涉及评点的形式和特点，还结合评点者的文学观点和个人学养，以文质、文术、风骨、通变等为切入点阐释了当时《文心雕龙》接受中的具体特点。中国台湾学者在《文心雕龙》的研究方面也取得了令人瞩目的成绩，他们或是从具体时代看其影响，如王更生的《〈文心雕龙〉研究》、张严的《〈文心雕龙〉唐宋群籍袭用备考》、黄锦鋐的《空海的〈文镜秘府论〉与〈文心雕龙〉的关系》；或是探究某一部分的影响，如黄端阳的《刘勰宗经说对后世文论之影响》、蔡宗阳的《〈文心雕龙〉修辞理论对后世的影响》、廖宏昌《〈文心雕龙〉比兴论对清代诗话之影响》等。此外，还有一些硕士学位论文，如淡江大学郭章裕的《明代〈文心雕龙〉学研究——以明人序跋与杨慎、曹学佺评注为范围》、东吴大学陈素英的《〈文心雕龙〉对后世文论的影响》等，这些论文材料翔实，各有千秋。

同时，在袁行霈主编的《中国文学史》（高等教育出版社2001年版）、胡国瑞的《魏晋南北朝文学史》（上海文艺出版社2004年版）、罗根泽的《中国文学批评史》（中华书局1962年版）中也都为《文心雕龙》专设章节；陈钟凡的《中国文学批评史》（中华书局1927年版）列"刘勰《文心雕龙》"一节；郭绍虞的《中国文学批评史》（商务印书馆1934年版）对《文心雕龙》的文笔、风格、神气等问题都有深入的论述。罗根泽的《中国文学批评史》（北京人文书店1934年版）第三编列有专章"论文专家之刘勰"。刘纲纪的《中国美学史》第二卷，王运熙、杨明的《魏晋南北朝文学批评史》专设一节论述《文心雕龙》。罗宗强的《魏晋南北朝文学思想史》第三章第十四节论述刘勰的文学思想。这些著作也在一定程度上涉及《文心雕龙》对明代的影响。

从以上综述可知：一方面，《文心雕龙》的接受受到学界的关注，如20世纪90年代中国台湾学者高莉芬的《论〈文心雕龙〉知音篇的接受意蕴》就是运用接受美学的理论研究龙学的重要成果。大陆学者汪春泓在《〈文心雕龙〉的传播和影响》一书中论及《文心雕龙》对元代的影响时所用小标题为"元人对《文心雕龙》的接受与阐发"，有意识地强调对

《文心雕龙》的接受研究。而由中国文心雕龙学会主编的《文心雕龙研究》第六辑则专设"接受史研究"栏目。这一切都表明伴随学界对西方文论接受的逐步深入，《文心雕龙》的接受研究逐渐丰富；尽管如此，《文心雕龙》的接受研究还存在很大的空间。今人对明代的《文心雕龙》接受研究多以文本理论和资料整理为主，虽对《文心雕龙》的几大理论体系中的各个环节都有所涉及，但关注重点仍集中在杨慎、曹学佺等几位大家身上，对其他的研究者则鲜有提及。

## 二

本书借鉴了以尧斯和伊瑟尔为代表的西方接受美学理论以及国内学界近年来在接受美学研究上取得的新成果。接受美学（Rezeptionsästhetik），也译作接受理论（Rezeptionstheorie），是一种以读者为中心来解释、阐发文学现象的美学理论。该理论的创始人是德国文艺理论家汉斯·罗伯特·尧斯（Hans Robert Jauss）和沃尔夫冈·伊瑟尔（Wolfgang Iser）。[①] 这一学派在解释学、现象学的基础上，以本文、文本、期待视野、视野融合等核心词构建起了读者中心的理论体系。尧斯在《文学研究中一种挑战的文学史》中首倡"以接受美学为基础建立一种转向读者的文学史"，主张从历史的角度切入审美，认为文学史是读者的文学史；伊瑟尔则偏重于具体微观问题，其《本文的召唤结构》从本文的现象学入手，强调本文与读者间的互相作用，关注读者的审美经验在本文向作品转化中的作用。二者的理论均把文学作品的生产、接受、交流结合并置于过去、现在、未来流动不息的视野中。接受美学兼具开放性和包容性，它的核心理论几乎都是来自前人，[②] 尧斯和伊瑟尔之后的研究者纷纷以批判的眼光补充、扩展这一理论体系。接受美学自传入中国之后经历了翻译介绍、传播、探讨研究和对话交流四个阶段，逐渐形成一种具有中国特色的理论体系。接受研

---

① 接受美学这两位先行者的译名并不统一，有尧斯、姚斯、耀斯，伊瑟尔、伊塞尔、伊泽尔等译法。本文采用尧斯和伊瑟尔的译法。

② 期待视野（Erwartungshorizont）来自卡尔·波普尔（Karl Popper）和卡尔·曼海姆（Karl Mannheim）。"效果史"（Wirkungsgeschichte）来自伽达默尔。"召唤结构"（Appell Struktur）、"潜在的读者"（Implizite Leser）、"未定点"（Unbestimmtheitsstelle）、"空白"（Leerstellen）等也都取自前人。

究除了包括最为核心的文本接受外,还涉及效果史和影响史的研究。接受研究以读者为中心,解读作品在不同时期意义和价值,体现的是一种双向性的交流互动关系;效果史和影响史则是从文本的价值出发,探讨其对后人研究产生的作用。20世纪80年代初,金元浦、朱立元、刘小枫等人的接受美学译作掀起了接受美学的研究热潮。进入21世纪,学者们自觉地将这一理论与我国传统批评相结合,以中国自身的批评观为根基审视这一西方理论,涌现出以陈文忠的《中国古典诗歌接受史研究》、尚学锋等的《中国古典文学接受史》、邬国平的《中国古代接受文学与理论》为代表的一系列接受美学成果,这些具有中国本土化色彩的研究成果又对中国古代批评理论的深入探讨产生了深刻的影响。[①] 西方理论为我们今天的研究提供了新的视域和方法,然而对古代文论的解读则需要植根于传统的哲学思想和思维方式,以避免裨贩跟风、削足适履。

影响史多以固定不变的作品为基点探讨它对后人的影响和意义,体现的是一种单向性施与关系;接受研究则以读者为中心,根据读者的原始视域,解读作品在不同时期意义和价值,不仅包括文本的接受,还包括效果史和影响史。就《文心雕龙》而言,接受研究材料的相对匮乏,以及受到传统马克思主义文论将文学史看成社会历史的一部分,将文学作品在不同时期的不同解读视为社会政治变革和思想发展必然结果的影响,致使研究者对接受研究的重视不足。因此,在《文心雕龙》的研究中借鉴接受美学的理论,能够有效地解决诸如作品存在的现实时间与审美时间之间的矛盾等一系列问题,避免人们以惯有的单向性直线思维看待文学的弊端。

## 三

本书结合明代各时期的文学风尚、哲学思潮、地域文化、藏书印刷以

---

[①] 接受美学具有代表性的论文有:陈文忠《20年文学接受史研究回顾与思考》,《安徽师范大学学报》2003年第5期;樊宝英《近20年接受美学与中国古代文论研究综述》,《三峡大学学报》2002年第6期;朱立元《试论接受美学对中国文学史研究的启示》,《复旦学报》1989年第4期。专著有:尚学锋、过常宝、郭英德《中国古典文学接受史》,山东教育出版社2000年;樊宝英、辛刚国《中国古代文学的创作与接受》,石油大学出版社1997年版;邓新华《中国古代接受诗学》,武汉出版社2000年版;邬国平《中国古代接受文学与理论》,黑龙江人民出版社2005年版;邵子华《对话诗学——文学阅读与阐释的新视野》,云南大学出版社2006年版。

及接受主体自身的经历、交游等多方面因素，以在历史上起过较大影响且具有一定代表性的文人、学派或专著作为重点考察对象，对明代的《文心雕龙》研究状况进行分析、阐释，力求归纳并凸显明代《文心雕龙》接受的总体特征以及不同时段的具体接受特点，涉及效果史、阐释史和影响史。通过论述明人对《文心雕龙》的接受勾勒出《文心雕龙》在明代不同时期的被接受状况、对明代不同时期诗学发展的影响，发掘其理论价值，整理、分析其在明清时期逐渐成为"显学"的清晰脉络和深层原因。明人对《文心雕龙》的接受可分为直接接受和间接接受。直接接受是指接受主体在其著作、文论等作品中对《文心雕龙》文本直接采摘、品评、征引，或是明确对《文心雕龙》的内容进行评论，主要包括以下几类：一是直接征引《文心雕龙》原著中的文字；二是对《文心雕龙》中的章节字句进行直接或间接评论；三是明代《文心雕龙》各版本的序跋文；四是散见于当时文人文集中的对《文心雕龙》的论述。间接接受是指接受者出于某种原因，没有直接说明受《文心雕龙》或刘勰的影响，但与《文心雕龙》中的理论暗合颇多，或是频繁地使用《文心雕龙》中某些较有代表性的语汇。

本书对明代《文心雕龙》接受的研究以横向论述为明线，主要阐释明人对枢纽论、文体论、创作论、知音论的接受；以纵向论述为隐线，论述明代前期和明代中后期两个阶段的接受情况。两条线索置于宏观和微观两大背景之中。宏观背景主要包括明代不同时期的文坛风向、文学思潮、哲学思想以及政治、经济等因素；微观背景主要是指不同时期接受者的个人交游、学术背景、学养结构以及个人审美趣味和文学倾向等。在此结构下结合具体史料和文献资料论述明人对《文心雕龙》的接受。

第一章论述明代《文心雕龙》传播途径与接受方式及特点。明代《文心雕龙》的传播途径有两种：一是以私人交游为主的收藏、借阅与传抄；二是以私刻和坊刻为主的商业性质传播。人际传播多在范围较小的文人间展开，参与者不仅多具有藏书家的身份，其中一部分也是《文心雕龙》的重要研究者。商业传播扩大了《文心雕龙》的接受范围，对《文心雕龙》的传播具有直接的推动作用，但商业本身的逐利性也给《文心雕龙》的接受带来些许负面影响。序跋和评点是《文心雕龙》在明代最主要的接受方式，它们几乎触及了明代《文心雕龙》研究的所有重要问题。序跋多从宏观角度看待著作,涉及对全书性质的界定、结构的分析、对"赞"的关注等问题,序跋中蕴含的宣传意识和广告意识对《文心雕龙》的传播也有着积极的影响;评点多从微观角度分析《文心雕龙》中的具体问题,具有发明字句、重直觉、表达口语化、感性化的特点。

第二章以"史"为脉论述明代以前《文心雕龙》的接受,勾勒出明代《文心雕龙》接受研究的"期待视野"。齐梁时期的接受主体在南方以萧氏皇族及其周边文人为主,北方则以颜之推为代表;唐代《文心雕龙》的接受范围逐渐扩大,至中晚唐,《文心雕龙》甚至参与到了当时的文学运动和文学思潮之中;在宋元时期,《文心雕龙》被空前地抄录、征引、袭用,甚至走进了地理、书画等领域,异彩纷呈。降及明代,《文心雕龙》的研究形成了独特的"期待视野",而且对《文心雕龙》在后世的流传具有积极的促进作用。

第三章论述明代对《文心雕龙》枢纽论的接受。刘勰以"宗经"为核心,在汲取前人宗经观念的基础上建构了一个由文体宗经、文术宗经、文评宗经组成的有机整体。刘勰从本体论的角度出发,将文学置于政教意识形态话语言说方式的位置,使文学活动获得了与政教圣学一体性的崇高人文地位,这正是主张"文以载道"的后世文人奉《文心雕龙》为圭臬的原因。刘勰宗经且不废文的主张,契合了明代复古思潮,也满足了明人的期待。明人对宗经观的接受在不同时期各有特点:前期对《文心雕龙》的接受以政教中心论为主,多从本体论的角度将"经"设定为亘古不变的终极真理,赋予"文以载道"不可逾越的价值;中后期的宗经接受则更多地强调六经在文学层面上的经典示范作用,强调宗经与创作的结合。

第四章论述明代对《文心雕龙》创作论的接受。创作在明代文学中占有核心的位置,明代的文学理论始终以创作为基础和导向。"术"涵盖了文学创作的"恒理"法则,是明人接受的重心。本章从意象形成、创作中的"情"、意象表达三个层面分析明人对创作论的接受。并以李维桢为代表说明《文心雕龙》中的创作论不仅体现在为文技法上,也表现在深层思维中,此外,本章专设一节阐述《文心雕龙》对明代公文写作的影响和价值。

第五章论述明代对《文心雕龙》文体论的接受。由于明代与魏晋时期对"文体"内涵的理解存在差异,因此明人对《文心雕龙》文体论的接受并没有形成系统的理论。同时,明代文坛对文体的态度存在一种二律背反的情况。一方面,明代"文盛而体不及格者往往有之",另一方面明代"辨体"之风炽热,对文章体制相关问题的探讨成为当时文学批评的中心议题。明代文体论者注重前人之说,涌现出了几部古代文体学的扛鼎之作,这些作品无一例外地将视线转向《文心雕龙》。此外,明人对《文心雕龙》中有关俗文学的构成元素等问题的阐释给予了关注,并将其应用于小说、戏剧的评点之中。

第六章论述明代对《文心雕龙》知音论的接受。《文心雕龙》中的"知音论"部分是中国文学理论史上较早系统阐述文学接受的专论。关注接受主体是《文心雕龙》知音论的重要内容,具体包括读者在接受中存在的具体问题和解决这些问题的途径。明代批评家对知音论的接受在兼顾鉴赏的同时仍以指导写作为目的。这些批评家多兼具创作家的身份,他们对文学发展中问题的看法和观点大都具有明确的目的,或为创作、或为纠偏、或为复古。此外,由于明代通俗文学的发展,相关批评也随之兴盛,与小说戏曲有关的部分批评原则和批评方法都是移植自诗文批评,《文心雕龙》中的知音论部分就是其中之一。

第七章论述明代《文心雕龙》接受中的几个有代表性的问题。一是《文心雕龙》与佛教的关系,这一问题在明代之前并未引起人们的关注,明人从佛教和佛学两个方面入手分析刘勰的僧侣经历、佛教思想及其佛学与《文心雕龙》的关系。二是《文心雕龙》与明代科举的互动关系。《文心雕龙》宗经崇儒的思想总纲和丰富完备的创作论为八股文写作提供了全面有效的技法指导,而八股文评的兴起与繁荣也促进了《文心雕龙》点评的发展。三是明人对《文心雕龙》中涉梦问题的研究,他们肯定了刘勰梦境的真实性、强调此梦的神圣性和神秘性,并认为此梦是刘勰进行《文心雕龙》创作的动力源泉。

余论部分主要阐述《文心雕龙》在明代接受繁荣的原因、在明代诗学演变中的价值以及对清代龙学研究的影响。《文心雕龙》在明代能够引起人们的广泛关注与明代的文化政策、文学思潮、诗学状况均有密切的关系。复古思潮的盛行以及明代中后期六朝派的兴起,促进了明代《文心雕龙》的接受。明代诗学在复古与反复古、宗唐与宗宋、师古与师心的更迭与争斗中探寻着最佳的出路,《文心雕龙》参与到这一过程中,以其

"唯务折中、不执一端"的思维方式整合明代诗学发展中的纷争和矛盾，并影响着清代龙学的研究，而清人在此基础上将《文心雕龙》的研究又往前推进一大步。

# 第一章

# 明代《文心雕龙》的传播途径与接受方式

明代[①]《文心雕龙》的传播途径大致分为人际传播和商业传播两种。人际传播和商业传播是明代《文心雕龙》传播的主要途径。人际传播以藏书为基础,并延伸到书籍的借阅、馈赠和抄写,藏书家对诸多版本的整理、校对、纠正讹文的过程使书籍的传播具有了学术交流的性质。受商业资本的带动和明政府废除书税等政策的影响,以私刻和坊刻为主体的商业传播成为明代图书传播的重要途径,但商业传播在促进《文心雕龙》传播的同时也造成一些负面影响,出版商对利润最大化的追求和文人市民化的审美转变在明代《文心雕龙》的传播中也有直观的反映。序跋和评点是明代《文心雕龙》最主要的接受方式,诚如黄霖所言:"对于文评学的一些根本性问题,还是在这类论著中发表得最为充分。"[②] 序跋多从宏观角度看待著作,涉及对全书性质的界定、结构的分析、"赞"的关注等问题,其中蕴含的广告宣传意识对《文心雕龙》的传播也有着积极的影响;评点则多从微观角度分析《文心雕龙》的具体问题,具有发明字句、重直觉、表达口语化、感性化等特点。

## 第一节 《文心雕龙》的传播途径

作为一部体系完整、结构严密的文学理论专著,《文心雕龙》在学界的地位除了取决于自身的价值外,有利的传播途径和传播渠道也是不可缺

---

[①] 本文中的"明代"是指从洪武元年(1368)到崇祯十四年(1641)这一时间段,对明代前期和中后期的界定主要是文学意义上的划分,并非严格的历史编年时段。

[②] 黄霖:《〈文心雕龙〉汇评》,上海古籍出版社 2005 年版,第 25 页。

少的条件。著作的传播效果取决于两个方面：一是著作传播对社会的影响，一是社会对著作传播的影响。在《文心雕龙》的传播过程中，明代是关键时期，诚如有的学者所言："（元明）前的版本仅有敦煌莫高窟的唐人草书残卷存世，而此后则版本渐多，流传益广。这种前后十分鲜明的对比已约略透露出如下信息：《文心雕龙》的真正受到重视，是从元明时才开始的。"[1] 魏晋时期的文论多已亡佚，但《文心雕龙》却得以流传且发扬光大，这与它在明代的传播有着密不可分的关系。

## 一 人际传播

依据传播学的概念，人际传播（interpersonal communication）相对于大众传播（mass communication）而存在，它强调的是个体之间或个体与群体之间所进行的传播关系。以书籍为媒介的人际传播主要指"人与人之间通过各种互借、传抄、赠送、散发、交换等非正式交流形式开展的书籍交换与共享活动。书籍的人际传播是人类社会交往、文化交流和学术研究的重要形式之一，当然也是文学接受的重要形式之一"[2]。人际传播是中国古代最为重要的书籍传播途径之一。《文心雕龙》在个人之间的传播方式以收藏、借阅、传抄、馈赠为主，其中藏书为借阅和传抄提供了资源，借阅和传抄扩大了书籍的流通范围。

（一）藏书

藏书是古代书籍、文献保存和传播的基础，也是书籍借阅和传抄活动的基础。先秦时期官书垄断，秦代"以刀笔吏为师，制挟书之令"。至汉惠帝四年（前191），"除挟书律"，民间藏书才成为一种合法的行为。明清两代是中国藏书活动鼎盛时期，《文心雕龙》的部分研究者本身就是藏书大家。根据主体的不同，明代藏书分为官方藏书、私人藏书、藩王藏书、书院藏书、寺庙藏书等类别，《文心雕龙》的收藏主体主要集中在前

---

[1] 石海光：《元明清三代之〈文心雕龙〉序跋文论略》，《内蒙古师范大学学报》2009年第2期。

[2] 尚学锋、过常宝、郭英德：《中国古典文学接受史》，山东教育出版社2000年版，第348页。

三种，且以私人藏书为主。收录《文心雕龙》的官方、藩王藏书以下几部较具代表性：

《文渊阁书目》：明代第一部国家藏书书目，杨士奇主编，全书将7297部图书以《千字文》顺序分为二十个号名，记录收藏号数、橱数，说明收藏书籍之书名册数是否完备。该书目仅录书名、册数，或附"阙""残缺""完全"等字样，不录作者和卷数。《文心雕龙》在日字号第一橱书目，文集，卷二，一部一处。

《行人司重刻书目》：徐图鉴于黄怡堂所编写的《行人司书目》"大半乌有"，于万历三十年（1602）重新编撰。全书分为经、史、子、集、文、杂六部分，仅录书名及本数，不录卷数、著者、版本。其中在"古文"处录《文心雕龙》二本。

《秘阁书目》：钱溥编著，所载书只有册数而无卷数，多与《文渊阁书目》相出入。《文心雕龙》在"文集"处。

《万卷堂书目》：又名《万卷堂艺文目》《聚乐堂艺文志》等。明代朱睦㮮编著，朱氏字灌甫，号西亭，又号东陂居士，周定王朱橚的六世孙。他在祖辈藏书基础上历经数年到诸处借书写录、补缀，按照经、史、子、集编成《万卷堂书目》十六卷，共收书4311部、42750卷。书名下附注，注明卷数、著者姓名和朝代。《文心雕龙》在"杂文"处。

明代藏书家涵盖了上至贵族、士大夫下到布衣、隐士的各个社会阶层，清叶昌炽在《藏书纪事诗》中指出的明代藏书家多达427人，今人范凤书则统计出明代私家藏书人约897人，超过以往任向朝代，[①] 尤其是"嘉、隆间，天下承平，学者出其余绪，以藏书相夸尚"，"万历以降，钜儒宿学，亟亟以搜罗典籍为务"[②]。一方面，有"秘书"之称的《文心雕龙》是明代藏书家心仪的对象。在明代私家藏书的带动下，书目编制也空前繁盛，书目的编制是学术研究的要重组成部分。明代最为著名的几大私家藏书书目均收录《文心雕龙》，如叶盛的《菉竹堂书目》、陈第的

---

① 袁咏秋、曾季光：《中国历代图书著录广选》，北京大学出版社1995年版，第590—591页。

② 袁同礼：《明代私家藏书概略》，载袁咏秋、曾季光主编《中国历代国家藏书机构及名家藏读叙传选》，北京大学出版社1997年版，第339页。

《世善堂书目》、晁瑮的《宝文堂书目》、高儒的《百川书志》、祁承㸁的《澹生堂书目》、徐𰁜起的《红雨楼书目》、赵琦美的《脉望馆书目》、钱谦益的《绛云楼书目》等。一方面，藏书家对待所藏图书的态度并不相同，清代洪亮吉将当时藏书家分为考订家、校雠家、收藏家、赏鉴家和掠贩家五类。有些藏书家奉行藏书"秘不示人"的祖训，不愿将自己私藏书目公开，甚至认为"鬻及借人为不孝"。值得庆幸的是《文心雕龙》的收藏者鲜有"掠贩家"，他们多学养丰富，其藏书的目的或是出于对书籍的嗜好，或是为了学术研究，更多的情况是两者兼有。因此他们更希望此书能够广泛流传，如佘诲言："苦印传之不广，博古者致憾于斯。予偶搜罗诸壁间，如见良玉。又恶夫己而不人者也，遂校梓布焉。"① 另一方面，明代《文心雕龙》的研究大家多兼具藏书家的身份，诚如吴晗所言："中国历来内府藏书虽富，而为帝王及蠹鱼所专有，公家藏书则复寥落无闻，惟士夫藏书风气，则数千年来，愈接愈盛，智识之源泉虽被独持于士夫阶级，而其精雠密勘，著意丹黄，秘册借抄，奇书互赏，往往能保存旧籍，是正舛讹，发潜德，表幽光，其有功于社会文化者亦至巨。"② 以《文心雕龙》研究大家曹学佺为例，他"尝谓'二氏有《藏》，吾儒无《藏》'，欲修《儒藏》与之鼎立。将撷四库之书，十有余年，而未能卒业也"③。明代私人藏书地域性特点显著。明代藏书家主要集中在江浙一带，据统计，"明代知名的藏书家358人，其中江苏142人，浙江114人，福建22人，江西20人，上海19人，山东7人，其它省份少有"④。福建的藏书大家陈第、谢肇淛、徐𰁜起也是明代龙学的知名研究者。《文心雕龙》的出版也集中于南方，程宽曾言："岁弘治甲子，冯公允中以锓于吴，汪子一元再锓于歙。兹嘉靖辛丑，建阳张子安明将重锓于闽，以广其传，乃拜余属以序。"⑤ 可见明代私家藏书活动对《文心雕龙》的保存、流传以及学术研究具有不可替代的价值。

（二）借阅与传抄

借阅与传抄是藏书活动的继续和延伸，藏书者"且或困于经济，

---

① 杨明照：《〈文心雕龙〉校注拾遗》，上海古籍出版社1982年版，第728页。
② 吴晗：《两浙藏书家史略》，中华书局1981年版，第1页。
③ （清）叶昌炽：《藏书纪事诗》，上海古籍出版社1989年版，第270页。
④ 王河：《中国历代藏书家辞典》，同济大学出版社1991年版。
⑤ 杨明照：《〈文心雕龙〉校注拾遗》，上海古籍出版社1982年版，第727页。

无力购置；更有秘本未刻，为世罕见，因此每多交换互借，辗转传抄"①。近人袁同礼曾指出："明人好钞书，颇重手钞本。藏书家均手自缮录，至老不厌。"② 明代的《文心雕龙》传播过程中也存在上述现象。

藏书者多嗜书，杨循吉在《抄书诗》中将此种心态描写得淋漓尽致："沉疾已在躬，嗜书犹不废。每闻有奇籍，多方必罗致。手录兼贸人，恒辍衣食费。往来绕案行，点画劳指视。成编亦艰难，把玩自珍贵。家人怪我癖，既宦安用是。自知身有病，不作长久计。偏好固莫捐，聊以从我意。"《文心雕龙》的收藏者亦是如此。"（梅鼎祚）尝与焦弱侯、冯开之暨虞山赵玄度订约，搜访期三年，一会于金陵，各书其所得异书遗典，互相雠写。"③ 钱谦益与徐惟起和曹学佺有"互搜所藏书，讨求放失"④ 之约，徐惟起自言"菲饮食，恶衣服。减自奉，买书读。积廿年，堆满屋。手有校，编有目"（《红雨楼序跋·题儿陆书轩》），"五典三坟，六经诸子。诗词集说总兼，乐府稗官咸备。藏畜匪称汗牛，考核颇精亥豕"（《红雨楼序跋·藏书屋铭》）。陈第自述："自少至老，足迹遍天下，遇书辄买，若唯恐失，故不择善本，亦不争价值。又在金陵焦太史、宣州沈刺史家得未曾见书，抄而读之，积三四十余年，遂至万有余卷。"（《世善堂书目题词》）这些书籍中也包括了《文心雕龙》。朱谋㙔自言："余弱冠，日手抄雕龙讽味，不舍昼夜……"甚至直言收集《文心雕龙》是出于"羊枣之趣"。他们在满足个人嗜书欲望的同时，鉴于当时"今之人略有一得，则视为奇秘，不肯公诸人；偶有藏书，便秘为帐中之宝"（《红雨楼序跋·文心雕龙》）的现象，针对《文心雕龙》"独是书时罕印本，好古者思欲致之，恒病购求之难"的情况，希望以己之力使其广泛传播。

抄本专指以纸为载体、手工抄写而成的书籍或文章。手抄活动多在范围较小的文人团体之间展开，参与者的学术修养大都层次相当。明代《文心雕龙》的研究者甚至共同校勘、互通有无，梅庆生在其校

---

① 吉少甫：《中国出版简史》，学林出版社1991年版，第163页。
② 袁同礼：《明代私家藏书概略》，《图书馆学季刊》1927年第1期。
③ （清）钱谦益：《列朝诗集小传》丁集，上海古籍出版社2008年版，第627页。
④ 同上书，第634页。

注本卷首开列了 30 余人的《文心雕龙》校勘者名单，这些人物虽声望不一，但在《文心雕龙》的研究中却有无相通、取长补短，使得《文心雕龙》更加完善，如徐𤊹言："予友邓参知原岳、谢方伯肇淛、曹观察学佺，皆有书嗜。邓则装潢齐整，触手如新；谢则锐意搜罗，不施批点；曹则丹铅满卷，枕藉沈酣：三君各自有癖。然多得秘本，则三君又不能窥予藩篱也。"① 他们私交融洽，在书籍收藏上相互借鉴，钱谦益曾言："崇祯己卯，（徐𤊹）偕其子访余山中，约以暇日，互搜所藏书，讨求放失，复尤遂初、叶与中两家书目之旧。"（《列朝诗集小传》）在互相借阅、抄录《文心雕龙》的过程中，他们"相与共赜之。间有疑者，仍阙焉"，谢兆坤的跋文可视为一篇《文心雕龙》收藏者的交游小录。《文心雕龙》在抄写的过程中经历了整理、校对、完善讹文脱字的过程。事实上，书籍的收藏、借阅、传抄不仅是书籍的传播和接受，更是人与人的交流。②

## 二 商业传播

经济作为上层建筑赖以建立和存在的基础，对于文学有直接影响。"经济力在文学活动中所起的作用，同精神力在文学活动中所起的作用一样，不是外在的、外加的，而是内在的、自生的……文学具有双重属性，既有精神的属性，同时又具有经济的属性"③，文学的经济属性亦贯穿于作家创作、文学作品和文学传播与接受的各个环节。在明代商业资本的带动下，明代书坊的商业化特征显著。明代洪武元年废除书籍税以及笔、墨税，确保了出版业的高利润，官刻、家刻和坊刻都在不同程度上进入了商品流通领域。出版商对利润的追逐是一种理性的欲望，图书刊刻更广泛地融入书籍的商业流通中，极大地促进了《文心雕龙》在明代及其后世的传播和接受。

明代的图书刊刻机构包括官刻、家刻和坊刻，后两者构成了《文心雕龙》较重要的传播途径。官刻是由中央、地方政府和藩府出资主持的

---

① （明）徐𤊹：《笔精·藏书》，福建人民出版社 1997 年版。
② 汪春泓根据梅本中列出的《文心雕龙》校勘名单，对《文心雕龙》在明代人际间的传作做了翔实的考证和论述。详见汪春泓《文心雕龙的传播和影响》，学苑出版社 2002 年版，第 75—90 页。
③ 许建平：《文学生成发展的经济动因》，《学术月刊》2006 年第 5 期。

图书刻印活动，明代官刻所刻书刊数量庞大，居历代之首。中央刻书多是学术价值比较高的经、史"监本"，或皇帝批准刊刻的书籍；明代南京和北京及13个省下的府、州、县各级地方政府无不刻书。以徽州为例，单徽州府就有府署、县署、新安郡斋、紫阳书院、县学等刊刻机构，据周弘祖在《古今书刻》中统计，万历之前的官方出版物就逾三十种，《文心雕龙》亦在其中；明代藩府刻书多以藩王的兴趣为主导，出版图书校勘严谨，装订精良，多为精品。明代《文心雕龙》藩府刻本以隆庆三年（1569）鲁藩翻刻的冯本和万历三十七年（1609）宁藩的南昌刻本为代表。家刻是指私家出资不以营利为目的的刻书，刻主多是文人、官员，他们希冀以一己之力传播书籍，弘扬学术。私刻本大都细致精良，有很高的收藏价值。坊刻是指由书商开办、以营利为目的的商业性书坊的刊刻。是否以营利为目的是家刻和坊刻的主要区别，然而两者在商业性上也有交叉，有的私刻也从事生产和销售，如毛晋的汲古阁。

表1—1　　　　　　　　　明代重要的版本列表

| 版本 | 年代 |
| --- | --- |
| 冯允中本 | 弘治十七年（1504） |
| 汪一元私淑轩刻本 | 嘉靖十九年（1540） |
| 佘诲本 | 嘉靖二十二年（1543） |
| 乐应奎本 | 嘉靖二十四年（1545） |
| 载尔本 | 嘉靖四十五年（1566） |
| 张之象本 | 万历七年（1579） |
| 《两京遗编》本 | 万历十年（1582） |
| 伍让本 | 万历十九年（1591） |
| 《汉魏丛书》本 | 万历二十年（1592） |
| 梅庆生音注本（初校本）① | 万历三十七年（1609） |
| 王惟俭本 | 万历三十九年（1611） |

---

① 梅庆生音注本至少包括七种版本，分别是：万历己酉本（分为甲本、乙本、丙本）、天启二年第六次校订本、天启六年姜午生刻本、陈长卿再修本。参见郭立暄《再论梅庆生注〈文心雕龙〉的不同版本》，《图书馆杂志》2009年第4期。

续表

| 版本 | 年代 |
|---|---|
| 谢恒抄、冯舒校本 | 天启七年（1627） |
| 奇赏汇编本 | 崇祯七年（1634） |
| 汉魏别解本 | 崇祯十五年（1642） |

　　《文心雕龙》的刊刻集中于弘治至天启年间，以嘉靖、万历时期为最，这与当时出版业的发展有密切的关系。明初刊刻业尚未形成规模，顾炎武曾在《抄书自序》中云："正德之末，其时天下惟王府、官司及建宁书坊乃有刻板，其流布于人间者，不过四书、五经、通鉴、性理诸书。他书即有刻者，非好古之家不蓄。"① 至正统年间，私刻和坊刻逐渐兴盛，私刻于嘉万年间走向高峰，② 其中张之象本、王惟俭本、梅庆生音注本、凌云套印本、两京遗编本、汉魏丛书本、五家言本以及相关的刻本等都集中刊刻于万历年间；从地域范围看，明代刻书业遍及全国各省府县，以南京、苏州、徽州、湖州等地为中心。嘉万以来，苏常地区的刻书质量渐居全国之首，谢肇淛云："（嘉万）杭刻不足称，金陵、吴兴、新安三地剞劂之精，不下宋版。楚蜀之刻，皆寻常耳。闽建安有书坊，出书最多，而版纸俱最滥恶，盖待为射利计，非以传世也。"书籍市场中以苏州与金陵流通最广。对此胡应麟云："吴会、金陵，擅名文献，刻本至多，巨帙类书，咸荟萃焉。海内商贾所资，二方十七，闽中十三，燕、越弗与也。"③《文心雕龙》的刊刻情况与明代刊刻业的发展状况基本一致。印刷工艺的进步不仅促进了图书销量，更重要的是扩大了接受群体。以套印为例，"凡印，有朱者，有墨者，有靛者；有双印者，有单印者。双印与朱，必贵重用之"④。采用多色套印技术中较为著名的有凌氏家族，其家族印制

---

① （清）顾炎武：《顾亭林诗文集》，中华书局1983年版，第29页。
② 参见杨绳信《中国版刻综录》，陕西人民出版社1987年版。统计：洪武—正德（1368—1521）官、私机构书籍刊行量433，嘉靖、隆庆（1522—1572）数量为701，万历、泰昌（1573—1620）数量为973，天启（1621—1627）数量为114，崇祯（1628—1644）数量为231。明人陆容《菽园杂记》云："国初书版为国子监有之，外郡县疑有。观宋潜善《送东阳马生序》可知矣。宣德、正统间，书籍印版尚未广。今所在书版日增月益，天下古文之象，愈隆于前矣。"
③ （明）胡应麟：《少室山房笔丛》，中华书局1958年版，第55页。
④ 同上书，第58页。

的《文心雕龙》凌云套印本就广受读者欢迎。对此傅增湘云："其格式则阑上录批评，行间加圈点、标揱，务令词义显豁，段落分明，皆采撷宋元诸名家之说，而萆之一编，欲使学者得此可以识途径，便诵习，所以为初学者计，用心周至，非徒为美观而已。"（《涉园陶氏藏明季闵凌二家朱墨本书书后》）明代的畅销书大致有两类，一为通俗小说、戏曲、诗文类书，一为科举学业参考书①。后者倍受市场青睐，如李濂在《纸记》中称："比岁以来，书坊非举业不刊，市肆非举业不售，士子非举业不览。"作为一部为文之司南，《文心雕龙》对举业士子颇具吸引力（后文有详细论述），而这对《文心雕龙》在明代的传播起到了促进作用。

值得一提的是，明代图书商业化的发达也为《文心雕龙》的传播带来诸多的负面影响。明代刊刻业属于免税行业，巨大的利润吸引众多商家投身其中。与收藏家关注学术不同，商家以获利为目标，他们为了追逐利润的最大化不惜牺牲书本的质量，如有的书坊为了利润而疏于校勘和刊刻不精。明人郎瑛曾说："我朝太平日久，旧书多出，此大幸也，亦惜为福建书坊所坏。盖闽专以获利为计，但遇各省所刻好书，闻价高即便翻刻，卷数目录相同，而篇中多所减去，使人不知。故一部止获半部之价，人争购之。"② 有的书坊甚至对书中内容妄加改动。袁同礼说："明刻臆改错讹，妄删旧注。"③ 清人黄廷鉴说："妄改之病，唐宋以前谨守师法，未闻有此，其端肇自明人，而盛于启祯之代。凡《汉魏丛书》及《稗海》、《说海》、《秘籍》中诸书，皆割裂分并，句删字易，无一完善。古书面目全失，此载籍之一大厄也。"④ 这种现象在明代《文心雕龙》的版本中也有所反映。

## 第二节　《文心雕龙》的接受方式之序跋

明代《文心雕龙》版本数量激增，这一时期的接受者对文学传统、文学现状的思考在《文心雕龙》各版本的序跋之中，均有反映，这不仅

---

① 参见袁逸《明代书籍价格考》，《编辑之友》1993年第3期。
② （明）郎瑛：《七修类稿》卷45，中华书局1985年版，第478页。
③ 袁同礼：《清代私家藏书概略》，《图书馆学季刊》1926年第1期。
④ （清）黄廷鉴：《第六弦溪文钞》卷1，中华书局1985年版，第1537页。

丰富、完善了《文心雕龙》的批评形式，也为龙学研究提供了新的视角和方法。"序以建言，首引情本"，序位于作品之首，其作用在于"明作书之旨"，阐明著作的内容、创作动机、成书过程、版本流变的功能；跋与序相对应，位于作品之末，"其后览者，或因人之请求，或因感而有得，则复撰词以缀于末简，而总谓之题跋"①。"中国文学思想有几个比较大的资料来源，'序'就是其中的一个……11世纪以后，跋成了特别重要的形式。"②

明代《文心雕龙》序跋数量丰富，集中反映了明代学术理论的重心，对龙学研究具有不可替代的作用。第一，序跋文对《文心雕龙》版本、校勘、注释等诸多问题的关注为后世龙学研究提供了重要的线索和资料；第二，序跋文保存了明代《文心雕龙》接受者的诸多信息，对序跋文作者的文学创作、文学观点以及交游状况进行研究，有助于以更广阔的视角了解《文心雕龙》在明代的接受状况；第三，序跋文反映了明代不同阶段的文学状况。总之，关注和探讨理论性问题是明代《文心雕龙》序跋文最显著的特征之一，诚如今天的研究者所言："对此问题（《文心雕龙》的理论价值）的真正探讨始于明代……明人关乎于此的论述要更多一些，篇幅较长，阐说也较细；清人所论则明显简约，转而把更多的笔墨放在了对版本、校勘及点校者的介绍上。"③ 通观明代《文心雕龙》序跋文，可以一窥明人对《文心雕龙》的整体接受状况。

### 一　对《文心雕龙》性质的认识

今人多视《文心雕龙》为文学理论著作，并将其划分为文原论、创作论、文体论等部分，尽管明人也肯定了《文心雕龙》丰富的理论性，但他们仍视《文心雕龙》为一部指导写作的"述作之金科，文章之玉尺"，其"大可以施庙堂资制作，小亦可以舒情写物，信乎其为书之奇也"，其指导范围几乎包括了所有的文体。

---

① （明）吴讷、（明）徐师曾：《文章辨体序说　文体明辨序说》，人民文学出版社1962年版，第136页。
② ［美］宇文所安著，王柏华、陶庆梅译：《中国文论：英译与评论》，上海社会科学院出版社2003年版。
③ 石海光：《元明清三代之〈文心雕龙〉序跋文论》，《内蒙古师范大学学报》2009年第3期。

明人视《文心雕龙》为"述作之金科"有多方面的原因。首先是《文心雕龙》以"宗经"为纲。方元祯称《文心雕龙》"陈明王之礼乐,述大圣之道德,蔚如也"。曹学佺更是以"宗经诎纬,存乎风雅,诠赋及余,穷乎变通"对刘勰其人其文予以高度评价。需要指出的是,明代《文心雕龙》序跋作者在"宗经"问题上的态度与宋濂不甚相同,他们更强调六经在文学层面上的经典性。同时,明人重视《文心雕龙》对前人创作成就的继承,他们认为刘勰"采摭百氏",集众家所长,将前人的精华思想融会贯通于自己的理论体系之中。刘勰对《文赋》《流别集》《翰林论》等文论都有所吸取,如黄侃指出"《赞颂》篇大意本之《文章流别》,《哀吊》篇亦有取于挚君"①,章学诚也明确提出:"古人论文,惟论文辞而已矣。刘勰氏出,本陆机氏而昌论《文心雕龙》。"②对此,张之象云:"今览其书,采摭百氏,经纬六合,溯维初之道,阐大圣之德,振发幽显,剖析渊奥。及所论撰,则又操舍出入,抑扬顿挫,语虽合璧,而意若贯珠;纲举目张,枝分派别,假譬取象,变化不穷……自非博极群书,妙达玄理,顿悟精诣,天解神授,其孰能与于此耶。"③

明人对《文心雕龙》性质的认定在今天仍有同声者,如王运熙认为《文心雕龙》全书的中心是指导写作,是一部写作指导或文章写作法;詹锳主张《文心雕龙》主要是一部讲写作的书,并说:"这部书的特点是从文艺理论的角度来讲文章作法和修辞学,而作者的文艺理论又是从各体文章的写作和各体文章代表作家作品的评论当中总结出来的。"④

## 二 对《文心雕龙》结构的划分

明代《文心雕龙》序跋较全面地述及刘勰《文心雕龙》五十篇篇章结构,代表人物有叶联芳、曹学佺、乐应奎和伍让。

叶联芳序:

---

① 黄侃:《〈文心雕龙〉札记》,中国人民大学出版社2005年版,第69页。
② (清)章学诚:《文史通义》,上海书店出版社1988年版,第80页。
③ 杨明照:《〈文心雕龙〉校注拾遗》,上海古籍出版社1982年版,第731页。
④ 詹锳:《〈文心雕龙〉义证》,上海古籍出版2008年版,第1页。

雕，刻镂也。龙，灵变不测而光彩者也。又笼取也。观夫命名，则其为文也可知矣！……自《书记》以上，则文之名品；《神思》以下，则文之情度……若锦绮错揉，而毫缕有条；若星斗杂丽，而象纬自订。诡然而潜，耀然而见，烂然而章，灿然而络，噫！信奇备矣哉。①

乐应奎序：

《文心雕龙》一书，文之思致备而品式昭矣。盖尝关注序志之篇，而文之全体已具，各篇之中，而文之各法俱详；且有穷源溯流之学，摘弊奇美之功，从善违否之义；又于各篇之末，约为一赞，要而备，简而明，精而不诡，予以是知文之思致备而品式昭也。②

曹学佺序：

《雕龙》上二十五篇，诠次文体，下二十五篇，驱引笔术。而古今短长，时错综焉。其原道以心，即运思于神也。其征圣以情，即体性于习也。宗经诎纬，存乎风雅。铨赋及余，穷乎变通。良工心苦，可得而言。③

伍让序：

《神思》诸篇，则又直陈雅道，妙析言诠，标置六观，阳秋九代，缅缅乎若鉴悬而衡设也。若夫《程器》一篇，则以警乎骛华而弃实者，与吾夫子躬行君子之旨合，盖笃论哉。④

第一，著作的结构是作者深层逻辑思维的反映，《文心雕龙》能独树

---

① 杨明照：《〈文心雕龙〉校注拾遗》，上海古籍出版社1982年版，第729页。
② 同上书，第729—730页。
③ 同上书，第736页。
④ 同上书，第733页。

一帜与它"笼罩群言"的理论体系有密不可分的关系，对此明人也有较多的关注。原一魁说："（《文心雕龙》）陶冶万江，组织千秋"，载尔言："见其纲领昭畅，而条贯靡遗，什伍严整"。叶联芳则从《文心雕龙》的篇名入手，肯定了《文心雕龙》结构的井然有序和行文的流光溢彩，"若锦绮错揉，而毫缕有条；若星斗杂丽，而象纬自订"。同时，明人对《文心雕龙》结构的划分忠实于《序志》中"若乃论文叙笔，则囿别区分，原始以表末……其为文用，四十九篇而已"的依据，如叶联芳道"盖尝关注序志之篇，而文之全体已具"，不论对篇次结构还是内部体系都秉承刘勰本人的思路进行把握，真正地做到了"根柢无易其固"。

第二，提出《文心雕龙》结构二分说。明人普遍主张《文心雕龙》的结构分为上下两部分，叶联芳、曹学佺都以《书记》为界划分全书，《书记》以上二十五篇"诠次文体"，以下二十五篇"驱引笔数"。这种分法在后世一直被采用，《四库全书总目提要》载："其书，《原道》以下二十五篇，论文章体制；《神思》以下二十四篇，论文章工拙；合《序志》一篇，为五十篇。"范文澜也主张上二十五篇论文章体制，下二十五篇论为文之术，其言"《文心雕龙》上篇剖析文体，为辨章篇制之论；下篇商榷文术，为提挈纲维之言。上篇分区别囿，恢宏而明约；下篇探幽索隐，精微而畅朗"[①]，正是"若锦绮错揉，而毫缕有条；若星斗杂丽，而象纬自订。诡然而潜，耀然而见，澜然而章，灿然而络"。曹学佺注意到了《文心雕龙》的篇章结构，并特别强调下篇中对古今文学与文人的评论。这种分类虽然简单，却是坚持以《文心雕龙》本意为依据，而非妄加揣测的臆造，因此被沿用至今。

第三，明人不仅关注结构[②]上的二分法，对篇章之间的关系也进行了深入的思考。伍让对《文心雕龙》下篇有独到的见解，他还对前二十四篇脉络进行说明，特别提起《才略》《知音》这两篇，且谓《程器》是"警乎骛华而弃实者"。曹学佺则以枢纽论为出发点关注下篇《神思》诸

---

① 范文澜：《〈文心雕龙〉注》，人民文学出版社1958年版，第495页。
② 关于《文心雕龙》全书的结构，学界目前有两分法、三分法、四分法、五分法、六分法、七分法。主两分法者有范文澜；三分法以罗根泽、周勋初等为代表；四分法以郭晋稀、张长青、张会恩等为代表；五分法以陆侃如、牟世金等为代表；六分法以张文勋、杜东枝为代表；七分法以詹锳为代表；虽然学界在结构划分上存在诸多分歧，但均以《书记》为界分为上下。

篇中各章间的脉络。①

### 三 对"赞"的关注

文学批评史上使用"赞"的著作并非仅《文心雕龙》一部，但在全面、系统且自始至终以"赞"的体式为文的理论著作中，《文心雕龙》却最有代表性。"赞"多位于篇末，独立于全篇，是对全文的总结说明性的文字，一般四言八句，篇幅较短小，具有韵文的文体特点。有学者从总结、押韵、对偶、用典等角度来分析"赞曰"的特点："弥纶群言，总历本意；同声相应，势若转圜；崇盛丽辞，率然对尔；用旧合机，自其口出。"②《文心雕龙·史传》中以"其十志该富，赞序弘丽，儒雅彬彬，信有遗味"来说明《汉书》赞序文辞瑰丽，意味深长的特点，而这也是刘勰希望《文心雕龙》的赞文能达到的效果。对此，明人颇为认可。较早在研究《文心雕龙》时提及"赞"的是北宋晁公武，他在《郡斋读书志》卷四《文心雕龙》一条中说："其体制凡五十篇，各系之以赞云。"明人对"赞"表现出更大的兴趣。乐应奎特别注明"又于各篇之末，约为一赞，要而备，简而明，精而不诡，予以是知文之思致备而品式昭也"③，认为赞，"要而备，简而明，精而不诡"，指出了赞在结构和内容上的特点。

明人对《文心雕龙》中的赞态度也不一致，《宗经》篇赞云："妙极生知，睿哲惟宰。精理为文，秀气成采。鉴悬日月，辞富山海。百龄影徂，千载心在。"对此杨慎批云："百龄影徂二句，奇句也。诸赞例皆蛇足，如此麟角，固不一二"，其言下之意是全篇五十篇赞文除这一篇外，皆是画蛇添足，犹如赘疣，并无实际的意义和用途。对于杨慎的意见，曹学佺并不认同，批云："杨批点未必然。"通过以上列举，可知《文心雕龙》中的"赞"已经引起明人的关注。④

---

① 对于明人对《文心雕龙》一书各篇章之间的关系的认识，在郭章裕的论文第17—20页中有深入的论述。(硕士学位论文，淡江大学，2005年)
② 参见曹善春《〈文心雕龙〉"赞"语探微》，《咸宁师专学报》1984年第3期。
③ 杨明照：《〈文心雕龙〉校注拾遗》，上海古籍出版社1982年版，第729—730页。
④ 今天的学者对《文心雕龙》中篇末的附"赞"提出自己的观点：饶宗颐、周振甫认为"赞曰"源于佛教的褐颂；朱清华认为"赞曰"继承了《诗经》"比兴"手法；林伯谦认为"赞"是刘勰受刘向父子在《列女传》各篇末附"颂曰"的影响。

## 四　序跋中的宣传意识

明代出版业发达，业界竞争激烈，官方刻书、书坊刻书实用化和商业化特征显著，书业广告进入了繁荣时期。作为广告的一种，图书广告兼具商业广告与文化广告的双重属性，但也有其独特之处。有学者指出："明代图书出版者（或销售者），通过各种传播媒介，向大众广泛传递图书产品信息，旨在促进销售的营销传播活动，与现代书业广告的区别是，它没有广告代理，无须支付广告费用，是一种松散的、自发性的传播行为。"① 明代《文心雕龙》序跋中已经有了广告意识的端倪。长期以来，《文心雕龙》的研究者多从文学的角度看待序跋，然而在明代，图书作为商品融入了市场，尤其是中后期，书坊为了扩大发行，获取利润，采取多种的广告手段，序跋也是其中之一。明人徐师曾在《文体明辨序说》中云："'题跋'者，简编之后语也，凡经传、子史、诗文、图书之类，前有序引，后有后序，可谓尽矣。其后览者，或因人之请求，或因感而有得，则复撰词以缀于末简，而总谓之'题跋'。"题跋式广告在宋代就是一种独立的图书广告形式，在官刻、家刻、坊刻中均有表现。②

序跋中的"广告"意识对书籍的传播意义重大。明代《文心雕龙》的出版者希望《文心雕龙》能够具有好的市场价值和商业效应，研究者也希望它能被更多的读者所关注，因此，此时《文心雕龙》的序，还具有"宣传性""广告性"的特点。此处以冯允中的序言为例，因为它几乎涵盖了《文心雕龙》宣传性的所有"广告卖点"：

> 天地间物，莫奇于书；奇则秘，秘则不行，此好古者之所同惜也。有能于其晦伏之余，广而通之，使不终至于泯没，非吾党其谁与归？梁通事舍人刘勰撰《文心雕龙》四十九篇。论文章法备矣。观其本道原圣，亘于百世，推崇其始，备陈其诀，自诗骚赋颂而下，凡为体二十七家，一披卷而摛辞之道具；学者如不欲为文则已，如欲为文，舍是莫之能焉。盖作者之指南，艺林之关键，大可以施庙堂资制

---

① 王海涛：《明代书业广告研究》，博士学位论文，武汉大学，2009年，第11页。
② 参见耿相新《宋元时期图书广告初探》，《中国出版》2003年第8期。

作，小亦可以抒情写物，信乎其为书之奇也。①

第一，在明人看来，《文心雕龙》是指导写作的"述作之金科，文章之玉尺"，尤其是书中对为文之"法"有具体的楷则，"大可以施庙堂资制作，小亦可以舒情写物"，指导范围几乎涉及了所有的文体。如冯允中序言认为《文心雕龙》"论文章法备矣"，"学者如不欲为文则已，如欲为文，舍是莫之能焉"。乐应奎则言其"各篇之中，而文之各法俱详"。同时，以"原道""征圣"、"宗经"为核心思想的《文心雕龙》在意识形态和具体应用上也与明代科举的要求相契合，而这也是对《文心雕龙》卖点的宣传。

第二，利用学者名流的身份加强宣传。信息来源的说服力和信息本身的说服力是影响消费者购买行为的主要因素，序跋作者正是承担了这种传达信息的角色。《文心雕龙》的序跋作者大都学术修养深厚，他们既是作品的阅读者，也是阐释者，他们的评价对消费者了解、接受作品具有促进作用。如载尔在序中言："予尝闭关却扫，驰骋艺圃之场，文章自秦汉而上……圆融密致之体，峻结遒劲之格，足以启多识蓄德之助，擅登高作赋之奇者，惟梁通事舍人刘勰所著《文心雕龙》一书。"② 这段序言先介绍了自己的身份和学养，还结合阅读感受认为《文心雕龙》乃"艺圃之琼葩"，其语气同今天的广告词已无二致。

第三，版本也是书籍的重要卖点之一。明代炉火纯青的印刷技术使书籍的版本出现多样化的特点。版本因底本、校勘、刻工等因素的影响而有高下之别，因此，对版本的宣传也成为书业广告的重要内容之一。序跋的作者会在文中有意识地强调书籍的版本特色，如"方今海内文教盛隆，操斛之士，争崇古雅，独是书时罕印本，好古者思欲致之，恒病购求之难……呜呼，此刻既行，世有休文，宁无同赏音者"③。虽然明代有很多所谓的古本、秘本是书商为牟利随意增删而成的劣本，但这也从侧面反映了版本对书籍销售的重要性。

第四，对比、并举都是能引起消费者注意和激发消费者热情的手段。

---

① 杨明照：《〈文心雕龙〉校注拾遗》，上海古籍出版社1982年版，第725页。
② 同上书，第30页。
③ 同上书，第731页。

程宽序言:"文之义大矣哉,魏文《典论》,隘而未扬;士衡《文赋》,华而未精。若气扬矣而法能玄传……刘子之《文心雕龙》乎"[1],将《文心雕龙》与其他书目并举,指出《文心雕龙》兼具诸书之长而避诸书之短,以此来刺激阅读者的购买欲望。

第五,宣扬"奇书效应"。明代对"奇书""秘书"有特殊的偏好,各类文体都显露出"奇"的特点,这在小说中最为显著,如曾棨在《剪灯余话》序中讲"迩日必得奇书也"。《文心雕龙》序跋作者或有意为之,或受其影响,在序中也特别强调此书的奇和秘。如冯允中序:"天地间物,莫奇于书,奇则秘,秘则不行,此好古者之所同惜也……信乎其为书之奇也。"[2] 张之象则说:"自非博极群书,妙达玄理,顿悟精诣,其孰能兴于此耶",将《文心雕龙》的"奇"直接解释为"天解神授"。

总之,明代《文心雕龙》序跋作者具有明确的"广告"意图和宣传目的,从某种层面上讲,这对《文心雕龙》的传播有着积极的促进作用。

## 第三节 《文心雕龙》的接受方式之评点

"在中国古代的文学批评史学史上,最为集中、也最有代表意义的无疑是有关《文心雕龙》的评点。"[3] 评点是明代最重要的文学批评方式之一,这在龙学研究上也有所反映。明人以创作实践为出发点,结合当时的文学思潮和自身创作经验,以评点的形式对《文心雕龙》展开了全面细致的研究。《文心雕龙》的评点者多为文学大家,他们或从细节入手揭示刘勰的为文用心、或阐发全书结构特点、或指摘警句、或评论行文风格,表现了对文本的直观理解和理性思索。明代《文心雕龙》的评点在深度上或许有所欠缺,但却开阔了后学的思路,成为中国古代文学批评史不容忽视的一部分。《文心雕龙》的评点者首推杨慎和曹学佺,此外还有陈仁锡、陶望龄、叶绍泰等,他们开启了《文心雕龙》评点的先河。评点扩大了《文心雕龙》的接受范围,对《文心雕龙》在明代的繁荣有不可忽视的作用。明人对《文心雕龙》作了全面详尽的评点,全书五十篇几乎篇

---

[1] 杨明照:《〈文心雕龙〉校注拾遗》,上海古籍出版社1982年版,第727页。
[2] 同上书,第725页。
[3] 黄霖:《〈文心雕龙〉汇评》,上海古籍出版社2005年版,第28页。

篇涉及。以钟惺为例，除了第二十一篇《封禅》外，他对其余四十九篇皆有点评。陈仁锡亦是如此，在五十篇章节中，陈氏除了《论说》《书记》《隐秀》《指瑕》《总术》五篇外，也是篇篇皆有评注，其中对《神思》和《程器》篇的评论各有五处。从形式来看，评点主要针对《文心雕龙》中的局部性的微观问题，多对部分字句作评论，少有对整篇的总评。

## 一 评点的形式

评点是最具中国特色的批评方式之一，章学诚认为："评点之书，其源亦始钟氏《诗品》、刘氏《文心雕龙》。然彼则有评无点，且自出心裁，发挥道妙。又且离诗与文而别自为书，信哉，其能成一家言矣。"① 钱钟书认为陆云的《与兄平原书》"俨然诗文评点之最古者矣"②。明代评点之风兴盛，历代知名作品几乎都成为被评点对象，当时的一些文学大家如杨慎（1488—1559）、归有光（1506—1571）、唐顺之（1507—1560）、王世贞（1526—1590）、钟惺（1574—1624）等人都参与了评点活动。

在《文心雕龙》的评点史上，杨慎的五色圈点③尤为后世称道。明代评点形式多样。"评"是阅读者对作品作评语，有总评、夹批、眉批等、夹批、旁批等形式；"点"是阅读者通过各种形状、颜色的点、圈、线、三角等符号表达阅读者对作品的批评，有单点、双点、圆点、三角点、单圈、双圈、三角圈等形式，评与点多混合使用，并辅之以色彩，通常以红、黄为多，称为"丹黄"，其他色彩有绿、蓝、青、白等，甚至还有三色、五色的套印。杨慎是文学史上第一个采用五色圈点批点《文心雕龙》的研究者，五色是指红、黄、绿、青、白。杨慎或是单用某一种符号、颜色或是混合使用，在多种套用中有红点红圈式、黄点红圈式、青点红圈式等。文学史上最早使用不同颜色圈点文学作品的是三国时期的董遇，史载："初，遇善治《老子》，为《老子》作训注，又善《左氏传》，更为作朱墨别异。人有从学者遇不肯教，而云必当先读百遍。言读书百遍，而

---

① （清）章学诚著，叶瑛校注：《〈文史通义〉校注》，中华书局 2004 年版，第 58 页。
② 钱钟书：《管锥篇》，中华书局 1979 年版，第 1215 页。
③ 本文关于"五色圈点"的内容参考了张伯伟的《评点溯源》（载章培恒、王靖宇主编《中国文学评点研究论集》，上海古籍出版社 2002 年版）与吴承学的《中国古代文体形态研究》（中山大学出版社 2000 年版）。

义自见。"① 早期的圈点多用来校勘和作注，直到宋代才开始盛行以不同的色彩进行文学性评点。吕思勉认为："圈点之用，所以抉出书中紧要之处，俾人一望而知，足补章句所不备，实亦可为章句之一种。"（《章句论》）但这却不适用于杨慎的批点，杨慎在圈点方面主张"正不必说破，说破又宋人矣"，有意避免将其圈点的意义直白地告诉读者，这似乎是有意在效仿董遇，或许杨慎也希望自己的圈点能如神龙一般，"欲小则化如蚕蠋，欲大则极于天下；欲尚则凌于云气，欲下则入于深泉。变化无日，上下无时"②。这种意会式的圈点可以启发读者的思维，充分发挥读者的理解力，但也给后学者带来了不可避免的困惑，尤其是人们对部分不同色彩的圈点所代表的意义只能去臆断和猜测。如徐㶏云："中间为杨用修批评圈点，用朱黄杂色为记，又自秘其窍，不烦说破，以示后人，大都于其整严新巧处而注意也。"③ 对于所作圈点的含义，杨慎在给好友张含的信中说："盖立意一定，时有出入者，是乖其例。人名用斜角，地名用长圈圈之。然亦有不然者，如董狐对司马，有苗对无隶，虽系人名、地名，而俪偶之切，又当用青笔长圈。此其区区宋人所能尽之，高明必契鄙言耳。"④ 但这一说明并没对色彩的含义作出明确的解释。"五色备具谓之文"，五色分别是红、黄、绿、青、白，其中青、白、黄为正色，红绿是间色，这与中国传统文化对色彩的理解密切相关，在中国传统观念中正色与间色地位悬殊，《礼记》载："用器不中度，不粥于市，兵车不中度，不粥于市，布帛精粗不中数，幅广狭不中量，不粥于市。奸色乱正色，不粥于市也。"杨慎圈点中所用的色彩以正色为主，黄色最多，其次为青、白二色；所使用的间色以红色居多，绿色较少。值得注意的是，在杨慎的圈点中，对情感、辞采等与其文学理论相关性较大的评点，大都采用了黄色。"黄"代表在五行中处于主导位置的"土"，其地位最尊。《尚书·牧誓》用"左仗黄钺，右秉白旄以麾"来描绘武王的形象，《论衡·符验》曰："黄为土色，位在中央"，《汉书·律历志》也说："黄，中之色也"，可以说，"得黄中之色而可以见四方之色

---

① （晋）陈寿撰，（南朝宋）裴松之注：《三国志》，中华书局1982年版，第420页。
② 姜涛：《〈管子〉新注》，齐鲁书社2006年版，第314页。
③ 杨明照：《〈文心雕龙〉校注拾遗》，上海古籍出版社1982年版，第748页。
④ 同上书，第745页。

也"。通过分析杨慎黄色圈点的内容可知他在圈点《文心雕龙》时对各种色彩的使用并非率性而为，无迹可寻。杨氏自言："批点《文心雕龙》，颇谓得刘舍人精意，此本亦古有一二误字，已正之。其用色，或红或黄，或绿或青或白，自为一例，正不必说破，说破又宋人矣。"他的评注在当时及后世影响巨大，诚如顾起元所云："升庵先生，酷嗜其文，咀唵菁藻，爱以五色之管，标举胜义，读者快焉。"① 杨氏采用五色圈点也与当时的科举制度有关。杨氏一门地位显赫，且都为科举出身，杨慎本人更是贵为状元，对科举的诸种规定了然于心。此外，洪武十七年（1384）规定："一、誊录所务依举人原卷字数语句誊录，相同于上附书某人誊录无差毋致脱漏添换；一、对读所，一人对红卷，一人对墨卷，须一字一句用心对同，于后附书某人，对读无差毋致脱漏；一、举人试卷用墨笔誊录，对读、受卷、皆用红笔，考试官用青笔，其用墨处不许用红，用红处不许用墨，毋许混同一。"② 这种科举规定或许也使杨慎受到启发。

## 二 对"以艺论之"的强调

对于明人的评点，今人多认为零散且缺乏理论性，但通过分析，就会发现"以艺论之"正是明代《文心雕龙》评点的重点所在，以下以杨慎和钟惺两位《文心雕龙》评点大家为例进行说明。

（一）杨慎

杨慎是文学史上第一个采用五色圈点批点《文心雕龙》的研究者，他对《文心雕龙》的研究在龙学史上具有里程碑式的作用，它标志着"明代较为有系统地研究刘勰文学理论之开端"③。在杨慎的评点中处处体现了对"艺"的强调。

杨慎对《文心雕龙》的评点几乎没有离开过"以艺论之"。作为文之枢纽，《原道》《宗经》《征圣》三篇在《文心雕龙》的位置不言而喻，但杨慎对此三篇所作评语仅3处，如下：

---

① 杨明照：《〈文心雕龙〉校注拾遗》，上海古籍出版社1982年版，第735页。
② （明）申时行：《明会典》卷77，中华书局1989年版。
③ 参见张少康、汪春泓、陶礼天、陈允锋《〈文心雕龙〉研究史》，北京大学出版社2001年版，第57页。

表 1—2

| 章节 | 内容 | 评语 |
| --- | --- | --- |
| 《征圣》 | 颜阖以为仲尼饰羽而画，徒事华辞。 | 颜阖事见《庄子》。 |
| 《征圣》 | 鉴悬日月，辞富山海。百龄影徂，千载心在。 | 奇句也，诸赞例皆蛇足，如此麟角，固不一二。 |
| 《宗经》 | 于是《易》张《十翼》，《书》标七观，《诗》列四始，《礼》正五经，《春秋》五例。 | 《尚书大传》引孔子曰："《六誓》可以观义，《五诰》可以观仁，《吕刑》可以观诫，《洪范》可以观度，《禹贡》可以观事，《皋陶》可以观治，《尧典》可以观美"。 |

杨慎对"艺"的态度在其《选诗外编序》中有集中论述：

诗自黄初、正始之后，谢客以排章偶句倡于永嘉，隐侯以切响浮声传于永明，操觚铦才，靡然从之……盖缘情绮靡之说胜，而温柔敦厚之意荒矣，大雅君子宜无所取然。以艺论之，杜陵诗宗也，固已赏夫人之清新俊逸，而戒后生之指点流传。乃知六代之作，其旨趣虽不足以影响大雅，而其体裁，实景云、垂拱之先驱，天宝、开元之滥觞也，独可少此乎哉。

在杨慎的理论体系中"艺"有明确的所指，对六朝文学"缘情而绮靡"的肯定体现了他对"艺"的追求。杨慎尤其反对文学创作为了政教观去牺牲文学的审美特性。他曾对宋玉和景差所作《招魂》与《大招》进行比较，朱熹认为《大招》"平淡醇古，不为词人浮艳之态"，而杨慎则认为《大招》"寒俭促迫"。这在他的诗文创作中多有体现。钱谦益认为杨慎的诗文："沉酣六朝，揽采晚唐，创为渊博靡丽之词，其意欲压倒李、何，为茶陵别张壁垒，不与角胜口舌间也。"杨慎的这一思想在对《文心雕龙》的评点中多有体现，这在对"艳"的关注中表现尤为明显。

"艳而有骨，丽而有则"是杨慎在文学辞采上的最高追求。杨慎对《文心雕龙》中"艳"的批点比例之高，引人注目，现列举如下：

表 1—3

| 篇名 | 原文 | 评点 |
| --- | --- | --- |
| 《宗经》 | 楚艳汉侈 | 红圈 |
| 《辨骚》 | 《招魂》《招隐》，耀艳而深华。《卜居》标放言之致，《渔父》寄独往之才，故能气往轹古，辞来切今，惊采绝艳，难与并能矣。 | 黄圈，惊采绝艳复加红圈，且评"耀艳深华"四字，尤尽二篇之妙处，故重圈之。皮日休评《楚辞》"幽秀古艳"，亦于此相表里。予稍易之云：《招魂》耀艳而深华，《招隐》幽秀而古郎。 |
| 《通变》 | 则黄唐淳而质，虞夏质而辨，商周丽而雅，楚汉侈而艳，魏晋浅而绮，宋初讹而新。 | 红圈 |
| 《情采》 | 绮丽以艳说，藻饰以辩雕，文辞之变，于斯极矣。 | 黄圈 |

"宋华父督见孔父之妻于路，目逆而送之，曰：'美而艳。'"① 何谓"美""艳"？杜预注："色美曰艳。艳，以赡反，美色也"，孔颖达《正义》云："美者言其形貌美，艳者言其颜色好，故曰美而艳为二事之辞"。杨慎在给友人朱曰藩的信中说："盖艳而有骨，丽而有则"，在评庾信诗时又进一步说："庾信之诗为梁之冠绝，启唐之先鞭，史评其诗曰绮艳……余尝合而衍之曰：绮多伤质，艳多无骨，清易近薄，新易近尖。子山之诗绮而有质，艳而有骨，清而不薄，新而不尖，所以为老成也。若元人之诗，非不绮艳，非不清新，而乏老成，宋人之诗则强作老成态度，而绮艳清新，概未之有。若子山者可谓兼之矣。"② 除此之外杨慎在批点《辨骚》篇时，在"招魂招隐，耀艳而深华"中的"耀艳而深华"每个字下加两个圈，并批曰："'耀艳深华'四字，尤尽二篇妙处，故重圈之。"可见在杨慎看来，"艳"首先应该具有美的特征，杨慎《升庵诗话》说："韦应物《答徐秀才诗》云：清诗舞艳雪，孤抱莹玄冰。极其工致，而艳雪二字尤新……屡用艳雪，字而不厌其复也。或问予雪可言艳乎？予

---

① 顾馨、徐明校：《春秋左传》，辽宁教育出版社 1997 年版，第 14 页。
② 《升庵诗话》卷 9，载丁福保辑《历代诗话续编》，中华书局 2006 年版，第 815 页。

曰曹子建洛神赋以流风回雪比美人之飘摇，雪固自有艳也。然雪之艳非韦不能道，柳花之香非太白不能道，竹之香非子美不能道也。"① 杨慎把"艳"和"美"联系在一起称之为艳的美绝非浅俗之美，他讲："大抵字之肥瘦各有宜，未必瘦者皆好而肥者便非也。譬之美人，然东坡云：'妍媸肥瘦各有态，玉环飞燕谁敢憎'，又曰：'书生老眼省见稀，图画但怪周昉肥'，此言非特为女色评，持以论书画可也。"（《书品》）可见杨慎对辞采的追求并非只是靡丽绮艳，而是"艳而有骨，丽而有则"的风格。何为骨？杨慎对"骨"的批注集中体现在《风骨》篇："如《左氏》论女色曰：'美而艳'。美犹骨也，艳犹风也。文章风骨兼全，如女色之美艳两致矣。"除了辞采，杨慎在评点《文心雕龙》时对情感等也着力不少，这部分内容在后文中都有阐述，此处就不赘述。

（二）钟惺

今人普遍认为钟惺对《文心雕龙》的点评价值不高，其评语"浅陋"，"都只是一些赞赏的语言，缺乏理论的阐述"②，但将钟氏的评注之处和评语结合起来进行分析，仍能够看出他的为文态度。

表1—4　　　　　钟惺对《文心雕龙》中部分内容的评语

| 篇章 | 原文 | 评语 |
| --- | --- | --- |
| 《征圣》 | 或简言以达旨，或博文以该情，或明理以立体，或隐义以藏用。 | 至文妙处，四语括尽。 |
| 《诔碑》 | 其叙事也该而要，其缀采也雅而泽；清词转而不穷，巧义出而卓立。 | 文章生面，当于此二语求之。 |
| 《神思》 | 积学以储宝，酌理以富才，研阅以穷照，驯致以怿辞，然后使元解之宰，寻声律而定墨；独照之匠，窥意象而运斤。 | 文章能事于此，思过半矣。 |
| 《情采》 | 昔诗人什篇，为情造文；辞人赋颂，为文而造情。 | 文生情，情生文，辨得深细大于文章家有益。 |

---

① 《升庵诗话》卷9，载丁福保辑《历代诗话续编》，中华书局2006年版，第933页。
② 祖保全：《试论杨、曹、钟对〈文心〉的批点》，载《文心雕龙学刊》第四辑，齐鲁书社1986年版，第207页。

续表

| 篇章 | 原文 | 评语 |
| --- | --- | --- |
| 《章句》 | 寻诗人拟喻，虽断章取义，然章句在篇，如茧之抽绪，原始要终，体必鳞次。启行之辞，逆萌中篇之意；绝笔之言，追媵前句之旨。 | 作文篇章大意，说的了然。 |
| 《附会》 | 凡大体文章，类多枝派，整派者依源，理枝者循干。是以附辞会义，务总纲领，驱万涂于同归，贞百虑于一致，使众理虽繁，而无倒置之乖。 | 如此论文，岂浅学所知。 |

上述评点虽多简短赞誉，但并非空泛之言，它涉及了创造中的各个环节，如创作前的准备，创作过程中篇章结构的安排，语言、文辞的运用，反映了钟惺对刘勰作文之法的肯定，正是："尝恨世人闻见汩没，守文难破，故潜思遐览，深入超出，缀古今之命脉，开人我之眼界。"（谭元春：《退谷先生墓志铭》）在钟惺看来，至文的最高典范是"或简言以达旨，或博文以该情，或明理以立体，或隐义以藏用"，同样的表述也体现在他对《诔碑》的评注中，"其叙事也该而要，其缀采也雅而泽；清词转而不穷，巧义出而卓立"即是言文章要概括要简练，情感的表达要丰富多样，文辞要雅正、婉转，立意要含蓄巧妙。钟惺对"至文"的理解并非空泛之谈，而是具有现实的针对性。当时文坛复古之风日炽，时人欲求古人为文之法但却偏离甚远，诚如袁宏道所言："以剿袭为复古，句比字拟，务为牵合，弃目前之景……有才者诎于法，而不敢自伸其才，无之者，拾一二浮泛之语，帮凑成诗。"（《雪涛阁集序》）钟惺认为学古本无可厚非，但学古绝非是仅仅模拟古人之语句，他说："常愤嘉、隆间名人，自谓学古，徒取古人极肤、极狭、极套者，利其便于手口，遂以为得古人之精神，且前无古人矣。"（《再报蔡敬夫》）学古人正确的为文之法不是断章取义的语句或文辞，而应该是一整套系统的作文体系，只有掌握了古人作文之法的精髓，且融会贯通、化为己用，才是"不泥古学"，可谓"高趣人往往以意作书，不复法古，以无古可法耳"。

## 三　其他特点

明人评点多从小处着笔，关注具体性、细节性的问题，重直觉，具有较大的随意性，较难展现评点人完整的思想体系，后人多是通过整合、分析甚至是揣测、推断来理解评点人的思想。作为明代评点文学的一部分，明人对《文心雕龙》的评点也反映出这一时期评点的共同特征。

第一，摘发字句。明代批评家对作品中具有特定价值的的字、词、句格外关注。他们或对其注释考证，或肯定、赞誉其艺术特征，或分析其用法意义，不一而足。《文心雕龙》的评点者也不例外，几乎所有《文心雕龙》的评点者都有摘发字句式的评点，如杨慎曾言："先辈言杜诗韩文无一字无来历，予谓自古名家皆然，不独杜韩两公耳。刘勰云：'灼灼'状桃花之鲜，'依依'尽杨柳之貌，'喈喈'逐黄鸟之声，'嘤嘤'学鸿雁之响，虽复思经千载，将何易夺？信哉其言"[1]，反映出他对篇章结构和句法、练字的重视。《文心雕龙》评点中的摘发字句大抵分为以下几类：其一，对绝妙字句的赞叹。陈仁锡评"据事似闲，在用实切"曰"深得闲字之理，所谓文不在实字，而在虚字"。除了赞美之外，评点者也注意到了其不足，如曹学佺评《原道》篇赞文，认为"光采元圣，炳耀仁孝"中"仁孝"二字的使用似乎不甚妥当，还应斟酌思量。陈仁锡认为《辨骚》篇结尾一句"结得衰飒"。其二，对恰当比喻的赞叹。钟氏评"夫翚翟备色，而翾翥百步……骨劲而气猛也"曰"比喻之妙，使人会心甚远"。其三，对描写的赞叹。钟氏评"是以诗人感物，联类不穷。连万象之际，沉吟视听之区"曰"写的景物悠然，会心诗人，妙矣"。这类评点多琐碎、凌乱，中心模糊，评点者只关注独立篇章中的用字用句，缺乏整体上的把握和理论上的阐述。

第二，注重直觉、主观感受，表达的口语化特征明显。序跋逻辑严密，表达了作者对全文宗旨、创作动机等问题的认识，文中每一个字都是作者斟酌思虑后的有的放矢之语；评点则多是针对某一具体的"点"有感而发，缺乏严谨的深层思维，感悟性和模糊性是其主要特征。明代评点中很大一部分是评点者对《文心雕龙》的褒扬和赞叹，此类评点多赞叹之言，鲜有文学观念之阐发。在今人看来，这种停留在感性认识阶段的评

---

[1] 丁福保辑：《历代诗话续编》，中华书局2006年版，第866页。

点多是泛泛而论，价值不大，对此，中国台湾学者龚鹏程指出："在诗歌评价中，评价者赞美的话多是一种情绪上的表达，用以激发读者的情感，就评语本身来说，是没有认知意义的，只有具有认知意义的评价语，才能判断其真假。"① 明人的此种评点或许缺乏理论上的意义，但换一个角度来思考，这种直白的赞叹，如评语中用"好"这样口语式的词语却是其感性情绪的直接表达，而这种酣畅淋漓的感叹也必然会影响到读者的态度和情感，有益于读者积极性的调动。

第三，评点往多是感而发，具有很大的随意性，一些评语甚至与作品关系不大，如"长卿之于屈宋，相去自远"，"直笔而书，出尽千古文人之丑"，"正论，足服班史之心"，"后人病痛，前人说尽，所以名世"之类；还有一些评语是以刘勰为关注对象，对刘勰的心态进行剖析，如在《序志》中，钟惺评"刘子好名之心，自道破不讳"，在"在诸子者入道见志之书"处评"一语破的"。杨慎批眉"总论诸子，得其髓者，可见彦和洞达今古"等。

明人的评点对《文心雕龙》的理论研究和传播具有积极的影响。如杨慎的评点在《文心雕龙》的研究史上具有里程碑式的作用，它"标志着明代较为系统地研究刘勰文学理论之开端，也标志着明代借助《文心雕龙》以建构文学特别是诗学创作论的开端"②。这种影响力既源于杨慎的研究成果，也与杨慎本人在明代文坛的地位密切相关。杨慎"是一个转变时期的先驱，由他启蒙开了一代风气，对后代产生了深广的影响"③。可以说，杨慎的评点在龙学研究中具有不可替代的作用。曹学佺是明代《文心雕龙》的另一个评点大家，曹氏是明末金陵社集的主要代表诗人，以诗文名闻当世。王士禛则认为曹学佺是万历中期以后迄于明末唯一值得称述的诗人，他在《池北偶谈》中说："明万历中年以后迄启、祯间无诗，惟侯官曹能始宗伯学诠诗，得六朝初唐之格，一时名士如吴兆、徐桂、林古度辈皆附之，然海内宗之者尚少。钱牧斋所折服，为临川汤先生义仍与先生二人而已。"④ 文学大家的评点对《文心雕龙》的传播和理论

---

① 龚鹏程：《诗歌鉴赏中的评价问题》，《文学散步》，台湾汉光文化事业股份有限公司1985年版，第217页。
② 汪春泓：《杨慎批点文心雕龙述要》，《文学前沿》2000年第2期。
③ 丰家骅：《杨慎评传》，南京大学出版社1998年版，第214页。
④ （清）王士禛：《池北偶谈》，学苑出版社1999年版，第203页。

研究无疑有着巨大的促进作用。诚如王钟陵所言："文学道路的开辟内在地有着一种必然性。但在具体进程上，偶然性、个人的作用仍是巨大的。偶然性和个人的作用，不仅对于某一文学进程之缓速，而且对于这一进程具有何种色彩，都是至关重要的……个人正确的思想与偏执的谬误，统统一齐纳入到这种特定性中，这不仅造成了某一文学进程的自我面貌，而且也往往构成为属于这一进程的某种具体矛盾。"①《文心雕龙》正是在由于这些文学大家的关注和研究，其价值才逐渐得以展现，遂成就今日的显学。

通过上述分析，可以看出明人对《文心雕龙》的点评具有以下特点：其一，评点者多为文坛大家，在当时的文坛具有较大的影响力。他们对《文心雕龙》的评点扩大了这一著作在当时的影响；其二，评点具有很强的针对性，多针对当时文坛中的一些问题有感而发，而非泛泛之谈。明代的评点者多结合各自的诗学主张来评点《文心雕龙》。在评点《文心雕龙》的同时也是在构建自己的诗学理论。如杨慎对"艺"的关注、钟惺对"情"的强调，曹学佺对"自然"的阐释等。汪春泓认为曹学佺评《文心雕龙》"实有借助刘勰以寻找诗歌出路的用心，他跳出了诸如诗必盛唐等窠臼，突出情感之浓烈，描写之真切，而又归之于自然，这无疑是反省当时诗论的有的放矢，也与汤显祖等人主情的文学思潮相呼应"②。事实上，不仅曹学佺如此，其他的评点家们亦是遵循这一思路。其三，评点者虽没有对《文心雕龙》的性质作出界定，但在文论方面评点却集中在创作论部分，从多个角度探讨为文之法。其四，明人对《文心雕龙》的评点是明代文学评点的一部分，也沾染了当时文学评论中口语化、重感悟、散乱的特点。

---

① 王钟陵：《论文学史运动的内在机制及其展开形式》，《中国社会科学》1994年第3期。
② 汪春泓：《〈文心雕龙〉的传播和影响》，学苑出版社2002年版，第265页。

# 第二章

# 明代之前的《文心雕龙》接受

本章以"史"为脉论述《文心雕龙》在明代之前的接受情况，勾勒出明代《文心雕龙》接受的"期待视野"。齐梁时期的接受主体在南方以萧氏皇族及其周围文人为主，北方以颜之推为代表；唐代《文心雕龙》的接受范围逐渐扩大，至中晚唐，《文心雕龙》参与到了当时的几大文学运动和文学思潮之中；在宋元时期，《文心雕龙》被空前数量的文献典籍或抄录、或征引、或袭用，甚至走进了地理、书画等领域，异彩纷呈。这些形成了明代《文心雕龙》接受的"期待视野"，对其在当时和后世的流传也起到了积极的促进作用。

## 第一节 接受概况

### 一 齐梁《文心雕龙》接受

《文心雕龙》自问世起就得到了文坛权威的关注。齐梁时期，《文心雕龙》在南方的接受群体以萧氏皇族及其周围文人为主，这一群体在接受中以个人喜好为主，兼顾政治需要，具有家族性特征；《文心雕龙》在北方接受主体以颜之推（531—590）为代表。

周勋初在《梁代文论三派述要》一文中将梁代文论划分为以三萧为代表的新变、保守和折中三派。朱东润认为："萧氏兄弟对于文学之评论，可分二派，萧统之论，较为典正，持文质彬彬之说，萧纲萧绎则衍谢朓、沈约之余波，创为放荡纷披之论，与乃兄迥别矣。"[①] 罗根泽则认为萧绎和萧统都是"兼重华实"的，因而与萧纲不同，"萧绎反对'轻侧'

---

[①] 朱东润：《中国文学批评史大纲》，上海古籍出版社2001年版。

之文，而与另一乃兄萧统的意见略相近"①。其中与刘勰的文学思想最为接近的是以萧统为代表的折中派。《梁书·刘勰传》载：

> 中军临川王宏引兼记室，迁车骑仓曹参军；出为太末令，政有清绩，除仁威南康王记室，兼东宫通事舍人……兼步兵校尉，兼舍人如故，昭明太子好文学，深爱接之。②

萧统对刘勰"深爱接之"并不仅仅因为刘勰"政有清绩"，更重要的原因在于"昭明太子好文学"的个性以及刘勰持有相似的文学立场。即是言，刘勰是因其文学上的建树和在文论中的折中立场而得到萧统的认可和赏识。萧统的文学立场在《文选》中有明确的反映，黄侃曾说："读《文选》者，必须于《文心雕龙》所说能信受奉行，持观此书，乃有真解。"③古人也常将两部同时期的著作对比观照，如明代胡应麟："萧统之选，鉴别昭融；刘勰之评，议论精凿。"(《诗薮·内编》卷2) 清代孙梅言："彦和则探幽索隐，穷形尽状。五十篇之内，百代之精华备矣。其时昭明太子纂辑《文选》，为词宗标准。彦和此书，实总括大凡，妙抉其心：二书宜相辅而行者也。"(《四六丛话》卷31)

关于《文选》对《文心雕龙》的接受情况，学界的意见并不一致。今人认为两部著作具有相通之处。第一，对文学本质的看法。萧统认为文学的本质在于"诗者志之所之也"，遵循"诗以言志，政教之基"的儒家政教观，"诗者，盖志之所之也，情动于中而形于言"。萧统也将"姬公之籍，孔父之书"提到"孝敬之准式，人伦之师友"的高度，两人均主张六经在文学和思想上的典范作用，它们"不仅在文学样式的分类上存在不少的共同点，且在关于文学本质的想法方面也极为相似。《文选》的编纂者曾受到《文心雕龙》的巨大影响是不容否定的，即使说《文选》实际上是依据《文心雕龙》文学论而构成的诗文集形式的著作，恐怕也不过分"④。这种思想在两人对《诗经》的评析上有直接的反映。第二，

---

① 罗根泽：《中国文学批评史》，上海古籍出版社1984年版。
② (唐) 姚思廉：《梁书》，中华书局2006年版，第710页。
③ 黄侃：《〈文选〉评点》，上海古籍出版社1985年版，第1页。
④ [日] 户田浩晓：《〈文心雕龙〉研究》，上海古籍出版社1992年版，第2—3页。

内容与形式方面。黄侃曾说:"'若夫姬公之籍'一段,此序选文宗旨,选文条例皆具,宜细审绎,毋轻发难端,《金楼子》论文之语,刘彦和《文心雕龙》一书,皆其翼卫也"①,指出两者之间的关系。有学者还将《文心雕龙》的书名和《文选》的选文标准"事出于沉思,义归乎翰藻"相结合,提出"其'沉思'之想与'文心'之思,'翰藻'之文与'雕龙'之采,名异而实同,都体现了他们注重内容与形式相结合的文学观点"②。第三,文体以及"选文以定篇"的方面。研究者认为两部作品在所选篇目上存在诸多的相同。《文选》"七代文体,甄录略备,而持较《文心雕龙》,篇目虽小有出入,大体实相符合"③;在篇目选取上,两部著作都把当世作家的作品作为选录重点,"《文选》在诗的领域中,是以晋代至梁代的华丽之诗为中心进行选录……在'文'的领域里,《文选》把'汉文'作为最早的范文而加以采录,在此基础上,以由此变化发展而来的种种富于文饰的当世流行之文为中心编纂收录的"④。第四,对历代文人及其作品的评价态度方面。《文选》所选录的作家"有五分之四都是《文心雕龙》有的,且有些作家如屈原、宋玉、曹植等出现在《文心雕龙》中的次数也不止于一次。《文选》选录的作品,在《文心雕龙》里明白指出篇名的,不下百余篇"⑤。

　　前辈研究者对《文心雕龙》对《文选》的影响分析全面且深入,但不妨提出一个假设,假如没有《文心雕龙》的存在,《文选》又会以何种面目示人,会不会依旧是现存的体例和观点?对两部著作的关系应该客观对待。一方面,《文选》确实对《文心雕龙》诸多地方进行了借鉴,但两书选文存在相似性却有多方面的原因,如果将这种相似性完全归结为《文选》对《文心雕龙》的借鉴并不客观。齐梁文坛重视文集的编纂,这些文集既有分体裁编撰的文章总集又有单体文集,萧统集团收录了自周代至梁朝的百余位作家的 39 种体裁、400 余篇诗和 760 余篇文,这些选文

---

① 黄侃:《〈文选〉评点》,上海古籍出版社 1985 年版,第 3 页。
② 李金坤:《从"文学观点"与"文体选目"看〈文心雕龙〉对〈文选〉的影响》,《中国文化研究》2004 年冬之卷。
③ 骆鸿凯:《文选学》,中华书局 1989 年版,第 124 页。
④ [日]清水凯夫:《从全部收录作品的统计上看〈文选〉的基本特征》,《长春师范学院学报》1999 年第 1 期。
⑤ 殷孟伦:《如何理解〈文选〉编选的标准》,《文史哲》1963 年第 1 期。

除以"事出于沉思,义归乎翰藻"为标准外,也都是历代文学中的经典精华,且在历史上或是当时具有足够的影响。所收作品多为"先士茂制,讽高历赏,久有定评之作"①;另一方面,两书对于"文"的理解和创作目的存在很大的差异。萧统关注是作品的文学性、审美性,而刘勰强调的"根本就不在于区分何谓文学或非文学……他只是为了揭示写作的规律,以指导人们正确地从事写作或学习写作……选文在其中只是为了述中显优劣,以选文为例证阐释写作中的问题"②,因此,两人的文学观的出发点并不相同。《文选》或许确实以《文心雕龙》为参照,但这种接受只是在具体问题和细节上,萧统是借鉴《文心雕龙》中的具体部分来表达自己的文学观点。

萧绎论文偏重"吟咏情性",与《文心雕龙》相比,钟嵘的《诗品》对其影响更大,但《金楼子》中多有文字出自《文心雕龙》,如"管仲有言:'无翼而飞者,声也;无根而固者,情也'。然则声不假翼其飞甚易;情不待根,其固非难。以之垂文,可不慎欤?"③ 又如"古来文士,异世争驱,而虑动难固,鲜无瑕病。陈思之文,有才之隽也,武帝诔云:'尊灵永蛰',明帝颂云:'圣体浮轻',浮轻有似于蝴蝶,永蛰可拟于昆虫,施之尊极,不其嫙乎"④。

作为当时的侨姓高门,琅琊颜氏与萧氏关系密切。颜之推之父颜协为萧绎之官员,深受赏识,萧绎称其"行称乡闾,学兼文武,服膺道素,雅量邃远,安贫守静,奉公抗直,傍阙知己,志不自营"(《荐颜协表》)。颜之推也曾任萧绎的散骑侍郎,奏舍人事。《颜氏家训》对《文心雕龙》接受主要集中在两点:一是对宗经观念的重视,二是对"文如其人"命题的延伸。对于第一点,后文专有论述。"文如其人"是中国古代文论传统命题之一,评价文人品行的高下是中国文论的重要部分。曹丕在《与吴质书》中明确提了"文人无行",他说:"观古今文人,类不护细行,鲜能以名节自立",刘勰在《程器》篇中将之细化。颜之推与刘勰的评论十分相似,但却不完全相同。从数量上看,刘勰所举16人,而颜氏所列

---

① 参见王立群《〈文选〉成书研究》,商务印书馆2005年版,第49页。
② 潘新和:《还〈文心雕龙〉"写作学"专著之真面目——走出龙学研究的"文学理论"误区》,《福建师范大学学报》1997年第2期。
③ 杨明照:《〈文心雕龙〉校注拾遗》,上海古籍出版社1982年版,第541页。
④ 同上。

36人；从措辞上看，刘勰评价侧重于以列举的方式展现"文士之疵"，虽在言辞中反映了作者的态度，却不直接作出评判，而颜之推则直接作出了"自古文人，多陷轻薄"的判定。以司马相如为例，刘勰称其"相如窃妻而受金"，而颜氏直接断定"司马长卿，窃赀无操"。颜氏以儒家行为规范作为文人行为的准的，只要有所不符，也就不能为他所容，宋玉甚至因为"体貌容冶"就被称为俳优，这显然比刘勰的标准苛刻。此外，当时文士，如任昉的《宣德皇后令一首》、到洽的《赠任昉诗》中也有对《文心雕龙》语句的化用。而作为当时文坛盟主的沈约对《文心雕龙》的推崇，前人已有详细论述，此处不再赘述。

## 二 唐代《文心雕龙》接受

唐代是龙学研究的初期阶段，这一时期《文心雕龙》接受范围较之齐梁明显扩大。初唐史学家和政治家对刘勰本人和《文心雕龙》文本的高度关注成为《文心雕龙》接受史上较为独特的现象；中晚唐时期的一系列文学思潮和文学运动与《文心雕龙》也有千丝万缕的关系，唐人对一些问题的强调对明清的龙学研究具有前瞻性的意义。

（一）

在历代《文心雕龙》的研究主体中，唐代史学家是一个较为特殊的接受群体。[①] 他们以史学的眼光来关注《文心雕龙》，这在龙学的研究史中具有独特的意义。唐朝政府重视史书编纂。一方面，官方重视史书修立，唐初高祖、太宗、高宗先后颁布《修六代史诏》、《修晋书诏》、《简择史官诏》，表现出当时的最高统治阶层对史书编纂的高度关注；另一方面，政府设置专门的机构——史馆，进行修史。史馆置于门下省，由宰相负责修史，受皇帝直接管控，"自是著作郎始罢史职"。政府对具体的修史人选有严格的选拔标准和程序，《简择史官诏》中载："修撰国史，义在典实。自非操履贞白、业量该通、谠正有闻，方堪此任。"这些举措对唐代史学的发展起到了保障和促进的作用。唐初共修撰了八部正史，其中涉及《文心雕龙》的有三部，分别是姚思廉（557—637）等修编的《梁书》、李延寿（生卒年不详）所著的《南史》和魏征（580—643）等撰

---

[①] 本节论述借鉴并引用了王更生的部分观点，详见《隋唐时期的龙学》，载《文心雕龙研究》第一辑，北京大学出版社1995年版。

修的《隋书》。其中前两部史书对刘勰及《文心雕龙》涉及较多。

《梁书》共五十六卷，成书于贞观十年（636）。据《旧唐书》记载，唐太宗贞观三年（629）姚思廉和魏征受诏同撰陈、梁二史。姚思廉的父亲曾任陈朝吏部尚书，修陈、梁二史未成而亡，思廉子承父志，用力七年完成此著。《梁书·文学传》后标"陈吏部尚书姚察曰"，由此可知刘勰传应出自姚察之手。《南史》共八十卷，李延寿撰，同《梁书》类似，也是承其父未了之志所作，《南史》初为私人著史，后经过唐高宗的批准可公开传播。两书都专为刘勰设传，但在字数和篇幅上存在明显的差异。对此，前辈学者曾指出："两书作者同撰一传，传主虽同而叙事、体例、引文却差异如此之大，固然一为通史，一为断代，可是在繁略损益之时，对刘勰及其《文心雕龙》，绝对经过缜密的研究和考虑。"① 比较两部史书中的刘勰传，可进一步提炼出唐代史学家对《文心雕龙》的关注点。

《梁书》列刘勰传于"第五十卷，列传第四十四、文学下"，1116字，在内容上明确提及"祖灵真，宋司空秀之弟也。父尚，越骑校尉"，"未期而卒，文集行于世"，同时，对《序志》内容大篇幅引用；《南史》列刘勰传于"第七十二卷，列传第六十二、文学类"，仅367字，内容上也存在差异，如仅有"父尚，越骑校尉"，而无"未期而卒，文集行于世"之句，对《序志》内容仅有梦中随孔子南行之处的引用。通过对两部史书中刘勰记载的比较，可知唐代史学家对《文心雕龙》的关注重点所在：

第一，两部史书都将刘勰列入文学部，对刘勰的生平中的一些关键事件，如笃志好学、无婚娶、依沙门僧祐、深被昭明太子爱接、撰《文心雕龙》五十篇等都有记载。然《南史》篇末言："先燔须发自誓，敕许之，乃变服，改名慧地云"②，而《梁书》于篇末则云："先燔鬓发以自誓，敕许之。乃于寺变服，改名慧地。未期而卒。文集行于世"③，对其文集行于世加以强调，突出了对刘勰文学成就的重视，且此处讲刘勰

---

① 王更生：《隋唐时期的龙学》，载《文心雕龙研究》第一辑，北京大学出版社1995年版，第9页。本节论述的相关内容也参见了此篇论文。
② （唐）李延寿：《南史》，中华书局2007年版，第1781页。
③ （唐）姚思廉：《梁书》，中华书局2006年版，第712页。

"文集行于世",而非《文心雕龙》行于世。今天我们能见到的还有《梁建安王造剡山石城寺石像碑》和《灭惑论》两篇,另外存有篇目的还有《钟山定林寺碑铭》《僧超辩法师碑铭》《建初寺初创碑志》《僧柔法师碑铭》《僧祐法师碑铭》五篇碑铭。据此可知刘勰的其他作品在当时应有流传。

第二,《梁书》对《序志》篇几乎全部引用,而《南史》所摘录却仅有如下内容:

> 予齿在逾立,尝夜梦执丹漆之礼器,随仲尼而南行。寤而喜,曰大哉,圣人之难见也。乃宏小子之垂梦欤。自生灵以来,未有如夫子者也。敷赞圣旨,莫若注经,而马郑诸儒宏之已精就有深解,未足立家。唯文章之用,实经典枝条,五礼资之以成六典,因之致用。于是搦笔和墨乃始论文。

刘勰的梦境虽寥寥数字,但却联系着《文心雕龙》创作缘起、思想倾向、价值指向等诸多深层次的问题,是后人理解刘勰"言为文之用心"关键。从李延寿的记载可以反映出以下问题:其一,李延寿在《南史》中舍弃了序志中的诸多内容,在仅有的三百余字中对一个梦境用了109字进行了记载。他对刘勰梦境的记载并非全部收入,而是进行了精心的选择,仅对梦境中"执丹漆之礼器,随仲尼而南行"部分摘录,而对"予生七龄,乃梦彩云若锦,则攀而采之"则加以舍弃。这固然是由李延寿的编撰风格所决定,但通过李延寿对资料的选择和舍弃亦能反映出其关注点所在。其二,李延寿仅对"执丹漆之礼器,随仲尼而南行"的摘录反映了编者对《文心雕龙》一书"原道""征圣""宗经"性质的注重。值得一提的是,在明代《文心雕龙》接受中,对刘勰梦境的接受成为一个亮点,而此处的记载或许对明人有一定程度的启发。

第三,两部书都明确地提出刘勰与沈约的关系。《南史》载:"既成,未为时流所称,勰欲取定于沈约,无由自达,乃负书候约于车前,状若货鬻者。约取,读大重之,谓深得文理,常陈诸几案。"[1]《梁书》载:"既成,未为时流所称,勰自重其文,欲取定于沈约。约时贵盛,无由自达,

---

[1] (唐)李延寿:《南史》,中华书局2007年版,第1781页。

乃负其书，候约出，干之于车前，状若货鬻者。约便命取读，大重之，谓为深得文理，常陈诸几案。"① 这说明唐代的两位史书编纂者对刘勰与沈约的关系都非常关注。沈约常对文人加以奖掖和提携，对此史书中也有记载，如《梁书》载："昉雅善属文，尤长载笔，才思无穷，当世公王表奏，莫不请焉，昉起草即成，不加点窜，沈约一代词宗，深所推挹。"②《南史》载："（谢）览弟举，字言扬，幼好学，与览齐名，年十四尝赠沈约诗，为约所赏。"③ 沈约尝谓（何）逊曰"吾每读卿诗，一日三复犹不能已，其为名流所称如此……沈约闻（刘孺）其名，引为主簿，恒与游宴赋诗，大为约所嗟赏，累迁太子中舍人"④。但对与刘勰同时代的钟嵘求誉于沈约之事，《南史》中载"嵘尝求誉于沈约，约拒之"，而《梁书》则无此记载。根据上述情况加之史书编纂本身的严谨性，可知在唐代人看来，刘勰求荐于沈约一事不应是毫无根据的。

除上述之外，唐代史学界对《文心雕龙》接受最为显著的史著是《史通》。《史通》内外两篇各十卷，内篇39篇，论史家体例，外篇13篇，详述史籍源流、评论古人得失。刘知几著，成书于唐景龙四年（710），史载刘知几"官秘书监时与萧至忠、宗楚客等争论史事不合，故发愤而著书者也"。刘知几自言此书深受《文心雕龙》影响，历代学者多将《史通》与《文心雕龙》相提并举，从多方面对两部作品进行比较。

第一，从立意动机上看，《史通》具有强烈的针砭时弊的性质，刘知几在《自叙》中说："若《史通》之为书也，盖伤当时载笔之士，其道不纯，思欲辨其指归，殚其体统……此书多讥往哲，喜述前非。"可见其著书不仅仅着眼于学术，他也希冀通过纠正当时和前人史学中的种种弊端与不足，建立一个更为完善的史学体系。这种动机和立意与刘勰如出一辙，诚如黄庭坚所言："刘勰《文心雕龙》、刘子玄《史通》……所论虽未极高，然讥弹古人，大中文病。"（《与王立之四帖》）第二，在指导思想和体系构建上，两者都以宗经思想为准绳，论著都做到了"宗经矩圣"。刘勰强调宗经不仅是论文之根本，也是论文之关键，他汲取前人的理论成果

---

① （唐）姚思廉：《梁书》，中华书局2006年版，第712页。
② 同上书，第253页。
③ （唐）李延寿：《南史》，中华书局2007年版，第563页。
④ 同上书，第1006页。

对"宗经"理论进行了系统化地构建。以"经"为文章之源是中国古代的思维定式，与刘勰同时代的文论家们也都有此种思想，如挚虞、傅玄等人，但刘勰将道统统一于文统，并使之具体化为文原论的宗经、文体宗经、文术宗经、文评宗经，使文学通过意识形态的本质定性与价值性赢得了与政教圣学一体性的崇高人文地位。刘知几也主张从本体论的高度来看待经，其言："谅以师范亿载，规模万古，为述者之冠冕，实后来之龟镜……经犹日也，史犹星也"，也强调"通经致用"。第三，《文心雕龙》弥纶群言、原始要终、唯务折衷的整体性思维在体系建构上也对《史通》有显著影响。"折衷"是刘勰在"弥纶群言"中以儒家中庸为原则来看待问题的一种思维方式。相对于当时文坛"各执一隅之解，欲拟万端之变"，"徒锐偏解，莫诣正理"而言，这一思维方式无疑是客观的。后人多将两部著作并举，如清代臧琳称："刘氏《文心雕龙》之论文章……刘知几《史通》之论史，可称千古绝作。"今人甚至指出："知几之书多出于刘勰，故其书亦全模拟之，立意亦多取之也，两氏史学思想亦多相同"，且断言"《史通》一书即就《文心雕龙·史传》篇意推广而成"。《史通》的价值和地位对于《文心雕龙》的传播和影响也起到了积极的作用。①

初唐的史学家重视《文心雕龙》与其宗经思想直接相关。唐高祖于武德二年（619）"始诏国子学立周公、孔子庙；七年，高祖释奠焉，以周公为先圣，孔子配。九年，封孔子之后为褒圣侯"，确立了儒家思想在唐王朝的地位。唐太宗在《荐举贤能诏》中称："今之天下，犹古之天下也。宁容仲舒、伯起之流，遍钟美于往代；彦和、广基之侣，绝响于今辰"，把刘勰提升至文学楷模的高度。唐太宗看重的正是《文心雕龙》在

---

① 关于《文心雕龙》对《史通》的影响，前辈学者多有论述，如蒋祖怡提出"《史通》中论'史'的观点，基本上本于《文心雕龙》史传篇"（蒋祖怡：《〈文心雕龙〉论丛》，上海古籍出版社1985年版，第268页）；汪春泓先生强调《文心雕龙》对《史通》在"宗经"和思维上的影响；朱迎平提出由"弥纶群言""原始要终""唯务折衷"和"囿别区分""笼圈条贯"构成的通论观是刘勰论文的出发点（朱迎平：《〈文心雕龙〉的"通论观"及其影响》，载《论刘勰及其〈文心雕龙〉》，镇江文心雕龙国际学术研讨会论文专辑，学苑出版社2000年版，第444页）；杨绪敏提出两者"存在着较为密切的联系，《史通》继承和发展了《文心》的某些史学观点，但也不乏分歧之处。在对待儒经的问题上，两氏存在着严重的对立……在《史通》全书中，刘知几也始终把《尚书》、《春秋》等儒经当作史书来研究和批评。这从客观上把儒经从神圣的地位上拉了下来"（杨绪敏：《〈史通〉与〈文心雕龙〉的比较研究》，《黄淮学刊》1989年第4期）。

"宗经"主导之下的一系列文学观,它不仅符合了新王朝建立之初文学建设的要求,也对矫正唐初文风具有针对性①。而在当时看来,文风同国运之间有着密切的联系,如《隋书·文学传序》言:"梁自大同之后……格以延陵之德,盖亦亡国之音乎。"②《齐书·文苑传》言:"九流百氏,立言立德,不有斯文,宁资刊勒。乃眷淫靡,永言丽则,雅以正邦,哀以亡国。"③ 最高统治者在诏书中的褒扬对于《文心雕龙》在唐代的传播和接受无疑有巨大的推动作用。

唐初史学家并不关注《文心雕龙》作为"为文之术"的价值,也无意于对《文心雕龙》的性质加以界定,除了肯定其宗经思想外,对"文"的接受是这一时期史学家接受的最大特点。"文"在《文心雕龙》中的意义并不固定,它有时作为哲学范畴出现,有时表现为一种泛文学观念,有时则指文章或文学。唐初史学家对"文"的理解多是基于《原道》篇中的论述,他们对"文"的认识虽可溯源至《易传》,但魏晋时期,持有这种观点的人并不多,因此这些学者对"文"的认识多是沿刘勰、颜之推的观点而来。他们从宏观的视角来理解"文",对其接受具有哲学的意味,《隋书》载:"《易》曰:'观乎天文,以察时变;观乎人文,以化成天下。'《传》曰:'言,身之文也。言而不文,行之不远。'故尧曰则天,表文明之称。周云盛德,著焕乎之美。然则文之为用,其大矣哉,上所以敷德教于下,下所以达情志于上。大则经纬天地,作训垂范。次则风谣歌颂,匡主和民。"④ 这种对"文"的理解实际上就是刘勰观点的延续。"虽然他们的观点源于《易传》,而在论述的深度上也不及《文心雕龙·原道》那样系统深入,但在刘勰生活的年代,持相同见解的人还不多,而初唐史家都共同地把它当作认识文学问题以及评述古人得失的最基本的理论准则,则标志着文学思想的发展。"⑤

初唐的史学家虽以政治为论文的出发点和归宿,力主"宗经",但并不是简单地视为载道的工具,也注重情理关系,将文学的政治本质和精神

---

① 汪春泓在论及"唐初朝野对于《文心雕龙》之关注"时亦讲书中的"宗经"文学观是矫正文风之锐器。
② (唐)魏征等:《隋书》,中华书局1973年版,第1730页。
③ (唐)李百药:《北齐书》,中华书局1972年版,第628页。
④ (唐)魏征等:《隋书》,中华书局1973年版,第1729页。
⑤ 成复旺、黄保真、蔡钟翔:《中国文学理论史》(二),北京出版社1987年版,第36页。

本质统一起来,"从根本上赋予情性、性灵以鲜明的政治内容,即把情、文与'化成天下'、'明天人之际'联系起来,使得文学本于性情的本质成为到达文以载道的重要途径"①。

(二)

"唐有天下三百年,文章无虑三变。高祖、太宗,大难始夷,沿江左余风,缔句绘章,揣合低昂,故王、杨为之伯。玄宗好经术,群臣稍厌雕琢,索理致,崇雅黜浮,气益雄浑,则燕、许擅其宗。是时,唐兴已百年,诸儒争自名家。大历、贞元间,美才辈出,擩哜道真,涵泳圣涯,于是韩愈倡之,柳宗元、李翱、皇甫湜等和之,排逐百家,法度森严,抵轹晋、魏,上轧汉、周,唐之文完然为一王法,此其极也。"② 文学界对《文心雕龙》的接受贯穿了唐代始终。从初唐时期的陈子昂和初唐四杰至中唐时期的韩愈、柳宗元、晚唐的陆龟蒙,无论是初唐的诗文革新运动还是中唐的新乐府文学都或多或少地受到了《文心雕龙》的影响。唐代文人对《文心雕龙》的接受时很少有人直接表明自己的文学观念受《文心雕龙》的影响,这种现象在中晚唐更为突出。

一方面,《文心雕龙》在唐代的传播范围广、影响大。初唐诗文革新运动中,"四杰在唐初文坛祖述《文心雕龙》,并且融入其诗文创作,这从唐初文学的演进轨迹来看,于此后文坛提倡风骨、兴寄等,并彻底扭转文坛的绮靡风气,确实发挥了极其重要的环节作用"③。以"风骨"④ 为例,陈子昂说:"文章道弊五百年矣,汉魏风骨,晋宋莫传",卢照邻在《南阳公集序》中提出:"两班叙事,得丘明之风骨;二陆裁诗,含公干之奇伟"。"风骨"虽非刘勰首创,刘勰却是第一个在文论中使用"风骨"的人。"《文心雕龙》作为最严整的文章学、文学理论批评著作,在唐初的文学革新中,发挥了极其深远的影响。"⑤ 童庆炳甚至提出:"从文学批

---

① 成复旺、黄保真、蔡钟翔:《中国文学理论史》(二),北京出版社1987年版,第36页。
② (宋)欧阳修等:《新唐书》,中华书局1975年版,第5725—5726页。
③ 汪春泓:《〈文心雕龙〉的传播影响》,学苑出版社2002年版,第157页。
④ "风骨"并非刘勰首创。《南史·宋武帝纪》载"风骨可鉴";《魏书·祖莹传》载"文章须自出机杼,成一家风骨";《晋书》载"然其器识高爽,风骨魁奇,姚兴睹之而醉心,宋祖闻之而动色";《北齐书》载"文襄诸子,咸有风骨";南朝齐谢赫《古画品录》载"观其风骨,名岂虚成"。
⑤ 汪春泓:《〈文心雕龙〉的传播影响》,学苑出版社2002年版,第153页。

评理论的角度看,'风骨'为刘勰首创。这一概念既总结了汉魏以来文学的发展经验,特别是建安风骨创造的艺术经验,同时又直接启发了初唐陈子昂所呼唤的汉魏风骨,对后来刚健、爽朗、生动的盛唐之音产生了极大的影响。"① 卢照邻在《南阳公集序》中明确指出:"近日刘勰《文心雕龙》,钟嵘诗评,异议蜂起,高谈不息"②,可见在卢照邻所处的时期,以《文心雕龙》为代表的六朝文论曾引起热议,有的学者甚至结合唐初抄本《文选某氏注》残篇中对"檄"的解释推断出在初唐《文心雕龙》"并非仅仅为当时一流文人学者所接受,而且在乡间村民之中也有一定的普及……超越汉人学者范围,传至周边民族的知识人手中,从而拥有意外广大的读者层"③。

另一方面,包括陈子昂、初唐四杰、白居易、韩愈、柳宗元在内的文人在词汇应用、理论内涵方面虽对《文心雕龙》主动地接受,但在其作品中却绝口不提,这种现象在中晚唐更为明显,且非个例。以白居易为例,从其现存作品来看,白居易的文论多处都有《文心雕龙》接受的痕迹。从其的交游看,日本学者本太田次男在《白乐天与空海》中提出,803—806年白居易与空海同住长安,永贞元年(805)春,白居易去空海的居所西明寺赏花作《青龙寺早夏》,由此作者推断两人应该存在交游,且空海的《文镜秘府论》多处摘录《文心雕龙》,所以白居易对《文心雕龙》应该熟悉。日本学者户田浩晓指出载道说乃是继承《原道》《宗经》两篇,而白居易的主张正是"道沿圣疑垂文,圣因文而明道"的敷衍和扩展。清人刘开则言:"前修言文,莫不引重,自韩退之崛起于唐,学者宗法其言,而是书几为所掩,然彦和之生,先于昌黎,而其论乃能相合,是其见已卓于古人,但其体未脱夫时习耳……然则昌黎为汉以后散体之杰出,彦和为晋以下骈体之大宗,各树其长,各穷其力,宝光精气,终不能掩也。"④ 指出了他们之间的承接性。然而由于上述诸人并未明确说明对《文心雕龙》的接受,所以我们今天只能说唐代某些批评观点与《文心雕龙》暗合或是唐代的某些文学家是刘勰思想的践行者。为什么会出现如

---

① 童庆炳:《〈文心雕龙〉"风清骨峻"说》,《文艺研究》1999年第6期。
② 杨明照:《〈文心雕龙〉校注拾遗》,上海古籍出版社1982年版,第433页。
③ [日]冈村繁:《〈文心雕龙〉在唐初钞本〈文选某氏注〉残篇中的投影》,载《文心雕龙研究荟萃——文心雕龙1988年国际研讨会论文集》,上海书店1992年版。
④ 杨明照:《〈文心雕龙〉校注拾遗》,上海古籍出版社1982年版,第443页。

此异常的现象，是我们今人阐释过度，将唐人对前人理论的吸收和继承都归于《文心雕龙》，还是唐人确实以《文心雕龙》为理论基础完成了一次又一次大的文学运动？今天的学者也注意到了这一现象，罗根泽认为："以常理论，刘勰主'原道、征圣、宗经'，应当是唐代古文的领导者。然以鄙见所知，称论其书者止有卢照邻南阳公集序和刘知几史通自序，真正宗经载道的古文家，则绝少论及。自然我不敢说唐代的古文家都没读过《文心雕龙》，但漠视似是事实。这也足以证明他们集成的是北朝系统，对南朝只是一味的攻击；所以与他们同论调的刘勰，也遭到了池鱼之殃，不能打动他们的注意与同情。"[1] 韩湖初则认为："唐宋后骈文不再流行，加上刘勰是个榜上有名的佛徒，致使宗经征圣的古文家即使受到了影响亦不明言。"[2] 可见前辈学者对这一现象也存在疑惑并提出了自己的看法，这实际上也是对唐代《文心雕龙》接受状况思考的深入。

下面从"骈文"入手，分析骈文在初唐、中唐和晚唐时期的地位并分析其原因。骈文在唐代地位独特，它并没有因为韩愈、柳宗元等人提倡古文而衰败、消失，尤其是骈文所具有的诸如骈偶、声律、辞藻等艺术特征仍是唐代大多数文人所追求的。但骈文在唐代各个阶段的地位确实不尽相同，而这又与时人对《文心雕龙》的态度有着密切的关系。

初唐时期的文学创作和文学理论并不完全一致。在文学创作上，从帝王至文臣"盛谈四声，争吐病犯，黄卷溢箧，缃帙满车"（《文镜秘府论序》），对辞采华美、格律精严、声律考究的文章尤为偏爱，就连开国之初的大量的诏令、表、疏、策、书等公文也是用骈文书写。初唐四杰的作品，也以骈体文居多，以至于闻一多在《唐诗杂论·四杰》中说："'四杰'这徽号，如果不是专为评文而设的，至少它的主要意义是指他们。"[3] 一些文人对此种文风表现出颇多不满，唐初史臣和文学家对六朝文风以政教观的立场来批判，不满其过度的艺术技巧和政教意义的薄弱。魏征等人从儒家立场对六朝文风予以否定："近古皇王，时有撰述，并皆包括天地，牢笼群有，竞采浮艳之词，争驰迂诞之说，骋末学之博闻，饰雕虫之

---

[1] 罗根泽：《隋唐文学批评史》，中央大学文学丛书1947年版，第103—104页。
[2] 韩湖初：《略论文心雕龙对我国后世的影响》，载《文心雕龙研究》第六辑，学苑出版社2005年版，第304页。
[3] 程美华：《骈文在唐代文坛的地位》，《兰州学刊》2006年第3期。

小技,流宕忘反,殊途同致。虽辩周万物,愈失司契之源;术总百端,弥乖得一之旨。"① 甚至认为"其意浅而繁,其文匿而彩,词尚轻险,情多哀思,格以延陵之听,盖以亡国之音乎"②。李阳冰说:"卢黄门云:'陈拾遗横制颓波,天下质文,翕然一变。'至今朝,诗体尚有梁、陈宫掖之风,至公大变,扫地并尽。"(《草堂集序》)然而这种说法却并不属实,事实上,人们反对的只是绮靡艳丽的文风,而非骈文本身。《文心雕龙》不仅是一部理论著作,也是一部骈文代表作,并且其中《声律》《事类》《丽辞》《练字》《章句》等篇章对骈文创作给出了具体说明,而这也引起唐人的关注。安史之乱后,唐王朝政治改革的要求也扩展到文学领域,复兴儒家道统的思潮于大历贞元之际成为文坛的主导。韩愈、柳宗元大倡古文,态度明确地反对骈文,柳宗元道:"骈四俪六,锦心绣口;宫沉羽振,笙簧触手;观者舞悦,夸谈雷吼。"(《乞巧文》)黄滔的批评则更为尖刻:"夫俪偶之辞,文家之戏也,焉可赍其戏于作者乎?是若扬优喙干谏舌,啼妾态参妇德,得不为罪人乎?"(《与王雄书》)这种反对骈体的风潮甚至出现在了进士策问中,权德舆道:"育才造士,为国之本,修辞待问,贤者能之,岂促速于俪偶,牵制于声病之为耶?"(《进士策问五道》)在当时以骈体为批判对象的情况下,作为骈文著作的《文心雕龙》自然也会遭到池鱼之殃,不仅其接受会受到影响,而且接受者即便受到《文心雕龙》的影响和启发也不便明说,这种情况在白居易以及韩愈、柳宗元身上都有明显的表现。而这或许正是造成文人接受《文心雕龙》却又鲜有提及的原因。

唐代诗论的"历史成就主要在于全面地、系统地总结了中国古典诗歌在创作和欣赏中的美学规律,其次才是把儒家以政教为中心的诗歌理论发展到新的高度"③。而唐人对《文心雕龙》的接受则是以对其儒家的政教中心论接受为主,同时也兼顾对创作规律的学习。唐人也注重文学创作中对方法的归纳,然而《文心雕龙》中论文叙笔部分所涉及的文体甚多,商榷文术部分并没有专门的针对性,不能引起唐人的兴趣。从初唐的陈子昂和初唐四杰,至中唐时期的韩愈、柳宗元、白居易,《文心雕龙》的影

---

① (唐) 魏征:《群书治要序》,《群书治要考译》,团结出版社 2011 年版,第 2 页。
② (唐) 魏征等:《隋书》,中华书局 1973 年版,第 1730 页。
③ 成复旺、黄保真、蔡钟翔:《中国文学理论史》(二),北京出版社 1987 年版,第 7 页。

响力与日俱增、逐步深入，这从孙光宪的评语中可见一斑。孙光宪，（901—968），字孟文，自号葆光子，五代末至宋初人，博通经史，聚书数千卷，他在《白莲集序》中说："风雅之道，孔圣之删备矣；美刺之说，卜商之序明矣。降自屈宋，逮乎齐梁，穷诗源流，权衡辞义，曲尽商榷，则成格言，其惟刘氏之《文心》乎。后之品评，不复过此。"

另外，《文心雕龙》在唐代还屡屡被注疏大家所征引、袭用。如陆德明的《经典释文》、李善的《文选注》、孔颖达的《尚书正义》和《毛诗正义》、吕延济等的《文选五臣注》等，在这些注疏中，对《文心雕龙》内容的明征暗引多处可见。

### 三 宋元《文心雕龙》接受

宋元距齐梁五百年，《文心雕龙》在经历了"异议蜂起，高谈不息"后，其接受高潮的序幕悄然拉开。在这一时期，《文心雕龙》被空前抄录、征引、袭用，并走进了地理、书画等领域，异彩纷呈，其影响力大大地突破了文学范畴，其接受具有了"文献化"的特点。在文学理论方面，宋代古文运动大家承接唐代余绪，袭用《文心雕龙》中原道、宗经等理论思想。

（一）

第一，宋代目录学著作多载《文心雕龙》，这是宋代学术发展的结果。目录学主要的治学用途是列举书目，介绍书籍的名称、版本、学术水平，具有"辨章学术，考镜源流"的资料性质。《文心雕龙》在宋代史部书目中多存在于目录学著作中，其中以下几部颇具代表性：《汉书艺文志考证》《崇文总目》《郡斋读书志》《遂初堂书目》《直斋书录解题》，这几部书目地位都非同寻常。[①]《文心雕龙》被上述书目收录对其保存和流传无疑有着积极的意义。

由于体例的缘故，上述典籍多列出书目，摘录《文心雕龙》的书名、卷数，不载全文。有的还对刘勰作简要的介绍，如《直斋书录解题》载

---

① 《汉书艺文志考证》是中国文学史上首部研究《汉书·艺文志》的专著，《崇文总目》是宋代的官修书目，也是北宋最大的目录书；《遂初堂书目》共收录图书3000余种，仅录书名，部分款目作者，分为"小说""类书""乐曲"等，并在经部书和一些史部书书名之下简单记载了其版本情况，开创了中国古代书目著录版本的先例。

"勰后为沙门，名慧地"，由于这些编录者大多学识渊博，对文学甚至经学都有深厚的造诣，因此在发表己见时他们或补充说明、或指摘不足，大都翔实有据，注重考订，能够提出独到的见解。如晁公武的《郡斋读书志》对作者生平、学术渊源及有关典章制度、逸闻掌故的记载均引用唐宋实录、国史及有关史传目录，并详加考证。他评价刘勰："观其论说篇籍，称'论语以前，经无论字，六韬三论，后人追题'。殊不知书有论道经邦之言也，其疏略殆过于王、杜矣。"① 就是针对《论说》篇中"圣哲彝训曰经，述经叙理曰论。论者，伦也；伦理无爽，则圣意不坠。昔仲尼微言，门人追记，故仰其经目，称为《论语》，盖群论立名，始于兹矣。自《论语》已前，经无'论'字，六韬二论，后人追题乎"② 发表的评论，不管其准确与否，以其为代表的宋人对《文心雕龙》研读的细致可见一斑。

第二，子部丛书对《文心雕龙》的接受。子部类书籍中与《文心雕龙》相关的主要集中在杂家，且以杂考和类书为主。杂家分杂学之属、杂考之属、杂说之属、杂品之属、杂纂之属、杂编之属，《四库全书总目提要·子部·杂家类一》称"立说者谓之杂学；辨证者谓之杂考；议论而兼叙述者谓之杂说；穷究物理，胪陈纤琐者谓之杂品；类辑旧文，涂兼众轨者谓之杂纂；合刻诸书，不名一体者，谓之杂编"③。宋代收录《文心雕龙》的杂家类书籍中，以下几部较具代表性：

表 2—1

| 书目 | 作者 | 类别 | 内容 |
| --- | --- | --- | --- |
| 《野客丛书》 | 王楙 | 杂家（杂考） | 《汉碑引经语》 |
| 《仕途规范》 | 张镃 | 杂家（杂纂） | 《宋文景公杂志》 |
| 《演繁露》 | 程大昌 | 杂家（杂考） | 《马匹篇》 |
| 《能改斋漫录》 | 吴曾 | 杂家（杂考） | 《江山之助》 |
| 《容斋随笔》 | 洪迈 | 杂家（杂考） | 《布篇》 |
| 《金壶记》 | 释适之 | 子部 | 《墨彩》《宅宇》 |

---

① 杨明照：《〈文心雕龙〉校注拾遗》，上海古籍出版社1982年版，第454页。
② 周振甫：《文心雕龙今译》，中华书局2007年版，第196页。
③ 子部多收录以个人见解为主的著述，包括儒、释、道、法、兵、医各家及其天文历法、艺术、谱录、杂家、类书、小说家等。

宋代类书约有73部，数量超过了自魏至唐代数量的总和。① 《文心雕龙》在这一时期也被大量的类书所采摘。类书体裁特殊，各代对其分类既不统一也不明确②。类书的分类虽然标准不一，但其大致可归于两大类，一是汇集各种材料的类书，二是汇集某一专门内容的类书。以《文心雕龙》作为考证依据的现象在宋代之前并不多见。宋代关注《文心雕龙》的类书既有《册府元龟》《太平御览》综合性大型类书，也有如《古今源流至论》《事物纪原》等专门性类书，这与宋代考证学的兴盛密切相关，"宋自神宗罢诗赋，用策论取士，学者咸思以博综古今、参考典制为务，而又苦其浩瀚不可猝穷，于是类事之家，往往排比联贯、荟粹成书，以供场屋采掇之用"③。这些著作或直接援引《文心雕龙》原文考证，如洪迈在《容斋随笔》中讲，露布虽为宋代博学宏科之一题，然自魏晋以来有之，对其出处却知之甚少。只有《文心雕龙》中有记载，于是洪迈就直接引用《檄移》原篇，"檄者，皦也，宣露于外皦然明白也。张仪《檄楚》，书以尺二，明白之文，或称露布。露布者，盖露板不封，播诸视听也"④。或转述原文考证，如"程大昌证马匹，取自《指瑕》车'两'而马'疋'，'疋''两'称目，以并耦为用。盖车贰佐乘，马俪骖服，服乘不只，故名号必双，名号一正，则虽单为疋矣。疋夫疋妇，亦配义也"。《文心雕龙》在此处不仅是批评专著，又兼具援据之法的作用，被用来考证经典史实、辞章典故。除杂家外，小说家类的《清波杂志》和释家类的《佛祖历代通载》也有关于《文心雕龙》的记载。

总之，《文心雕龙》在宋代群籍中或作为考证的依据，或作为某一部分的研究史料，其用途在于查阅。宋代"圣门之学，以格物致如为先；文学之士，以博问洽识为贵，而一物不知，又儒者之所耻也。夫以有限之见闻，而究无穷之事物"（《事物纪原序》）。在这种风气下，《文心雕龙》的影响也加大了。

---

① 张奏辉：《类书的范围与发展》，《文献》1987年第1期。
② 《隋书·经籍志》将其归入子部杂家类，《通志》将其单列一类，胡应麟主张将其置于"四部"之外与佛道经书、伪古书等别为一类，四库沿袭《隋书》将其归入子部，但《四库全书总目》序中讲："类事之书，兼收四部，而非经非史非子非集，四部之内，乃无类可归。"
③ （清）永瑢：《四库全书总目提要》卷135，中华书局2003年版。
④ 杨明照：《〈文心雕龙〉校注拾遗》，上海古籍出版社1982年版，第581页。

## (二)

《楚辞》"逸响伟辞，卓绝一世"，汉代文人开始对楚辞进行系统研究，魏晋文人肯定了《楚辞》的经典性及其对后世的影响，如沈约在《宋书·谢灵运传论》中言："自汉至魏，四百余年，辞人才子，文体三变。相如巧为形似之言，班固长于情理之说，子建、仲宣以气质为体，并标能擅美，独映当时，是以一世之士，各相慕习，原其飚流所始，莫不同祖《风》、《骚》。"①

受玄学风气的影响，魏晋文人在看待屈原时既不标榜他忠贞爱国、坚守理想的高尚，也不批判其露才扬己、责怪怀王，而多以道家的思维方式来看待屈原的人生。肯定屈原的人格精神，同情其际遇，但对其行为却并不认同，提出："夫治乱、运也，穷达、命也，贵贱、时也，而后之君子，区区于一主，叹息于一朝，屈原以之沉湘，贾谊以之发愤，不亦过乎。然则圣人所以为圣者，盖在乎乐天知命矣。"② 圣人处穷达如一，即便不是圣人，也应"盖明哲之处身，固度时以进退，泰则摅志于宇宙，否则澄神于幽昧。摛之莫究其外，函之罔识其内，顺阴阳以潜跃，岂凝滞乎一概？"③ 况且"人才异能，备体者寡，器有大小，达有早晚，前鄙后修，宜受日新之报，抱正违时，宜有质直之称……陈平、韩信笑侮于邑里而收功于帝王，屈原、伍胥不容于人主而显名于竹帛，是笃论之所明也"④。刘勰对楚辞的研究是魏晋楚辞学的重要部分，在《文心雕龙》中，刘勰对楚辞的地位、价值、艺术手法等进行了总结和评述，其中涉及楚辞的篇章有《辨骚》《明诗》《物色》《通变》《声律》《章句》《比兴》《时序》《诠赋》等十余篇，不仅弥补了这一时期楚辞研究的不足，对后世楚辞研究也有深远的影响。

关注楚辞是宋代《文心雕龙》接受的一大特点。继汉代以后，宋代的楚辞研究出现了又一次的繁荣，涌现出一批楚辞研究大家和研究专著。据马茂元主编的《楚辞研究集成》统计，宋人关于《楚辞》的著作约十

---

① （南朝梁）沈约：《宋书》，中华书局1974年版，第1743页。
② （魏）李康：《运命论》，载杨金鼎主编《楚辞评论资料选》，湖北人民出版社1985年版，第13页。
③ （晋）挚虞：《愍骚》，同上书，第14页。
④ （晋）刘毅：《论九品八损疏》，同上书，第13页。

种，最具代表性的有洪兴祖《楚辞补注》、朱熹《楚辞集注》等。① 在当时的楚辞研究中，研究者或多或少涉及《文心雕龙》，并对此提出自己的观点。

第一，宋代楚辞研究者重视《文心雕龙》中对楚辞部分的相关论述，视《文心雕龙》为楚辞研究体系中的一个组成部分，将刘勰归入楚辞研究家之列。汉代的楚辞研究奠定了后世研究的方向和基调。魏晋至隋时期楚辞研究专著多已亡佚，如晋徐邈著《楚辞音》一卷（见《晋书·儒林传》），南朝宋何偃著《楚辞删王逸注》（见《隋书·经籍志》），南朝宋诸葛民著《楚辞音》一卷（见《梁书·处士传》），隋孟奥著《楚辞音》一卷（《隋书·经籍志》著录），隋皇甫遵著《参解楚辞》七卷（《隋书·经籍志》著录）。此外，还有很多文人在著作中附带谈及楚辞内容和屈原，如曹丕（187—226）、刘毅（216—285）、挚虞（？—311）、谢万（320—361）、陆云（262—303）、曹滤（生卒年不详）、皇甫谧（215—282）、葛洪（284—363）、陶渊明（约365—427）、萧统（501—531）等。宋人却对刘勰论楚辞重视有加，这是因为自汉至唐，后之学者基本上是沿着班固和王逸对屈原作的两种观点的评价看待屈原和《离骚》，刘勰在《辨骚》中对班、王两人的观点进行总结，并进一步肯定了楚辞在文学史上的崇高地位。洪兴祖（1090—1155）、晁补之（1053—1110）、吴仁杰（生卒年不详）等大家在论及楚辞时都涉及《文心雕龙》，并将刘勰与刘向（前77—6）、扬雄（前53—18）、班固（32—92）、王逸（生卒年不详）等并举，视其为楚辞研究的重要人物，且将《文心雕龙》视为楚辞研究史上的重要环节。如晁补之说："始汉淮南王安为传，按随志传亡，旧有班固叙赞二篇，王逸序一篇，梁刘勰序一篇"②，楼钥（1137—1213）言："班固、扬雄、王逸、刘勰、颜之推，扬之者或过其实，抑之

---

① 《宋史·艺文志》共收录《楚辞》类著作12部，其中除屈原等撰《楚辞》十六卷和王逸《楚辞章句》十七卷外，其余皆为宋人著作。注释类有朱熹的《楚辞集注》、洪兴祖的《楚辞补注》、钱杲之的《离骚集传》；校勘类有洪兴祖的《楚辞考异》、黄伯思的《校定楚辞》、晁补之的《重编楚辞》；考证类有吴仁杰的《楚辞草木疏》、林至的《楚辞草木疏》、谢翱的《楚辞芳草谱》；诗评、诗话类书目涉及楚辞的就更多，如张戒《岁寒堂诗话》、严羽《沧浪诗话》等。姜亮夫《楚辞书目五种》收录宋人著作凡16家22种，另图谱7家9种。李诚、熊良智主编的《楚辞评论集览》集得宋人楚辞评论80余家凡200余项，几乎囊括了宋代楚辞文献。

② 载马茂元等主编《楚辞研究集成》，湖南人民出版社1985年版，第13页。

者多损其真"(《高端叔墓志铭》)。

《离骚》中载后羿因打猪而遇祸与《左传》中记载相符合,刘勰却说二者不符。之所以出现上述错误,是因为刘勰阅读考证时有所疏漏。对此,王应麟也提出"刘勰《辨骚》,班固以为羿浇二姚与左氏不合,洪庆善曰离骚用羿浇等事正与左氏合。孟坚所云谓刘安说耳"。

第二,对"迂怪说"的质疑。楚辞中的神话素材是后人所关注的焦点之一,研究者多将这类神话色彩浓厚的故事与屈原的思想相联系,刘勰称其异乎经典,是"谲怪之谈"。《辨骚》中说"至于托云龙,说迂怪,丰隆求宓妃,鸩鸟媒娀女,诡异之辞也",认为这是怪异的话,与经书不符。对此宋人并不认同。吴仁杰在《离骚草木疏后序》言"班固讥三闾怨恨怀王,是未知《离骚》之近于诗,而诗之可以怨也;刘勰亦讥三闾鸩鸟媒娀女为迂怪诡异之说"①,认为刘勰和班固一样,之所以以《离骚》中的文字为依据讥屈原,是因为"未知离骚之近于诗而诗之可以怨也"。《辨骚》中言"至于托云龙,说迂怪,丰隆求宓妃,鸩鸟媒娀女,诡异之辞也",认为这是怪异的话,与经书不符。

对此晁补之则言:

> 至言浇羿姚娀与经传错谬,则原之辞甚者,称开天门、驾飞龙、驱云役神、周流乎天而来下,其诞如此,正尔托谲诡以谕志,使世俗不得以其浅议已。如庄周寓言者,可以经责之哉……刘勰文字卑陋不足言,而亦以原迂怪为病。彼原嫉世,既欲蝉蜕尘埃之外,惟恐不异。乃固与勰所论,必诗之正,如无《离骚》可也。②

这种观点正确与否暂且不论,从中不难看出宋人对《文心雕龙》研阅的精细程度。洪兴祖在《楚辞补注》的注文中也表达了与刘勰不同的看法。其言曰:

> 《山海经》云:夏后上三嫔于天,得《九辩》与《九歌》以下。
> 注云:皆天帝乐名,启登天而窃以下,用之。《天问》亦云:启棘宾

---

① 载马茂元等主编《楚辞研究集成》,湖南人民出版社1985年版,第87页。
② 同上书,第69页。

商,《九辩》、《九歌》。王逸不见《山海经》,故以为禹乐。五臣又云:启,开也。言禹开树此乐,谬矣。《骚经》、《天问》多用《山海经》。而刘勰《辨骚》以康回倾地、夷羿弊日为谲怪之谈,异乎经典。如高宗梦得说,姜嫄履帝敏之类,皆见于《诗》、《书》,岂诬也哉。①

洪兴祖反对刘勰认为《离骚》中有"谲怪之谈"、"异乎经典"的观点,但他仍是以经典为据。

第三,《辨骚》以论文学为主,但宋人在看待刘勰对《离骚》的诸多观点和态度的问题上,首重屈原的人格和精神。② 对屈原的评价贯穿楚辞研究的始终。最早涉及此点的是西汉淮南王刘安,他认为:"《国风》好色而不淫,《小雅》怨诽而不乱,若《离骚》者,可谓兼之。蝉蜕于浊秽之中,浮游于尘埃之外,皭然泥而不滓。推此志,虽与日月争光可也。"③ 从文学和人格的角度对《离骚》和屈原大加褒扬。司马迁继承刘安的观点,在《史记·屈原贾生列传》中盛赞屈原殉国的精神和对理想的坚守,并将"屈原放逐乃赋《离骚》"与"文王拘而演《周易》,仲尼厄而作《春秋》"并提,认为都是"圣贤发愤之所为作也"。魏晋士人多以老庄的模式看待屈原,但刘勰对屈原的态度与魏晋时人并不太一致。刘勰回顾了刘安、班固、王逸、扬雄等人的观点,认为汉代批评家由于对楚辞"鉴而弗精,玩而未核",所以"褒贬任声,抑扬过实"。宋人葛立方对屈原自沉以殉国表示了不赞同。他说:"刘勰谓依彭咸之遗则者,狷狭之志也。扬雄谓遇不遇命也,何必沉身哉!孟郊云:'三黜有愠色,即非贤哲模。'孙邰云:'道废固命也,何事葬江鱼。'皆贬之也。"④ 葛氏对于包括刘勰在内的楚辞研究者对屈原投江行为的指责并没有进行辩护,而是给予了支持。《高端叔墓志铭》亦云:"班固、扬雄、王逸、刘勰、颜之推,扬之者或过其实,抑之者多损其真"。

---

① (宋) 洪兴祖:《楚辞补注》,中华书局1983年版,第65页。
② 对屈原人格的评价历来存在两种态度:一是持肯定态度,以贾谊、刘安、司马迁、王逸、洪兴祖等为代表;二是持否定态度,以扬雄、班固、颜之推等为代表。
③ 马茂元等主编:《楚辞研究集成》,湖南人民出版社1985年版,第234页。
④ (宋) 葛立方:《韵语阳秋》,载马茂元等主编《楚辞研究集成》,湖南人民出版社1985年版,第79页。

(三)

元代对《文心雕龙》的接受多零散于典籍中,并没有形成系统性的理论。在元代接受者中,王应麟较具代表性。王应麟(1223—1296),字伯厚,号深宁,庆元府鄞县(今浙江宁波)人,宋末元初著名的经史学家、文学家。淳祐元年(1241)进士,官至礼部尚书兼给事中。王应麟注重节操,宋亡后拒不仕元,且所有著作只写甲子而不写年号,以示不臣于元,事迹载于《宋史·儒林传》。王氏学养深厚,涉猎文学、历史、地理等诸多领域,在其众多著作中尤以《困学纪闻》和《玉海》为著,而与《文心雕龙》关系密切的也是这两部著作。因这两部著作为其入元后所作,所以将王应麟置于元代接受者之列。

作为一位博学通儒,王应麟认为《文心雕龙》的价值不仅在于文学批评性,它的史料性、文献性价值同样值得重视。《困学纪闻》共20卷,与《容斋随笔》《梦溪笔谈》并称宋代三大考据笔记。其文辞简约、内容广博,涵盖了儒家经籍、诸子学说等内容,对相关的文化现象、学术问题阐幽探微,追本溯源,且言之有据,涉及"九经旨趣,历代史传之事要,制度名物之原委,以至宗工巨儒之诗文议论"(牟应龙序),是后世学人的重要资料文献。《困学纪闻》外,王应麟的《玉海》也多处引用了《文心雕龙》中的内容。作为一部规模宏大、史料价值很高的类书,《玉海》全书200卷、21门,门之下分子目,共240余类,该书对宋代史事大多采用"实录"和"国史日历",有较高的史料价值。卷末还附有《辞学指南》4卷,并有辑者所作《诗考》及《诗地理考》等13种。《四库全书总目》称此书为词科应用而设。"胪列条目,率钜典鸿章。其采录故实,亦皆吉祥善事,与他类书体例迥殊。然所引自经史子集,百家传记,无不赅具。而宋一代之掌故,率本诸实录、国史、日历,尤多后来史志所未详。其贯奥博,唐宋诸大类书未有能过之者。"[1] 在《玉海》中,王应麟多处引用《文心雕龙》内容,或为佐证,或为参照,如卷45《乾道班马字类》、卷54《楚辞》、卷59《嘉定熙朝盛典诗》等。总之,对《文心雕龙》的重视和研究几乎贯穿了王应麟治学的所有领域,而从其中也可以一窥当时文人学者对《文心雕龙》的重视和肯定。

---

[1] (清)永瑢:《四库全书总目提要》卷135,中华书局2003年版。

《金石例》是元代《文心雕龙》的接受中不可忽视的一部作品。《金石例》，潘昂霄（生卒年不详）撰。潘昂霄字景梁，号苍崖，济南人，官至翰林侍读学士，谥文僖。《金石例》共10卷，是我国第一部专门研究碑版文体的著作，对碑碣制度、碑版文字的体式、作法作了详尽的归纳。此书在论及《文心雕龙》内容时，主要涉及文学方面的内容，如在陈述文体时，多次引用《文心雕龙》中的内容，书中第一、第二、第四卷叙碑碣、金石文、铭文之始。第三、第五卷叙碣、古墓表之式，"式"是以举例的方式列出原文，以显示为文的格式。元人在论及文体时，也多涉及《文心雕龙》中的内容，如陶宗仪在《辍耕录》中说："檄书露布何所起乎？汉陈琳草檄，曹操见之，顿愈头风。遂谓檄起于琳。《说文》：'檄，二尺书。'徐锴《通释》曰：'檄，征兵之书也。汉高祖以羽檄征天下兵，有急则插以羽。'《尔雅》：'木无枝为檄。'注：'檄，擢直上也。'《文心雕龙》有张仪檄楚书。"此外，元代的一些书籍，如于钦撰著的《齐乘地理》也载有"刘勰，东莞人，撰《文心雕龙》"[①]。而钱惟善的元至正本序言也触及了龙学研究中的诸多问题。

## 第二节　接受价值

　　文学的发展是以既定的文学传统为出发点的。《文心雕龙》在齐梁至宋元各个时期的接受重点虽然不同，但其影响却在日益扩大，不仅走入了文人学者的视线，还参与到了较大的文学思潮和文学运动之中，形成了明代《文心雕龙》接受的期待视野。

### 一　对明代接受的意义

　　在明代之前，《文心雕龙》的理论价值虽未引起学界的足够重视，但人们已经有意识地根据时代的需求，自觉地借鉴《文心雕龙》中的理论，而他们的接受也构成了明人研究的"期待视野"。

　　第一，刘勰汲取前人的理论，以"为文之道"为目的对"宗经"进行了系统化的理论构建，以"道沿圣以垂文，圣因文而明道"为大纲确

---

[①] 于钦（1283—1333），字思容，青州人。历官兵部侍郎。此书专记舆地，分为八部分：沿革、分野、山川、郡邑、古迹、亭馆、风土、人物。

立了道、圣、文之间三位一体的关系。"道"涵盖了儒家诗学的最高原则,圣人只有以"经"为基点来立言,才能实现对"道"的践行,"论文必征于圣,窥圣必宗于经",道、圣、文最终归之于宗经。宗经不仅是论文之根本,也是论文之关键。这一思想,自《文心雕龙》问世就引起了世人的关注。北齐颜之推的文学观点集中反映在《颜氏家训·文章》中。颜氏在篇首道:"夫文章者,原出五经。诏命策檄,生于书也;序述论议,生于易也;歌咏赋颂,生于诗也;祭祀哀诔,生于礼也;奏章、箴言、铭文,生于春秋也。"[1] 这与刘勰《宗经》中"论说辞序,则《易》统其首……纪传铭檄,则《春秋》为根"相比,除了《书》《易》次序相反外,几乎完全相同,但结合《文章》全篇,可知颜之推对刘勰的宗经观并非全盘接受,而是有着自己的选择。其一,刘勰在汲取前人理论基础上,以"为文之道"为目的对"宗经"进行了系统化的理论构建,刘勰宗经理论包括文体宗经、文术宗经、文评宗经等各方面。《颜氏家训》则侧重于文体宗经,强调五经为各种文体的根源。其二,刘勰认为"文体解散"是齐梁文风的万病之根源,"正体"是《文心雕龙》之命脉。颜之推对当时文风也颇有微词,主张以经为核心,创作"典正"之文。《颜氏家训》是颜之推一生立身、处世、为学经验的总结,"尚用"乃是其根本目的,经世致用的思想贯穿全书,《文章》一篇亦是如此。其三,颜之推与刘勰的宗经除体现在文学方面,亦体现在人生价值上。刘勰在对待注经和为文时,将注经置于最高的位置,文章虽是"经国之大业,不朽之盛事",亦不足与其并论。而颜之推在《勉学》篇中说:"汉时贤俊,皆以一经弘圣人之道,上明天时,下该人事,用此致卿相者多矣。"[2] 这些以注经来弘扬圣人之道的贤俊自非"空守章句,但诵师言,施之世务,殆无一可"的文人所能并论。这并非颜氏鄙弃文学、低估文学价值,而是其宗经观在文学上的体现。

　　第二,隋唐时期,中国的南北政权统一,稳固政权的需要使儒家政教文化思想在这一时期尤被重视,《文心雕龙》中的征圣、宗经思想也引起了当时的史学家、文学家乃至最高统治者的关注,但是由于对六朝文风和

---

[1] (北齐)颜之推撰,王利器集解:《〈颜氏家训〉集解》,上海古籍出版社1982年版,第221页。

[2] 同上书,第169页。

骈文的抵制，以及刘勰的佛教徒身份，人们对《文心雕龙》多为间接接受。初唐史学家重视《文心雕龙》与其宗经思想密切相关。唐高祖于武德二年（619）"始诏国子学立周公、孔子庙；七年，高祖释奠焉，以周公为先圣，孔子配。九年，封孔子之后为褒圣侯……乃罢周公，以孔子为先圣，以颜回配"①，确立了孔子在唐王朝的地位。唐太宗在《荐举贤能诏》中说："今之天下，犹古之天下也。宁容仲舒、伯起之流，遍钟美于往代；彦和、广基之侣，绝响于今辰"②，将刘勰提升至文学楷模的高度。唐太宗看重的正是《文心雕龙》"宗经"主导下的一系列文学观，它不仅符合新王朝建立之初文学建设的要求，对矫正唐初文风也具有重要作用。除了官修史书外，《史通》也很重视《文心雕龙》的宗经思想。《史通》，刘知几（661—721）著，分内外两篇各十卷，内篇39篇，论史家体例，外篇13篇，详述史籍源流、评论古人得失，刘知几自言此书深受《文心雕龙》影响，历代学者也多将《史通》与《文心雕龙》相提并举。在指导思想和体系构建上，两书颇为相似。刘知几对经书和孔子推崇备至，要求"宗经矩圣"。刘知几言："谅以师范亿载，规模万古，为述者之冠冕，实后来之龟镜。"③ 而"仲尼之修《春秋》也，乃观周礼之旧法，遵鲁氏之遗文；据行事，仍人道；就败以明罚，因兴以立功；假日月而定历数，籍朝聘而正礼乐；微婉其说，志晦其文；为不刊之言，著将来之法，故能弥历千载，而其书独行。"④ 初唐的史学家虽以政治为论文的出发点和归宿，力主"宗经"，但也不是简单地视其为载道工具，他们也注重情理关系，将文学的政治本质和精神本质统一起来，"从根本上赋予情性、性灵以鲜明的政治内容，即把情、文与'化成天下'、'明天人之际'联系起来，使得文学本于性情的本质成为到达文以载道的重要途径"⑤。如令狐德棻在细书齐梁文学弊端后提出："原夫文章之作，本乎情性。覃思则变化无方，形言则条流遂广，虽诗赋与奏议异轸，铭诔与书论殊途，而撮其

---

① （宋）欧阳修等：《新唐书》，中华书局1975年版，第373页。
② （宋）宋敏求编，洪丕谟等点校：《唐大诏令集》，上海学林出版社1992年版，第472页。
③ 《史通全译》，贵州人民出版社1997年版，第318页。
④ 同上书，第1页。
⑤ 参见成复旺、黄保真、蔡钟翔《中国文学理论史》（二）第一章，北京出版社1997年版。

指要，举其大抵，莫若以气为主，以文传意，考其殿最，定其区域，摭六经百氏之英华，探屈、宋、卿、云之秘奥。其调也尚远，其旨也在深，其理也贵当，其辞也欲巧。"①

第三，唐代诗论的主要成就在于"全面地、系统地总结了中国古典诗歌在创作和欣赏中的美学规律，其次才是把儒家以政教为中心的诗歌理论发展到新的高度"②，而唐人对《文心雕龙》的接受主要是以儒家政教论为中心，同时兼顾对创作规律的学习。对《文心雕龙》中儒家政教论的接受，唐代的文学家和史学家有着高度的一致性。他们同样关注文对社会政治，人心风俗的影响。在唐宋古文运动中，《文心雕龙》也发挥了积极的作用。

《文心雕龙》对中唐时期的古文运动影响深远。郭绍虞认为刘勰的自然说"至唐代遂以成为古文家的文，自有唐代独孤郁诸人之自然说"③；日本学者户田浩晓"断定（载道说）乃是继承文心雕龙《原道》、《宗经》两篇而来……白乐天的主张正是刘勰（道沿圣疑垂文，圣因文而明道）右二语更为具体的敷衍和扩展"④；而白居易重视讽喻的诗论和诗赋创作、尚俗的文学观和文才观等都或隐或显地受到《文心雕龙》的影响。⑤ 韩愈在唐代文学中地位显赫，"唐代之史可分前后两期，前期结束南北朝相承之旧局面，后期开启赵宋以降之新局面，关于政治社会经济者如此，关于文化学术者亦莫不如此。退之者，唐代文化学术史上承先启后转旧为新关捩点之人物也"⑥。韩愈的文学思想也与《文心雕龙》有诸多相合之处，"韩愈从创作思想上，认同与借鉴刘勰之理论主张，从而建立了正确而通达的基本文学理论，取得了巨大的艺术成就"⑦。清人刘开言："前修言文，莫不引重，自韩退之崛起于唐，学者宗法其言，而是书几为

---

① （唐）令狐德棻等：《周书》，中华书局1971年标点本，第744—745页。
② 成复旺、黄保真、蔡钟翔：《中国文学理论史》（二），北京出版社1987年版，第7页。
③ 郭绍虞：《中国文学批评史》（上），百花文艺出版社1999年版，第204页。
④ 户田浩晓在《〈文心雕龙〉研究》第二章《文章载道说的构筑者和实践者——刘彦和和白乐天》对两人的文以载道说进行比较。
⑤ 参见许东海《讽喻与美丽：白居易诗、赋论之精神取向及其与文心雕龙之关系》，载《文心雕龙研究》第六辑，第323页；陈允锋：《文心雕龙与白居易的文学思想》，第354页。
⑥ 陈寅恪：《金明馆丛稿初编》，三联书店2001年版，第332页。
⑦ 雷恩海：《论韩愈对〈文心雕龙〉创作思想的认同与借鉴》，《湖南大学学报》2011年第1期。

所掩，然彦和之生，先于昌黎，其论乃能相合，是其见已卓于古人，但其体未脱夫时习耳……然则昌黎为汉以后散体之杰出，彦和为晋以下骈体之大宗，各树其长，各穷其力，宝光精气，终不能掩也。"① 也指出了他们之间的承接性。文与道的关系是古文运动的核心理论问题，尽管韩柳等人没有明确提及《文心雕龙》和刘勰，但是在文道关系的问题上，《文心雕龙》是无法回避的著述。可以说《文心雕龙》对唐代几次大的文学运动都起到了一定的作用。"从隋达到中唐，以复古求革新的文学思想逐步取得了胜利，可以说是刘勰通变论的发展和继承。"② 尽管唐代古文运动的代表人物没有直言自己受《文心雕龙》的影响，然《文心雕龙》"五十篇之内，百代精华备矣……自陈隋下迄五代，五百年间作者，莫不为根柢"。作为古代文学史上规模最大的两次复古运动，唐宋古文运动与明代复古运动有着不同的走向，但是自宋濂、唐顺之、王慎中、归有光等人至清代桐城派、阳湖派的古文成就，追根溯源，无一不是受到唐宋古文运动的启发或影响，而刘勰的"文以明道"也是无法回避的重要理论。

第四，宋代的《文心雕龙》理论研究没有明显的进展，但这一时期的诗话、诗论十分繁荣，《文心雕龙》被诗文评说类著述广泛征引。宋代诗话对《文心雕龙》的关注对《文心雕龙》在明代诗话中的地位影响颇大。

《四库总目》中载宋代诗文评类著作约56部。其中正目39部，存目17部。在39部著作中，直接提及《文心雕龙》的约有5部。③ 元代的诗文评类著作共12部，其中正目4部，存目8部。4部正目为陈绎曾（？—约1329）《文说一卷》、倪士毅（？—约1330）《作义要诀一卷》、王元构（生卒年不详）《修辞鉴衡》、潘昂霄《金石例》。其中后两部提及《文心雕龙》。诗话作为一种体例，兼具考证、评论、记事等内容。《文心雕龙》在诗文评论类中也具有这些特点。其一，诗话多以随笔为形式，其"兼论杂文，不专诗话。又手滑一条，应声虫一条，更诗文皆不相涉，盖诗话中兼及杂事"④。《后村诗话》中将刘昼与刘勰混淆，言"昼无荣位，博学有才，故取其名人莫知也"。其二，诗文评论是著者通

---

① 杨明照：《〈文心雕龙〉校注拾遗》，上海古籍出版社1982年版，第443页。
② 成复旺、黄保真、蔡钟翔：《中国文学理论史》（二），北京出版社1987年版，第130页。
③ 数据参见柳燕《〈四库全书总目〉集部研究》，博士学位论文，华中师范大学，2008年，第85页。
④ （清）永瑢：《四库全书总目》卷195，中华书局2003年版。

过"对诗歌创作和发展中带有普遍性、规律性的问题从理论上加以探讨和总结,提出自己的诗学主张和见解,以及不同的诗学观点进行辩驳论争"①,在诗话中援引《文心雕龙》多是为了证自己之观点。如《岁寒堂诗话》云:"刘勰云:'因情造文,不为文造情';若他人之诗,皆为文造情耳'……刘勰云:'情在词外曰隐,状溢目前曰秀';梅圣俞云:'含不尽之意,见于言外;状难写之景,如在目前。'三人之论,其实一也。"②书中引用刘勰《明诗》篇来强调情感在创作中的作用。其三,诗评家大都具有较深的文学修养,以《修辞鉴衡》编者王构为例,其"所录虽多习见之语,而去取颇为精核",他们的评论并非泛泛而谈,往往是针砭时弊,有感而发。"《元史》称构弱冠以词赋中选,至元十一年,为翰林国史院编修,草伐宋诏书,为世祖所赏。又称构练习台阁故事,凡祖宗谥议、册文,皆所撰定。又称其子士熙、士点皆能以文学世其家。则构在当时实以文章名世,宜是编所录具有鉴裁矣。"③ 他们对《文心雕龙》频频的采摘足见此书的价值在当时被认可的程度。其四,部分诗话多收集前人评论,汇编成集,具有辑录性质,反映了编者的取舍标准和文学倾向。如《修辞鉴衡》,上卷论诗,下卷论文,多辑录宋人诗话及文集、杂记而成,收录了宋祁的《为文当从三易》;《余师录》则多辑前代论文之语,自北齐下迄乎宋,"宋人论文多区分门户,务为溢美溢恶之辞。是录采集众说,不参论断而去取之间颇为不苟,尤足尚也征"④,全书收录共六十三种书,包括历代学者对前人所著文章、诗词的评论,以及作文技法。其五,宋代文学的一大特点是"披拾旧文,多资考证",以《金石例》为例,书中涉及《文心雕龙》约有七次,其中六次用来对铭、颂、箴等文体溯源解释,《文心雕龙》在此用来"足备考证",真正做到了"议论多有根柢,品题亦具有别裁"。诗话类著述参考《文心雕龙》提出了一系列指导写作的观点,不仅对明人关注《文心雕龙》的创作论部分具有影响,同时也对明人评点带来了启发。

第五,在一些具体的问题上,明代之前的人们对明代的接受者也具有

---

① 刘德重、张寅彭:《诗话概说》,安徽教育出版社2009年版,第5页。
② 杨明照:《〈文心雕龙〉校注拾遗》,上海古籍出版社1982年版,第580页。
③ (清)永瑢:《四库全书总目》卷196,中华书局2003年版。
④ 同上。

启发性。如对刘勰梦境的关注就是其中之一。对于这一问题,唐代的史学家也表现出了兴趣。《梁书》对《序志》篇几乎全部引用,而《南史》仅摘录了如下内容:

> 予齿在逾立,尝夜梦执丹漆之礼器,随仲尼而南行。寤而喜,曰大哉,圣人之难见也。乃宏小子之垂梦欤。自生灵以来,未有如夫子者也。敷赞圣旨,莫若注经,而马郑诸儒宏之已精就有深解,未足立家。唯文章之用,实经典枝条,五礼资之以成六典,因之致用。于是搦笔和墨,乃始论文。①

刘勰的梦境虽寥寥数字,但却关系着《文心雕龙》创作缘起、思想倾向、价值指向等诸多深层次的问题,是后人正确理解刘勰"言为文之用心"关键。李延寿在《南史》中用了全文三分之一的文字对"执丹漆之礼器,随仲尼而南行"的梦境部分摘录,反映了编者对《文心雕龙》一书"原道""征圣""宗经"性质的注重。而此处的记载或许也对明人有一定程度的启发。

总之,明代之前的《文心雕龙》研究虽然没有出现专题性的论著和研究,且多以间接接受为主,但是,它对于《文心雕龙》在明代的传播和接受仍具有不容忽视的价值和意义。

## 二 对传播的影响

作品的传播对作品价值的实现有不容忽视的作用。魏晋六朝的文论著作传至明代多有亡佚,但《文心雕龙》的影响力却与日俱增,这与它在明代之前的传播有至关重要的关系。

第一,《文心雕龙》自问世之时就引起了世人的关注,这与萧氏家族的揄扬有着密切的关系。饶宗颐说:"《流别》《翰林》之书,今已散亡,惟此五十篇,巍然灵光,扬榷六代之文,舍此罔由津逮,于是,人矜为环宝,家奉作准绳,此书遂与萧《选》同为文苑之邓林,如泰华之并峙矣。"②

---

① (唐)李延寿:《南史》,中华书局2007年版,第1781页。
② 饶宗颐:《〈文心雕龙〉探原》,《香港中国古典文学研究论文选粹(1950—2000)》,江苏古籍出版社2006年版,第22页。

饶氏指出《流别》、《翰林》早已亡佚，仅存其名，但是《文心雕龙》却流传至今，成为与《文选》并列的同一时期的双子巨著。实际上，萧氏家族和《文选》对《文心雕龙》在当时和后世的传播起到了推波助澜的作用。

以家族为单位从事文学活动是魏晋文学特点之一，齐梁时期的《文心雕龙》接受是以萧氏家族为中心进行的。魏晋时期注重门第，齐梁时期尤是如此，"自江左以来，其文学之士，大抵出于世族，而世族之中，父子兄弟各以能文擅名"①，萧氏家族是当时较为特殊的一个文学世家。萧氏一族具有皇族身份，且文采斐然，明人张溥就曾说："帝王之家，文章瑰玮，前有曹魏，后有萧梁。"② 萧氏成员长于创作亦以文学理论见长，其理论批评性质的作品数量可观，种类丰富，诚如清代学者贺贻孙所言："南朝齐梁以后，帝王务以新词相竞，而梁氏一家，不减曹家父子兄弟。"③ 据统计，"在所存文献中，萧姓皇室成员所作占此时单篇文学批评文献（选本子书除外）的66%，而且基本上是此时最为专业文学批评文献。可见文学批评的中心实际上就在萧氏皇族中"④。萧统的政治地位和文学地位势必影响到其身边的文人，他对某人甚至某人的作品"深爱接之"的态度必然辐射到其身边的文人集团身上，这种影响或许不亚于沈约对《文心雕龙》的推重。这是因为，魏晋门阀制度不仅体现在政治上，也体现在文学中，文人尤其是寒素文人只有得到士族的肯定才有可能登堂入室。围绕在萧氏皇族身边的多是当时文坛的主流文人，他们在萧氏的影响下对《文心雕龙》自然不会视而不见。萧氏一族都拥有深厚的文学素养，且喜好招揽文士，萧统天性仁厚，"引纳才学之士，赏爱无倦……东宫有书几三万卷，名才并集，文学之盛，晋、宋以来未之有也"⑤，统治者所倡导的这样一个自上而下的热衷于文学的社会氛围和文化环境为《文心雕龙》的传播提供了良好的契机和外部环境。《南史·王锡传》云："时昭明太子尚幼，武帝敕锡与秘书郎张缵使入宫，不限日数，与太子游狎，情兼师友。又敕陆倕、张率、谢举、王规、王绮、刘孝绰、到洽、张

---

① 刘师培：《中古文学史讲义》，上海古籍出版社2000年版，第83页。
② （明）张溥著，殷孟伦注：《汉魏六朝百三名家集题辞注》，人民文学出版社1960年版，第64页。
③ 郭绍虞：《清诗话续编》，上海古籍出版社1983年版。
④ 潘慧琼：《南朝文学批评意识的两个维度》，博士学位论文，浙江大学，2006年。
⑤ （唐）姚思廉：《梁书》，中华书局2006年标点本，第167页。

缅为学士，十人尽一时之选。"① 在上述人物的作品中就或多或少地显示出对《文心雕龙》的接受痕迹。②

第二，《文心雕龙》阐述为文之道，《文选》重在作品汇集，两部著作同处一代，《文选》以其在历代文学中的地位和影响力为《文心雕龙》的接受起到了巨大的推动作用。《文选》在唐宋时影响巨大，对《文心雕龙》在当时的传播有不容忽视的促进作用。"《文选》自隋唐以来莫不习之"，唐初曹宪"始以梁昭明太子《文选》授诸生……据统计，唐代今存348条科举诗题中，同《文选》有直接渊源的有67题，高达总数的五分之一"③，以至于唐代士人人手一册，将之奉为圭臬。李颀、李益等人甚至将《文选》与《春秋》并提。《文选》这种备受瞩目的地位，《文心雕龙》虽无法与之相媲美，但由于两部著作的关系，使得《文心雕龙》也得到更多关注。这种现象一直到明代还十分明显，伴随着复古运动的兴起，《文选》也成为明人关注的对象。陆深说："方今诗人辈出，极一代之盛。大抵古宗《选》，律宗杜，可谓门庭正机轴。"④ 可见当时模拟《文选》已蔚然成风。《文选》在弘治年间备受关注，祝允明曾云："自士以经术梯名，昭明之《选》与酱瓿翻久矣。然或有以著者，必事乎此者也。吴中数年来，士以文竞，兹编始贵。"⑤，这与《文心雕龙》在明代被广泛重视的时间颇为一致。如胡应麟说："萧统之选，鉴别昭融；刘勰之评，议论精凿。"⑥ 近人黄侃则将两书并举，"读《文选》者，必须于《文心雕龙》所说能信受奉行，持观此书，乃有真解"，可见《文选》对《文心雕龙》传播的促进作用不可小觑。⑦

---

① （唐）李延寿：《南史》，中华书局2007年版，第640页。
② 参见汪春泓《〈文心雕龙〉的传播和影响》，学苑出版社2005年版。
③ 《文选》与唐代科举间的关系，刘青海《试论唐代应试诗的命题及其和〈文选〉的渊源》[《云南大学学报》（社会科学版）第4期] 有详细论述和列举。
④ 陈伯海、蒋哲伦主编：《中国诗学史·明代卷》，鹭江出版2002年版，第91页。
⑤ （明）郁逢庆：《郁氏书画题跋记》，上海古籍出版社1988年版，第761页。
⑥ （明）胡应麟：《诗薮·内编》卷2，上海古籍出版社1979年版。
⑦ 在《文选》的编纂中，萧统的地位至今并没有统一的定论。如傅刚认为："《文选》在文体分类上可能受到任《文章缘起》的影响，与《文心雕龙》似乎没有什么关系。"刘勰可能只是提出过一些意见，《文选》是萧统和刘孝绰二人合编。力之主张《文选》是萧统独力编撰；清水凯夫认为是刘孝绰独力编撰，萧统只是承担其名义。穆克宏认为《文选》是萧统和东宫学士刘孝绰、王筠等人共同编纂而成。

第三，在中国封建社会，"三立"是儒家知识分子的终极追求。然而，文人在"立言"的过程中也必须承担由此衍生的社会责任，即自觉去维护封建王朝以"经"为宗的思想价值体系。这就要求封建社会的知识分子以丰富的学植、卓越的才识弹响为封建王朝所关注的双重奏——以经学价值论的阐释去引领实践中的文学创作，又以实践中的文学创作去回应作为永恒真理而存在的"经"。他们之中的翘楚被视为"大儒"，汉代的董仲舒、刘歆、扬雄、王充、郑玄等就是其中的代表。唐太宗在《荐举贤能诏》中将刘勰与董仲舒并举，誉其"绝响于今辰"，在很大程度上正是因为他们符合封建王朝对儒家诗学历史的整合。如果从文学演进的角度观照，最高统治者的褒扬对于《文心雕龙》在唐代的传播和接无疑有巨大的影响。有的学者根据出土于敦煌的《文选某氏注》中对"檄"的注释推断《文心雕龙》不仅被初唐的一流文人所关注，在乡间村民之中也有一定的普及，"而且超越汉人学者的范围，传至周边民族的知识人手中，从而拥有意外广大的读者层"[①]。唐代史学界对《文心雕龙》和刘勰的关注对明代的接受也产生了一定的影响。唐初史学家对《文心雕龙》的关注重心并不在"为文之术"，也无意于对《文心雕龙》的性质深入思考，他们关注的是《文心雕龙》中的一系列宗经观。《梁书》《南史》以正史的地位反映了初唐史学界对《文心雕龙》价值的肯定。在具体史学思想上，"《史传》篇，扬榷史籍，探究史理，若隐现刘子玄《史通》之缩影"[②]，《史通》"不仅是中国历史上第一部史学批评专著而且也是世界历史上第一部史学批评专著。因此，《史通》的价值就不仅局限于中国史学范围，它也是世界历史学发展历程中的一个里程碑"[③]。而后人又多将两部著作并举，如清人臧琳称："刘氏《文心雕龙》之论文章……刘知几《史通》之论史，可称千古绝作。"明代王惟俭曾在万历三十七年（1609）六月校刻《文心雕龙训故》，又于万历三十九年（1611）校刻《史通训故》，他在《史通训故》序言中言"余既注《文心雕龙》毕，因念黄太史有云：'论文则《文心雕龙》，评史则《史通》，二书不可不观，实有益

---

① ［日］冈村繁：《〈文心雕龙〉在唐初钞本文选某氏注残篇中的投影》，载《〈文心雕龙〉研究荟萃》，上海书店出版社1992年版。
② 汪荣祖：《史传通说》，中华书局1989年版，第1页。
③ 赵俊：《〈史通〉理论体系研究》，辽宁大学出版社1990年版，第4页。

于后学'"。表现出了对两部著作的关注。① 可见《史通》的价值和地位，对于《文心雕龙》的传播和影响也起到了积极的作用。

第四，宋代类书对《文心雕龙》的摘录对其传播有积极的作用。宋代类书数量激增，约有73部，超过了自魏至唐代数量的总和。②《文心雕龙》在这一时期也被大量的类书所采摘。类书体裁特殊，各代对其分类既不统一也不明确③。类书的分类虽然标准不一，但其大致可归于两大类，一是汇集各种材料的类书，一是汇集某一专门内容的类书。大量类书以《文心雕龙》作为考证依据的现象在宋代之前并不多见。宋代涉及《文心雕龙》的类书既有《册府元龟》《太平御览》等综合性大型类书，也有《古今源流至论》《事物纪原》等专门性类书，这与宋代考证学的兴盛密切相关，"宋自神宗罢诗赋，用策论取士，学者咸思以博综古今、参考典制为务，而又苦其浩瀚不可猝穷，于是类事之家，往往排比联贯、荟粹成书，以供场屋采掇之用"④。在类书中，《文心雕龙》不仅仅是批评专著，还兼有了援据之法的作用，用来考证经典史实、辞章典故。除杂家外，小说家类的《清波杂志》和释家类的《佛祖历代通载》也有关于《文心雕龙》的记载。

类书最大用途是指导写作。胡道静认为："类书储材待用，一方面是备仓卒应对之需，一方面也是为撰文、作诗资料之需。封建时代的诗文，大多是需要堆砌典故。临事得题，不得不乞灵于类书，而平日不得不有所预备。虞世南之为《书钞》，当然主要是为此……封建政府的编纂类书乃至书坊的辑录类书，也是提供文人以这种方便。"⑤ 方师铎甚至言"类书的唯一用途就在供词章家猎取辞藻之用"，而对遗文旧事的保存只是其意外用途而已。⑥《文心雕龙》在宋代群籍中或作为考证的依据、或作为某一部分的研究史料，其用途在于查阅。宋代"圣门之学，以格物致如为

---

① （明）王惟俭：《史通训故序》，续修四库全书，第447册，第247—248页。
② 张奏辉：《类书的范围与发展》，《文献》1987年第1期。
③ 《隋书·经籍志》将其归入子部杂家类，《通志》将其单列一类，胡应麟主张将其置于"四部"之外，与佛道经典、伪古书等别为一类，四库沿袭《隋书》将其归入子部，但《四库全书总目》序中讲："类事之书，兼收四部，而非经非史非子非集，四部之内，乃无类可归。"
④ （清）永瑢：《四库全书总目提要》卷135，中华书局2003年版。
⑤ 胡道静：《中国古代的类书》，中华书局1982年版，第26页。
⑥ 方师铎：《传统文学与类书之关系》，天津古籍出版社1986年版，第5页。

先；文学之士，以博问洽识为贵，而一物不知，又儒者之所耻也。夫以有限之见闻，而究无穷之事物。况载籍之繁，汗牛充栋，虽矻矻穷年，而欲其知无不尽亦难矣"（阎敬为《事物纪原序》），在这种风气下，《文心雕龙》的影响也前所未有地加大。

# 第三章

# 明代对《文心雕龙》枢纽论的接受

《文心雕龙》的枢纽论包括《原道》《征圣》《宗经》《正纬》《辨骚》五篇，对此学界意见基本一致。本章第一节解决两个问题。第一，刘勰如何建构《文心雕龙》的宗经体系；第二，刘勰为什么主张宗经是枢纽论的核心，刘勰汲取前人理论，对"宗经"思想进行了系统化的理论构建。在他看来，"经"不仅是对写作具有指导意义的文本，它还具有更深层次上的本体论意义。刘勰将文学置于政教意识形态话语言说方式的位置，使文学活动通过意识形态道统传承的本质定性与价值性获得了与政教圣学一体性的崇高人文地位。第二节以宋濂为代表论述明前期的宗经观接受情况。明初文人多从本体论的角度将"经"设定为亘古不变的终极真理，赋予了"文以载道"不可逾越的价值。宋濂对"道"的理解构成了其文章背后的价值基础，而这正是源自《文心雕龙》。与刘勰一样，宋濂也是从本体论的角度来看待经，以期达到通经致用的目的。这与明初的文化政策及经学状况休戚相关。第三节论述明代中后期宗经。这一时期对《文心雕龙》"宗经观"的接受更多地体现在对写作的指导作用上，强调六经在文学层面的经典示范作用，多从"为文"的角度出发来看待宗经。

刘勰在继承前人的同时赋予了宗经新的意义，即宗经而不废文，这点尤其重要，它符合了明人对于宗经的具体要求。《文心雕龙》的宗经理念与明代的复古风潮相契合。有明一代，文论的发展是以"复古"和"反复古"为主线展开的，但明人的复古多是针砭时弊、有感而发，宗经往往成为最深层次的复古。

## 第一节 枢纽论中的宗经观

刘勰汲取前人的理论，以"宗经"为核心对文之枢纽部分进行了系统化的理论构建，对此黄侃的概括颇为精准："宗经者，则古昔称先王，而折衷于孔子也。夫六艺所载，政教学艺耳，文章之用，隆之至于能载政教学艺而止。挹其流者，必探其原；揽其末者，必循其柢。此文之宜宗经一矣。经体广大，无所不包，其论政治典章，则后世史籍之所从出也；其论学术名理，则后世九流之所从出也；其言技艺度数，则后世术数方技之所从出也。不睹六艺，则无以见古人之全，而识其离合之理。此文之宗经二矣。杂文之类，名称繁穰，循名责实，则皆可得之于古。彦和此篇所列，无过举其大端。若夫九能之见于《毛诗》，六辞之见于《周礼》，尤其渊源明白者也。此文之宜宗经三矣。文以字成，则训故要；文以义立，则体例居先，此二者又莫备于经，莫精于经。欲得师资，舍经何适？此文之宗经四矣。"①

## 一 《文心雕龙》宗经观的建构

六经之名，始于三代。较早将为文与宗经联系在一起的是战国时期的荀子，从其《正论》篇、《儒效》篇观审，荀子将"经"置于相当的高度。西汉司马迁以"用"为核心突出经书的地位②，扬雄继承前人，提出"济乎道""折诸圣""辩于经"，显示出了"明道、征圣、宗经"的雏形③。扬雄从"文体"的角度来强调儒家五经的典范性，他说："惟五经为辩。说天者莫辩乎《易》，说事者莫辩乎《书》，说体者莫辩乎《礼》，说志者莫辩乎《诗》，说理者莫辩乎《春秋》。舍斯辩亦小矣。"④ 并在《法言·问神》中说："言不能达其心，书不能达其言，难矣哉。惟圣人得言之解，得书之体。"⑤ 这对《文心雕龙》宗经观影响甚大，诚如徐复观所言："扬雄与文学生活有关的断片，彦和心目中皆为文坛的掌故，扬

---

① 黄侃：《〈文心雕龙〉札记》，中国人民大学出版社2005年版，第13页。
② 《荀子》中《正论》篇言："凡言议期名，是非以圣、王为师"，《儒效》篇言："百王之道一是矣，故《诗》《书》《礼》《乐》之归是矣。《诗》言是其志也；《书》言是其事也；《礼》言是其行也；《乐》言是其和也《春秋》言是其事也"。
③ 扬雄认为经书是一切文章的准的，"书不经，非书也；言不经，非言也；言、书不经，多多赘矣"，"舍舟航而济乎渎者，末矣；舍五经而济乎道者，末矣"。只有圣人才能"矢口而成言，肆笔而成书，言可闻而不可弹，书可观而不可尽"。
④ 韩敬：《法言注》卷7，中华书局1992年版，第149页。
⑤ 同上书，第110页。

雄的各种作品，《文心雕龙》中无不论到。"①

（一）

刘勰在汲取前人理论基础上，以"为文之道"为目的对"宗经"进行了系统化的理论构建。《文心雕龙》枢纽论前三篇以"道沿圣以垂文，圣因文而明道"为纲确立了道、圣、文之间三位一体的关系："文"体现"道"，"经"为圣人"象天五常之道"所作，其神圣性来自"天"，"论文必征于圣，窥圣必宗于经"，道、圣、文最终归于宗经。枢纽论五篇以经为核心，在经统摄下"为文"。五篇义脉，环环相扣、相互贯通，一言以蔽之，宗经也。"枢纽"之意为"关键"，刘勰将五篇称作"文之枢纽"，是在强调宗经不仅是论文之根本，也是论文之关键。面对齐梁文风"去圣久远，文体解散，辞人爱奇，言贵浮诡，饰羽尚画，文秀鞶帨，离本弥盛，将遂讹滥"的状况，"正末归本"成为纠正时弊的主要策略。在刘勰看来，"经典是文章的本源，离开了这个'本'，就越来越走向讹滥，所以要以经本来论文，这就是刘勰自己要以经典枢纽来论文的具体解释"②。欲正末归本，必须还宗经诰。枢纽论后两篇是对前三篇的补充。经书虽能极文章之骨髓，但却缺乏"辞富膏腴"的审美特性，纬书正能凭此以补其不足。"正纬"是在"宗经"统摄之下的"正纬"，诚如牟世金先生所言："无论是正纬书之伪或论其'有助文章'，都是为了'宗经'。"③

《原道》中"原"的含义为"本"，"道"涵盖了儒家诗学的最高原则，圣人只有以"经"为基点来立言，才能实现对"道"的践行。在枢纽论的前三篇中，"宗经"是关于本体论的问题，"征圣"是关于主体论的问题，"原道"是关于认识论和价值论的问题。④ 在这个意义上，宗经在枢纽论中处于核心位置。

（二）

刘勰对"经"的描述采用了"……曰经"的句式，如：

---

① 徐复观：《两汉思想史》，华东师范大学出版社 2004 年版，第 289。
② 牟世金：《〈文心雕龙〉研究》，人民文学出版社 1995 年版，第 98 页。
③ 同上书，第 98 页。
④ 此处采用的杨乃乔的观点，参见杨乃乔《东西方比较诗学——悖立与整合》，文化艺术出版社 2006 年版，第 358 页。

《论说》:"圣哲彝训曰经,述经叙理曰论。"

《总术》:"常道曰经,述经曰传。经传之体,出言入笔。"

《宗经》:"三极彝训,其书曰经。经也者,恒久之至道,不刊之鸿教也。"

这与我们今天"下定义"的方式颇为相似。"下定义"以揭示某个名词概念的内涵为目的,是一种逻辑严密的文字活动。在刘勰的表述中,"经"包含了"三极彝训""圣哲彝训""常道"等要素,"圣"和"道"正是以"经"为核心联系在了一起。刘勰分别从文体、文术、文评三个方面构建了《文心雕龙》的宗经体系。

第一,文体宗经。《文心雕龙》文体论部分以"原始以表末,释名以章义,选文以定篇,敷理以举统"为总纲,处处体现出了宗经的立场。[①]"原始以表末"总述文体的源流及演变,犹如一部文体史汇编,对此王礼卿在《文心雕龙通释》中云:"原始以表末,始出于经传,述其常也,末由后衍,明其变也。此叙各体之源流演变,准史法以述文学,今之文学史之先河也。""释名以章义"是讲文体名称的含义及由来,经典是其主要依据,如《明诗》篇,刘勰指出"诗"之名称本于《尚书》,其命名的含义有三:"志""持""思无邪",而这三种意义分别出自《尚书·舜典》《诗纬·含神雾》《论语·为政》。刘勰"选文以定篇"列举了约300位作家、400余篇作品,无论是"合论""单论"还是"比论"莫不依经立义。如评论《史记》时对"实录无隐""博雅弘辩"加以褒扬,而对其"爱奇反经"则表示不满。对《汉书》的评价亦是以经书为准的,褒其"宗经矩圣之典,端绪丰赡之功",贬其"遗亲攘美之罪,征贿鬻笔之愆"。以"敷理以举统"来说明各类文体的作法,或言文体的作用,或言个体的创作方法和避讳,无不以经典为矩。可见,在刘勰看来,五经是一切文章的源头和最高典范,各类文体百家腾跃,但终入经内。通过对文体的规范,达到正末归本、明乎体要的目的。

第二,文术宗经。《文心雕龙》中的"术"包括附会之术、文质之术、构思之术等,涵盖了创作的各个环节,在《体性》《定势》《情采》

---

[①] 范文澜《〈文心雕龙〉注》详细列举了《辨骚》至《书记》出于某经书,人民文学出版社1978年版,第5页。

《养气》《声律》《夸饰》《隐秀》《练字》《事类》等篇中也涉及诸多未以"术"标明的具体写作技巧。① 文术虽变化多端,"宗经"之旨却不可有违,为文须以儒家经书为标准,由于五经的体制不同,其特色也就不同,只有以"群言之祖"的经书为标准才能做到情深而不诡、风清而不杂、事信而不诞、义直而不回、体约而不芜、文丽而不淫。

第三,文评宗经。《文心雕龙》中并没设专门章节来论述文学批评的宗经特点,但以宗经为标准的评价在全书却多处可见,如"是以子政论文,必征于圣;稚圭劝学,必宗于经"。之所以论文以经典为标的,是因为经典中包含着写作的基本原理。因此,"宗经"不仅对"作文"重要,对"论文"同样重要。将"宗经"与为文、立言相结合的思想并非刘勰独有,与刘勰同时代的文论家们也多有此种言论,如挚虞将三言至九言类的各杂言诗都溯源至《诗经》,傅玄说:"《诗》之雅、颂,《书》之典谟,文质足以相副,玩之若近,寻之若远,陈之若肆,研之若隐,浩浩乎其文章之渊府也。"② 但他们对此仅仅是提及或是概述,直至刘勰,才完成了对文论"宗经"的系统构建,这也是后世文人论及宗经时无法回避《文心雕龙》的原因所在。

## 二 刘勰宗经观的深层思维

《文心雕龙》中"宗经"的落脚点在"文",循着这一思路,我们不禁要思考刘勰为什么认为文必须宗经?刘勰以"宗经"统摄全书,明确主张"儒家诗学的整个价值体系、全部范畴、最高批评原则及在价值论上设定的最高文学范本,均肇于'六经'或《十三经》,并且也正是在经学的经典文本中承传下去的"③。可见,他对"经"的态度已远超出了经典文本自身所具有的学术和文学价值。

---

① 学界看法可综合为以下几种:认为术即"文学创作的基本原理",犹"今言文学之原理也"(刘永济:《〈文心雕龙〉校释》,中华书局1962年版,第166页);认为"术"是"写作的原则"或"写作法则"(蒋祖怡:《〈文心雕龙〉论丛》,上海古籍出版社1985版,第174页);认为"术"是"写作方法""写作技巧"[陆侃如、牟世金:《〈文心雕龙〉译注》(下),齐鲁书社1982年版,第299页];认为"术"是"各体文章基本的体制特色和规格要求"(王运熙:《〈文心雕龙〉探索》,上海古籍出版社1986年版),认为术是"写作规律、原则、体制、方法的一个统称"(林杉:《〈文心雕龙〉创作论疏鉴》,内蒙古教育出版社1998年版)。

② 《太平御览》卷599引《傅子》文,中华书局1960年版。

③ 杨乃乔:《东西方比较诗学——悖立与整合》,文化艺术出版社2006年版,第11页。

一方面，刘勰从本体论的角度将"经"定位为亘古不变的终极真理。在他看来，"经"不仅对后世写作具有指导意义，还具有本体论的意义。思维和存在是哲学发展史的根本问题和最高范畴。本体论问题就是关于存在的问题。本体论反映的是"有"或者"是"的意味，是一种无限的、永恒的存在，而"经"就具有此种特性。作为世界根基的存在是无限的、完整的、永恒的。"经"在最初并非儒家独有，"古之所谓经，乃三代盛时，典章法度，见于政教行事之实，而非圣人有意作为文字以传后世也"①。至西汉，刘歆提出："经，元一以统始"（《三统历》），经才被确定为本体论的范畴，对后世的政治、思想和文化产生了深远的影响。刘勰对"宗经"的建构也是在本体论的层面上完成的。

从本体论的角度来看，经学因其特有的稳定性、因袭性、包容性、自足性，对中国古代学术文化形态产生了重大而深刻的影响，具有了神圣的地位。作为中国文化的官方学术，经学的经典文本由十三部经典著作构成，"经"在社会文化环境中吸收、容纳异质的内容，随之进行自身调整，并在变化中保持与自身的同一性。②《宗经》篇中就讲"经"可"象天地，效鬼神，参物序，制人伦，洞性灵之奥区，极文章之骨髓者也"。"经"作为"三极彝训"不仅统摄儒家思想，而且还是"恒久之至道，不刊之鸿教"。因为"无论是在西方诗学语境下，还是在东方诗学语境下，本体范畴的设定必须是一个恒定万世的公理，栖居在东西方诗学文化传统下的思者们，也正是在这样一个本体范畴的统领下构建起各自的金字塔般的理论体系，而这个本体范畴也就是置放在这个金字塔之巅的放之四海皆准的终极真理。"③虽然魏晋经学出现了玄学化的变动，但"经"的这种本体论地位却未曾改变，如西晋杜预认为："经者，道之常；义者，利之宜。"（《春秋左氏经传集解》）梁代皇侃曰："经者，常也，法也。"（《孝经注疏》）郑玄则在其《六艺论》中言："六艺者，图所生也"，"河图洛书，皆天地神言语，所以教告于王者也"。这些说法旨在揭明：《易》《书》《春秋》等均为圣人受自神谕的作品，即意味着"经"之圣性得自

---

① （清）章学诚：《文史通义》，上海书店出版社1988年版，第65页。
② 关于经学本体论的论述参见杨乃乔《东西方比较诗学——悖立与整合》、杨乃乔《东方儒道诗学——与西方诗学的本体论、语言论比较》。
③ 杨乃乔：《东西方比较诗学——悖立与整合》，文化艺术出版社2006年版，第33页。

上天。正因为"经"被如此定位,所以在"宗经"之下的为文也被笼罩在"本体论"之下,其定位甚至超出了"经国之盛事"的高度。刘勰之所以从本体论的高度来看待经,其目的是"通经致用"。"通经致用"就是指通晓经术,以求致用。即为对儒家"立德"与"立功",或者说"内圣"与"外王"的实现,在"通经"与"致用"二者的关系中,"通经"是"致用"的前提,而"致用"则是"通经"的目的,归宿点在"致用"上。

另一方面,"经"还是一种掌握了话语权的意识形态。米歇尔·福柯的"话语权力"理论认为,"权力"指的是隐藏在一切话语中的普遍化的支配力量。"六经"在中国古代诗学传统中就行使着强大的话语权。这种话语权很大程度是通过"真理原则"架构来实现的。以真理形式出场的话语能最有效最大限度地释放内在的权力。"经"对意识形态的作用正是以真理话语形态实现的。"经也者,恒久之至道,不刊之鸿教。"话语一旦获取真理的表述形态,也就获取了至高无上的权力。统观《征圣》和《宗经》两篇,刘勰在论述经书真理性的时候,总是将之和"圣"联系在一起。孔子在刘勰心中的地位是怎样的呢?刘勰认为:"自生人以来,未有如夫子者也。"所以"至夫子继圣,独秀前哲,熔钧六经,必金声而玉振;雕琢性情,组织辞令,木铎启而千里应,席珍流而万世响,写天地之辉光,晓生民之耳目矣。"刘勰将经与孔子相联系具有非凡的意义,儒家话语的真理表述形态的确立,正是以孔子删六经为标志。经之所以是不刊之鸿论,是因为圣人能够"鉴周日月,妙极机神;文成规矩,思合符契",所以"论文必征于圣,窥圣必宗于经"。刘勰在《序志》中提出的"文源五经"明确说明五经是在孔子的删定下完成的,明确将经与孔子联系在一起。孔子删经在经学发展史中意义重大。孔子因"周之末世,王道陵迟,礼乐废坏……故追定'五经',以行其道",孔子删"六经"的实质正是对统治阶级意识形态权力话语的自觉的重建。正如晚清经学家皮锡瑞所言:"经学开辟时代,断自孔子删定《六经》为始。"[①] 而刘勰"把文章与经学的关系说的那么深湛,把圣人与经书的功能说的那么伟

---

[①] (清)皮锡瑞:《经学历史》,中华书局2004年版,第19页。

大，是曹丕《典论·论文》以来各家文论中不曾有过的说法"①。

总之，《文心雕龙》的"宗经"被后世作为文学中的宗经理念的重要一端，除了因为《文心雕龙》在文术、文评等方面构建了系统完整的理论框架外，更主要的是它"完成了道统统一于文统，将意识形态文化归属于文学文化的理论性工作……政教文本固然因此成了最高的文学范本，而文学也因此成了政教意识形态话语'专属'的言说方式。从曹丕到刘勰，中国古人将文学经典的意识形态叙事性质推广到了一般的文学文本领域，从而使普遍性的文学活动通过意识形态道统传承的本质定性与价值性，而赢得了与政教圣学一体性的崇高人文地位"②。而这正是后世主张"文以载道"的文人在宗经时都以刘勰和《文心雕龙》为主要源头的原因所在。

综上所述，中国古代文论中的宗经思想虽不始于《文心雕龙》，却与其有着重要的关系。"中国文论从刘勰有系统的建立体系开始，长期以来在理论观点与价值体系上展现出静态传承发展的一面，相对的同时又能具备应变自如、兼容并蓄的能力。"③ 明人对《文心雕龙》宗经观的接受正是以此为前提展开的。

## 第二节　明前期对宗经思想的接受——以宋濂为代表

在文学史上，明前期概指洪武至成化之间的百余年，明王朝在这一时期以高压统治维护政权，道统压制文统。在这种大的社会环境下，明初文坛对《文心雕龙》的接受主要集中在"宗经"上，很少涉及辞采、声律、情感等文学审美性、艺术性问题。

明代前期的文坛地域性特征明显，存在一大批以地域为特征的文人集团。胡应麟在《诗薮》中将明初诗坛归纳为五大诗派，分别是浙东派、江右派、吴中派、闽中派、岭南派。五派之中前两派以雅正著称于世，儒学根基深厚，迎合了明王朝初期的文治要求，后三派则较少受理学束缚，

---

① 杨明照：《从〈文心雕龙〉中原道序志两篇看刘勰的思想》，载甫之、涂广社主编《〈文心雕龙〉研究论文选》，齐鲁书社1987年版，第70页。
② 彭亚非：《中国正统文学观念》，社会科学文献出版社2007年版，第132页。
③ 谢玉玲：《宋濂的道学与文论》，台湾中正大学，博士学位论文，1993年。本书关于宋濂道统的论述参阅此论文中的观点。

在观念上与正统文学相左。① 在上述五派中，浙东派是明初《文心雕龙》最主要的接受群体。作为当时的理学名区，浙东地区涌现出了一批依靠皇权来践行其经世致用人生价值的文士，刘基、宋濂是其中的杰出代表。明朝立国后，刘基官至御史中丞兼弘文馆学士，宋濂官至翰林学士承旨，此外还有王祎、胡翰、陶凯、朱右等人，他们视文章为"载道""用世"之工具，"在传统儒家文学思想的基础上融汇道学家、古文家的某些观点，为统治阶级提供新的官方文学理论"②。而《文心雕》宗经的思想正契合了这种需求。

宋濂（1310—1381）字景濂，号潜溪，浦江（今浙江义乌）人。以宋濂作为明初《文心雕龙》的接受代表，原因如下：其一，宋濂是明初文学最具代表性的文人之一，与高启（1336—1374）、刘基（1311—1375）并称"明初诗文三大家"。《明史》载："在朝郊社、宗庙、山川、百神之典，朝会、宴享、律历、衣冠之制，四裔、贡赋、赏劳之仪，旁及元勋、巨卿、碑记、刻石之辞，咸以委濂，屡推开国文臣之首。"③ 其二，复古是明代文学最为显著且贯穿始终的特征，宋濂作为明初复古型学者代表人物，古文家和理学家都对其推崇有加，"由正统派的眼光看来，宋濂成为值得推崇的中心"④。其三，除了文学创作外，宋濂在文论上也建树颇丰，其文论今存五十余篇。由于是金华学派的传承人，他的思想深受程朱理想濡染，宗经师古，力倡经世致用之学，"他可以说是集以前正统派的大成，使古文道学合而为一"⑤。其四，宋濂为明代开国文臣之首，地位显赫，对明代文学影响深远。

宋濂对刘勰研究颇深，除了作品中屡次提及刘勰之外，还作《诸子辩》。书中提到：

> 《刘子》五卷，五十五篇，不知何人所作。《唐志》十卷，直云

---

① 吴中派关注创作中格调、趣味、声律等纯文学问题。如其代表人杨维桢论诗强调情性，不遵守正统儒家诗教所谓"发乎情，止乎礼义"，并言："诗者，人之情性也。人各有情性，则人各有诗也。"而闽中、岭南文学多清浅小唱。
② 成复旺、黄保真、蔡钟翔：《中国文学理论史》（三），北京出版社1987年版，第15页。
③ （清）张廷玉等：《明史》，中华书局1974年版，第3785页。
④ 郭绍虞：《中国文学批评史》（下册），百花文艺出版社1999年版，第127页。
⑤ 同上。

梁刘勰撰。今考勰所著《文心雕龙》，文体与此正类，其可征不疑。第卷数不同，为少异尔。袁孝政谓刘昼（孔昭）伤己不遇，遭天下陵迟，播迁江表，故作此书，非也。孝政以无传记可凭，复致疑于刘歆、刘勰、刘孝标所为，黄氏遂谓孝政所托，亦非也。其书本黄老言，引诸家之说以足成之，绝无甚高论。末论九家之学，迹异归同，尤为鄙浅。然亦时时有可喜者。①

"明道""宗经""重文"是宋濂毕生追求和秉持的价值目标与学术原则，而这与刘勰的文学思想一脉相承。本节就从"道""经""文"的关系出发分析宋濂对《文心雕龙》宗经思想的接受。

### 一 对"道"的践行

对于中国文人来说，"文"与"道"的结合不仅是作品价值的体现，也是他们立身处世的标准。许慎《说文解字》中释"道"为"所行道也，从'行'、从'首'，一达谓之道"，指具有明确方向的道路。郑国子产提出"天道远，人道迩"，使"道"具有了天人合一的意味，宋濂对"道"的理解集合了儒道两家的思想精华，"道"是存在于宇宙间的普遍规律，"天地之间，有玄玄之道焉，塞八区，宰六幕，茫乎大化，莫见其迹，窈冥忽荒之中而有神以为之枢。其神何如？洞乎无象，莫乎无形……"②与刘勰一样，宋濂对"道"的关注并不在于探索宇宙本原，其关注重心在"人道"上。宋濂曰："君子之道，与天地并运，与日月并明，与四时并行，冲然若虚，渊然若潜，浑然若无隅，凝然若弗移……"③强调"人道"就是对"天道"的践行，"道"应在人事中得以实现。

（一）

在"文"与"道"的关系上，宋濂深受刘勰影响④。"刘勰的《文心

---

① （明）宋濂：《诸子辨》，太平书局1962年版，第39—40页。
② （明）宋濂：《述玄》，载罗月霞主编《宋濂全集》，浙江古籍出版社1999年版，第103页。
③ （明）宋濂：《萝山杂言》，同上书，第50页。
④ 关于宋濂的"道"的思想，中国台湾学者谢玉玲在《宋濂的道学与文论》第三章"宋濂道学思想析论"中有翔实的阐释。

雕龙》完成了道统统一于文统,将意识形态文化归属于文学文化的理论性工作……政教文本固然因此成了最高的文学范本,而文学也因此成了政教意识形态话语'专属'的言说方式。从曹丕到刘勰,中国古人将文学经典的意识形态叙事性质推广到了一般的文学文本领域,从而使普遍性的文学活动通过意识形态道统传承的本质定性与价值性,而赢得了与政教圣学一体性的崇高人文地位。"[1] 宋濂屡次在文章中表明"学足以明道,文足以垂世"(《明太祖赐国子司业诰文》)的志向。

在宋濂眼中,"文"与"道"的结合不仅仅是作品的内容与其内涵的社会价值,也是文人的处世之道和立身标准。其在《徐教授文集序》中说:

> 文者,道之所寓也。道无形也,其能致不朽也宜哉。是故天地未判,道在天地;天地既分,道在圣贤;圣贤之殁,道在六经。[2]

在宋濂看来,无论是"为文"还是"传经",最终目的都是"明道":

> 道无往而不在,岂易明哉?造文固所以明道,传经亦将以明道,何可以歧而二哉?东汉以下,道术不一,学者始各即心为师,以骈丽华彩为文,非载道矣。[3]

他还在文章中屡屡透露出"文有大用""作文当关世教""自道学不明,学者缠蔽,传注支离之习,不复见诸实用"[4] 的态度。

(二)

宋濂以践行圣人之道为人生价值目标,而非仅仅做一名文章家。他要创作的是"载道之文",唯有如此,才能"太上立德,其次立言。百姓之群居,苦纷杂而莫显;君子之处世,疾名德之不章。唯英才特达,则炳曜

---

[1] 彭亚非:《中国正统文学观念》,社会科学文献出版社2007年版,第132页。
[2] 罗月霞主编:《宋濂全集》,浙江古籍出版社1999年版,第1351页。
[3] (明)宋濂《龙门子凝道记》,载罗月霞主编《宋濂全集》,浙江古籍出版社1999年版,第1780页。
[4] (明)宋濂:《赠林经历赵武昌都卫任序》,同上书,第1037页。

垂文，腾其姓氏，悬诸日月焉……标心于万古之上，而送怀于千载之下，金石靡矣，声其销乎"①。

"儒家诗学渴望把语言的家园建立在经学的经典文本上，从而占据经学的学术宗教地位，兑现其追寻永恒的欲望。"② 在这一点上，宋濂与刘勰完全一致。因此，他极力反对将自身定位为"文人"。其在《白牛生传》中言："或以文人称之，则又怫然怒曰：'吾文人乎哉？天地之理，欲穷之而未尽也；圣贤之道，欲凝之而未成也。吾文人乎哉？'"③ 宋濂把文人分为三级：

> 其文之明，由其德之立；其德之立，宏深而正大，则其见于言自然光明而俊伟，此上焉者之事也。优柔于艺文之场，餍饫于今古之家，搴英而咀华，溯本而探源，其近得则而效之，其害教者辟而绝之，俟心理理涵，行与心一，然后笔之于书无非以明道为务，此中焉者之事也。其阅书也搜文而摘句，其执笔也厌常而务新，昼夜孜孜，日以学文为事……上焉者吾不可得而见之，得见中焉者斯可矣。④

在宋濂眼中"文人"是指知识阶层中专事"雕虫篆刻"的人，这也反映了明代一部分人的观点，在明代，文人与道学家有明确的分别。如江盈科言："从古以来，诗有诗人，文有文人。譬如斫琴者不能制笛，刻玉者不能镂金。专擅则独诣，双骛则两废。"⑤ 谭元春云："士之有文，犹女之有色；文之有先辈时辈，如色之有故人新人。"⑥ 宋濂的价值目标在于对圣人之道的践行，而非仅仅做一名文章家。"顾学之自有先后，必本立而后可从事也，否则文古如班、马，诗高如李、杜，亦不过文人、诗人而

---

① 周振甫：《文心雕龙今译》，中华书局2005年版，第135页。
② 杨乃乔：《经学与儒家诗学——从语言论透视儒家在经典文本上的"立言"》，《中国社会科学》1995年第6期。
③ （明）宋濂：《白牛生传》，载罗月霞主编《宋濂全集》，浙江古籍出版社1999年版，第80页。
④ （明）宋濂：《赠梁建中序》，同上书，第800页。
⑤ （明）江盈科：《江盈科集》，岳麓书社1997年版，第804页。
⑥ （明）谭元春：《鹄湾文草》，岳麓书社1988年版，第75页。

已。"① 宋濂四十九岁入仕明朝，除了起草文书、编修典籍外，还负责太子的教育，可谓实现了对"道"的践行，但这与其内心的期许仍有很远的距离，这在明太祖的诰文中可以反映出来：

> 昔君天下者，官有德而赏有功，世之文武莫不云从。尔濂虽博通今古，惜乎临事无为，每事牵制弗决，若使尔检阅则有余，用之于施行则甚有不足。然方今儒者，以文如卿者甚少。②

总之，宋濂思想的驳杂，对"道"的理解兼具儒释道各派的内容，然作为宋濂文论背后的价值基础的"道"，仍是侧重于"人道"，因此，讲宋氏对"道"的理解"远则源自刘勰《文心雕龙》，近则源自宋代理学家和金华学派"③，是符合实际的。明人姚福在《青溪暇笔》中评论：

> 《文心雕龙·宗经篇》曰："论说辞序，则《易》统其首……则《春秋》其根……"宋景濂曰："《五经》各备文之众法，非可以一事而指名也。"福按：刘氏之言，言其大凡耳。陈氏特指其一二相似者而言，宋氏则谓《五经》可以备诸体。虽然，刘氏不足以启陈氏，微陈氏则宋氏无由出此言也。后之论者，固不可以此而废彼焉。

在宋濂的宗经观中不难发现《文心雕龙》枢纽论的痕迹，今人认为"宋濂的文学思想概念基本上源自《文心雕龙》，可以说是远绍刘勰，近为唐宋古文家文以明道的延续"④，是有根据的。

## 二 对"经"本体论意义的认同

宋濂与刘勰对"经"与"文"关系的理解上颇为类似。刘勰从本体论的角度将经设定为亘古不变的终极真理，赋予了"文以载道"不可逾

---

① （清）李颙：《四书反身录》，《二曲集》，中华书局1996年版，第477页。
② 《翰林承旨宋濂诰》，载钱伯诚、魏同贤主编《全明文》，上海古籍出版社1992年版，第30页。
③ 王春南、赵映林：《宋濂方孝孺评传》，南京大学出版社1998年版，第136页。
④ 谢玉玲：《宋濂的道学与文论》，博士学位论文，台湾中正大学，1993年，第192页。

越的价值,"经学成了绝对的显学,而对绝对权威的经典的解释之学也由此成了中国知识精英思想中知识的来源与真理的凭据:在经典及其注释中人们可以获得所有的知识,在经典及其注释中真理则拥有了所有的合理性。"① 在宋濂看来亦是如此,"吾舍此不学也。《六经》其曜灵乎,一日无之,则冥冥夜行矣"②。经书除了是作文的最高典范,还具有重大的社会功用性。他认为:"载道之文,舍六籍吾将焉从。"在《华川书舍记》中宋濂说六经可以"正民极,经国制,树彝伦,建大义","正三纲而齐六纪",是天下文章的"本与根"。在《文心雕龙》中,刘勰通过"真理原则"的架构行使话语权力,使"经"获得了至高无上的权力,但宋濂认为刘勰对"经"的阐述还不够深入,"固知文本乎经,而濂犹谓其有未尽焉",这是因为在宋氏看来,"经"是圣人代"天"之言。宋濂看到了刘勰为文的"致用"作用,即"文"的"通经致用",宋氏在谈及六经时认为:"阴阳变易之义则系《易》,治忽几微之由则定于《书》,成孝厚伦之道则删于《诗》,尊王贱霸之略则修于《春秋》,辩叙名分、悦和神人之方则见于《礼》、《乐》。"③ 可以说经书的作用涵盖了社会的各个层面。

宋濂与刘勰都是从本体论的高度来看待"经"的,在他们眼中"经"不仅仅是经典的文学范本,包括文学在内的任何一种理论体系的建构都是在"经"的统摄和笼罩下完成的,儒家的诗学理论也不例外,"儒家诗学的整个价值体系、全部范畴、最高批评原则及在价值论上设定的最高文学范本,均肇于'六经'或《十三经》,并且也正是在经学的经典文本中承传下去的"④。

### 三 对"文"的接受

"文"在中国古代诗学理论中内涵丰富,其含义也随着时代的不同发生着变化。先秦两汉时期的"文"多以天地人之文为主体;至魏晋,"文"中文学的意味逐渐清晰。宋濂"文"的观念与《文心雕龙》中的

---

① 葛兆光:《中国思想史》(第一卷),复旦大学出版社2009年版,第414页。
② (明)宋濂:《白牛生传》,载罗月霞主编《宋濂全集》,浙江古籍出版社1999年版,第80页。
③ (明)宋濂:《讷斋集序》,同上书,第2031页。
④ 杨乃乔:《东西方比较诗学——悖立与整合》,文化艺术出版社2006年版,第11页。

"文"有明显的承接关系。

第一，宋濂与刘勰都是在天道合一的背景下论"文"。在中国传统文化中，"天"是"伦理学最高观念之代表"①，冯友兰曾把"天"的含义概括为五种②，其中"义理之天"是"天"在哲学层面的核心含义。在中国文论中，人文与"道之文"的概念之间"有一种垂直的形而上从属性关系，'文'是纳入宇宙自然的总体文象中来加以思考的，因而文论是总体宇宙自然道论的一部分……人文与天文、地文、物文之间的并列性关系又主要是从同一性上来理解的，因此人文与天文、地文、物文之间的自然比附成为理解人文的基本思想方法"③。《文心雕龙》中的"文"囊括宇宙万物、人文规范。刘勰对"文"的理解源于《易》，《周易·系辞》云："参伍以变，错综其数。通其变，遂成天地之文；极其数，遂定天下之象。非天下之至变，其孰能与于此。"经书之所以是不刊之鸿论就在于它是人道法天的体现，人文也因此实现了其终极意义。刘勰以此为基础，建构了自己的论文体系，以天地万物之文并列，然后类比、推导出人文的教化功能模式。此后人们在论文的论述中多借鉴刘勰的理论。宋濂在《〈白云稿〉序》中云：

> 刘勰论文有云："论、说、辞、序则《易》统其首，诏、策、章、奏则《书》发其源，赋、颂、歌、赞则《诗》立其本，铭、诔、箴、祝则《礼》总其端，纪、传、文、檄则《春秋》为之根。"呜呼，为此说者，固知文本乎经，而濂犹谓其有未尽焉。何也？盖苍然在上者，天也；天不能言而圣人代之。经乃圣人所定，实犹天然，日月星辰之昭布，山川草木之森列，莫不系焉覆焉，皆一气周流而融通之。④

---

① 蔡元培：《中国伦理学史》，商务印书馆2004年版，第5页。
② "曰物质之天，即与地相对之天；曰主宰之天，即所谓皇天上帝，有人格的天、帝；曰运命之天，乃指人生中吾人所无可奈何者，如孟子所谓'若夫成功则天也'之天是也；曰自然之天，乃指自然之运行，如《荀子·天论篇》所说之天是也；曰义理之天，乃谓宇宙之最高原理，如《中庸》所谓'天命之谓性'。"冯友兰：《三松堂全集》，河南人民出版社1988年版，第3页。
③ 余虹：《中国文论与西方诗学》，三联书店1999年版，第59—60页。
④ （明）宋濂：《白云稿序》，载罗月霞主编《宋濂全集》，浙江古籍出版社1999年版，第245页。

在《华川书舍记》中云：

> 日月照耀，风霆流行，云霞卷舒，变化不常者，天之文也。山岳列峙，江河流布，草木发越，神妙莫测者，地之文也。群圣人与天地参，以天地之文发人文，施之卦爻而阴阳之理显，形之典谟而政事之道行，咏之雅颂而性情之用著，笔之《春秋》而赏罚之义彰，序之以《礼》、和之以《乐》而扶导防范之法具，虽其为教有不同，凡所以正民极、经国制、树彝伦、建大义，财成天地之化者，何莫非一文之所为也。①

宋濂的上述思想与《文心雕龙》中《原道》篇如出一辙。"经"之所以有此地位，是因为它同"天"联系在一起的，形成了"天""经""文"由上至下、三位一体的模式，这明显是对刘勰"文"的继承②。

第二，在"文"的观念上，宋濂与刘勰的认识具有明显的承接关系。《文心雕龙》中《原道》篇从"道之文"说起："文之德也大矣，与天地并生者何哉？夫玄黄色杂，方圆体分；日月叠璧……傍及万品，动植皆文。"宋濂眼中的"文"并非仅指辞章。其言：

> 凡天地间青与赤谓之文，以其两色相交，彪炳蔚耀，秩然而可睹也。故事之有伦有脊，错综而成章者，皆名之以文……斯文也，非指夫辞而已也。③

宋濂与刘勰如出一辙，"天"不仅仅是自然景观或方位空间，人们在玄黄色杂、青赤相交中感受的是形而上的"道"，在"道"的笼罩下，人文才

---

① （明）宋濂：《华川书舍记》，载罗月霞主编《宋濂全集》，浙江古籍出版社1999年版，第45页。

② 中国传统文论中的"文"可分三个层次：天、地、人交织在一起、具有形而上意味的文；各类文章，也包括文笔之分中的文；多属指谓性用法或名词作动词用，具有善、美（化）、修饰等意义。在先秦、汉代文论中，前两种层次的意义多互相混用，并没明确地区分，直至魏晋，才明确地将"文"当作各类文章的总称。魏晋时期，文章和文学的意义有明显区别。

③ （明）宋濂：《讷斋集序》，载罗月霞主编《宋濂全集》，浙江古籍出版社1999年版，第2031页。

得以存在。将朝文、官文、兵文等都纳入"文"的范围，而这些"文"都可视为"人文"，亦是在天人合一之下的"道之文"。在阐述过天地之文的原初意义后，宋濂也将落脚点置于人文上。这虽受我国传统思维的影响，但不可否认，刘勰对"经"本体论形态的建构也起到了不可替代的作用。

《原道》中讲圣人"观天文以极变，察人文以成化；然后能经纬区宇，弥纶彝宪，发挥事业，彪炳辞义。故知道沿圣以垂文，圣因文以明道，旁通而无滞，日用而不匮"[1]，即"心生而言立，言立而文明"，圣人通过体察天文之变，建立了合理的人文礼法。对此，宋濂认为：

> 天地之间，万物有条理而弗紊者，莫非文，而三纲九法，尤文之著者。何也？君臣父子之伦，礼乐刑政之施，大而开物成务，小而提身缮性，本末之相涵，终始之交贯，皆文之章章者也。所以唐虞之时，其文寓于钦天勤民，明物察伦之具。三代之际，其其文见于子丑寅之异建、贡助彻之殊赋。载之于籍，行之于当世，其大本既备，而节文森然可观。传有之：三代无文人，《六经》无文法。无文人者，动作威仪，人皆成文；无文法者，物理即文，而非法之可拘也。[2]

第三，宋濂与刘勰对"文"旨归的看法存在着差别。《文心雕龙》以"文"为落脚点，而宋濂视"文"为"经"的附庸。在宋氏看来，"文"有两个条件：一是圣人所作，宋濂将"人"分为圣人、贤人、众人等，众人之文不足论。"余之所谓文者，乃尧、舜、文王、孔子之文，非流俗之文也"：

> 圣人之文则斡天地之心，宰阴阳之权，掇五行之精，无巨弗涵，无微弗摄。雷霆有时而藏，而其文弗息也；风云有时而收，而其文弗停也。日月有时而蚀，而其文弗晦也；山崖有时而崩，而其文弗变也。其博大伟硕，有如此者！而其运量则不越乎伦品之间。盖其所禀

---

[1] 周振甫：《〈文心雕龙〉今译》，中华书局2007年版，第14页。
[2] （明）宋濂：《曾助教文集序》，载罗月霞主编《宋濂全集》，浙江古籍出版社1999年版，第30页。

者盛，故发之必弘；所予者周，故该之必备。呜呼，此岂非体大而用宏者欤？①

二是合乎经学思想和载道之用，要"天生之，地载之，圣人宣之。本建则其末治，体著则其用章。斯所谓乘阴阳之大化，正三纲而齐六纪者也；亘宇宙之始终，类万物而周八极者也"②。总之，在宋濂看来"文者，道之所寓也"，只有做到"措之于身心，见之于事业，秩然而不紊，粲然而可观者"（《赠梁建中序》），才可称之为"文"，而"抽媲青白，组织华巧，徒以供一时之美观。譬如春卉之芳浓非不嫣然可悦也"的只能算是流俗之文，不足道也。这与《文心雕龙》中对"文"的界定差别很大，《文心雕龙》中的"谐隐"等在宋濂看来或许连流俗之文也称不上。

### 四　出入释家以儒为本

除上述内容外，宋濂与刘勰都与佛教有较深的渊源，在其作品中对佛学内容均有涉及。

关于刘勰与佛教的关系，本书第七章中有详细的论述。刘勰虽遁入佛门，但从其一生的经历来看，他无疑是儒家思想的践行者。宋濂自然不是佛门中人，然其生平却与佛家有着千丝万缕的关系。其一，宋濂的出生就充满了佛家色彩，"无相居士未出母胎，母梦异僧手写是经，来谓母曰：'无乃永明延寿，宜假一室以终此卷。'母梦觉已，居士即生"③。宋濂自言："我与导师有宿因，般若光中无去来。今观遗像重作礼，忽悟三世了如幻。"④ 由于受儿孙牵累，他七十二岁遭贬谪，卧病不食，终卒于僧寺。其二，宋濂佛学造诣深厚，在他的文集中与佛教相关的作品超过170篇，其自言："予也不敏，尽阅三藏，灼见佛言不虚，誓以文辞为佛事。"⑤ 其三，宋濂与当时名僧交游甚密，这些僧人多是文僧，如千岩禅师、蒲庵禅师、用堂沙门、璞原、白庵、端文等，其《用明禅师文集序》《用堂梗公

---

① （明）宋濂：《灵隐大师复公文集序》，载罗月霞主编《宋濂全集》，浙江古籍出版社1999年版，第203页。
② （明）宋濂：《文原》，同上书，第1405页。
③ （明）宋濂：《血书华严经赞有序》，同上书，第282页。
④ （明）宋濂：《永明智觉禅师遗像赞》，同上书，第1355页。
⑤ （明）宋濂：《四明佛陇禅寺兴修记》，同上书，第537页。

水云亭小稿序》《云隐大师复公文集序》等皆可为佐证。同时，他还为当时的名僧名寺撰写文辞，以文字弘扬佛法，"启众生之正信"。

宋濂与佛教的渊源和对佛学的研究必然会对其文学思想产生影响。但他对于刘勰佛家经历和《文心雕龙》中的佛学思想却只字不提，只是专注于《文心雕龙》中的宗经思想。个中原因除了元末明初三教合一的时代环境外，最主要的或许是宋濂是从自身对待儒佛的立场出发来看待刘勰和《文心雕龙》的。

其一，宋濂对儒、释的态度是兼容并蓄。他认为："鲁典竺坟，本一途辙，或者歧而二之，失则甚矣。"①"西方圣人以一大事因缘出现于世，无非觉悟群迷，出离苦轮。中国圣人受天眷命谓亿兆生民主，无非化民成俗，而跻于仁寿之域。前圣后圣，其揆一也。"②认为孔子与释迦牟尼虽分属东西，但同为圣人，虽然他们的理论不同，但化民成俗的终极目的并无二致。其二，宋濂认为儒、释内在相通，他以"体用"之词来进行说明："体用之言，非六经之言也，浮屠氏之言也，借用之耳，究其所以异同，则犹薰莸不可共器而藏也。"③这或许也能解释为什么宋濂对待《文心雕龙》中诸多的佛家用词"熟视无睹"。其三，宋濂虽出入佛典佛学，但其以六经与圣人之道为立足的基本宗旨却不曾改变，不但"日坐一室中，澄思终日，或持笔立言，动以圣贤自期"（《白牛生传》），更言"予本章逢之流，四库书颇尝习读，逮至壮龄，又极潜心于内典，往往见其说广博殊胜，方信柳宗元所谓与易、论语合者为不妄，故多著见于文辞间。不知我者，或戟手来诋訾，予嚅不答，但一笑而已"，以表明心迹。在宋濂看来，《文心雕龙》是一部以儒家思想为坐标，又以儒家思想尤其是经学思想为旨归的著作，刘勰的佛教徒经历对《文心雕龙》的主导思想没有影响。将其与明代中后期《文心雕龙》研究者对《文心雕龙》佛学因素和刘勰佛教徒身份的关注相比较，可以看出明代《文心雕龙》接受研究的逐步深入。

以宋濂为代表的明初正统文人对《文心雕龙》中宗经观重视有加而

---

① （明）宋濂：《赠清源上人归泉州觐省序》，载罗月霞主编《宋濂全集》，浙江古籍出版社1999年版，第780页。

② （明）宋濂：《金刚般若经新解序》，同上书，第1292—1293页。

③ （明）宋濂：《龙门子凝道记》，同上书，第1777页。

对其他部分少有提及，这与《文心雕龙》一书的价值和明初的文化政策及经学状况密切相关。《文心雕龙》是刘勰为纠偏时弊所作，他"对于当时文坛之趋势，皆感觉有逆袭狂澜之必要。《文心雕龙》之作，其中心思想实在于此。必能知此，然后对于刘勰，方有真实之认识，否则例《雕龙》于齐梁，终成为不辨是非也"①。明初文坛尚余元末之风气，"诗者莫不以哦风月、弄花鸟为能事"。为此官方颁布了一系列崇儒宗经的政策借以改变这种与新王朝文风建设相左的文风。洪武元年（1368），朱元璋提出："仲尼之道，广大悠久，与天地相并，故后世有天下者，莫不致敬尽礼，修其祀事。朕今天下主，期在明教化，以行先圣之道。"② 这表示明初统治集团欲以宗圣、宗经为导向来加强儒学在思想领域中的权威性。就文学领域而言，统治者认为为文目的在于明德载道，经世致用，而非炫文耀术。如朱元璋说："古人文章明道德、通世务。如典谟，皆明白简易，无深险怪僻之语。孔明《出师表》亦何尝雕刻文……近世辞虽艰深，意实浅近。既使过于相如、扬雄，何裨实用？自今翰林为文，但取通道术，达时务者，无事浮藻。"③ 这种文学政策产生了深远的影响，一方面，它使得时人对于文学的艺术和审美特征轻视乃至抵制，如宋濂言："文者，道之所寓也……桑间濮上，危弦促管，徒使五音繁会淫庸过度者，非文也；情缘愤怒，辞专讥讪，怨尤勃兴，和顺不足者，非文也。"④ 对文学创作中的情感和艺术手法一并否定。另一方面，它也直接影响当时文人的自我定位和价值追求。明太祖说："古之儒者务学以明体适用，穷则忠信笃敬以淑诸人；达则忠君爱国而泽被天下……尔礼部宜以朕言谕天下，俾凡儒者，必恪遵先圣贤之道，以修己教人，毋徒尚文艺云。"⑤ 这在当时具有导向性的作用，以宋濂为例，他认为"有用之谓儒"的标志是：

  学经而止文章之美，亦何用于经乎？以文章视诸经，宜乎陷溺彼者之众也。吾所谓学经者，上可以圣，次可以贤，以临大敌则断，以

---

① 朱东润：《中国文学史批评史大纲》，上海世纪出版集团2005年版，第47页。
② 《明太祖实录》卷30，台湾中研院历史语言研究所校印本。
③ （明）焦竑：《玉堂丛语》，中华书局1981年版，第128页。
④ （明）宋濂：《徐教授文集序》，载罗月霞主编《宋濂全集》，浙江古籍出版社1999年版，第30页。
⑤ 《明太祖实录》卷208，台湾中研院历史语言研究所校印本。

处富贵则固，以行贫贱则乐，以居患难则安，穷足以世法，达足以为生民准，岂特学其文章而已乎？

这与朱元璋所言如出一辙。宋濂以"儒"自居，否认文人身份的自我定位，在明初文人中具有普遍性意义。以上说明了《文心雕龙》作为一部以"文术"为主指导写作的著作在明初却以宗经观念为接受中心的原因。"曲高和寡的道统文学观发展到宋濂这样一个最高峰，可谓戛然而止了，后来虽有唐宋派的余波，也很快淹没在'情'与'个性'的文学声浪中。"[①] 由于上层对文学道统的重视和对艺术的轻视，主流文人往往以此导向，在对《文心雕龙》的接受中不可避免地受其影响，导致这一时期的《文心雕龙》接受以宗经观为重点。

## 第三节 明代中晚期对宗经观的接受

本书所说的明代中后期是指1465—1620年的一百五十余年。其中成化、弘治及正德、嘉靖四朝属于明中期，隆庆、万历则为明后期。由于文化政策的调整、社会思潮的变化和文学风气的发展，这一时期《文心雕龙》的接受者视野逐渐开阔，关注内容也日益全面，明初局限于枢纽论的状况得以改变，人们对《文心雕龙》的关注更多地体现在其对写作的指导作用上，"宗经观"的接受也显示出上述特点。

### 一 文论中的宗经观

明初以宋濂为代表的《文心雕龙》接受者关注宗经在"载道"层面的意义，强调"经"的本体论性质。至明代中后期，接受者逐渐转向从指导写作的角度来看待宗经。一方面，明代中后期的接受者多视《文心雕龙》为一部指导写作的著作，其枢纽论部分就是以宗经为核心来指导创作，这在《文心雕龙》序跋中体现得最为明显：

> 方元祯言："今读其文，出入六经，贯穿百氏……若夫论著为文之义，陈古绎今，别裁分体，如方圆之规矩，声音之律吕；虽使班马

---

① 申明秀：《宋濂道统文学观之成因与内涵探析》，《江南大学学报》2011年第2期。

长云并列,将彬彬于揖,共升游夏之堂矣。"

叶联芳言:"圣人道德渊鸿,吐词为经,宪垂亿世;下此则言已征志,文以永言;言之无文,行之不远,文固弗可已夫。"

张之象言:"今览其书,采摭百氏,经纬六合,溯维初之道,阐大圣之德,振发幽显,剖析渊奥。及所论撰,则又操舍出入,抑扬顿挫,语虽合璧,而意若贯珠;纲举目张,枝分派别,假譬取象,变化不穷。自非博极群书,妙达玄理,顿悟精诣,天解神授,其孰能与于此耶?"

伍让言:"《文心雕龙》者,梁刘彦和勰所论著,其言文之体要备矣。大都本道而征圣,酌纬自宗经。自骚赋以至书记,胪列陈示以诠序之要。"

类似的观点在明人对《文心雕龙》的评点中也存在,如陈仁锡点评《宗经》篇时说:"汉唐以来文章,诸体俱括之《五经》。读者做先河后海观可也。"可见,这一时期的接受者更侧重于"经"对写作的作用。另一方面,"大凡古文家的态度,都是专在文学的根本思想上讲究,他们以凡人只要思想纯洁、学养精深,就自然会做出好文章来"[1]。正是"学文之道,首先宗经,未有经学不明,而能擅文章之胜者。夫文之能事,务在积理,而理之精者,莫经为最,盖出自圣人删定,其微言大义,自远出诸子百家之上"[2]。即便不是古文家,也有类似的认识。这在朱荃宰的《文通》[3] 中十分明显。朱荃宰,字咸一,黄冈(今属湖北)人。著有《文通》《诗通》《乐通》《词通》《曲通》,仅《文通》保存完整。《文通》是一部资料汇编式文话,辑而不述,此书无论是在思想宗旨上还是内容体例上,都有模仿《文心雕龙》的明显痕迹。罗万爵在《文通序》中明确指出:"《文通》盖欲仿刘勰《雕龙》而作。"《史通》和《文心雕龙》也是《文通》引用最多的书籍。该书虽内容驳杂,"经史子集、篇章字句,假取援喻",但鲜明地体现出朱荃宰论文以经为本的特点。

---

[1] 方孝岳:《中国文学批评》,三联书店1986年版,第156页。
[2] 吴曾祺:《涵芬楼文谈》,商务印书馆1933年版,第1页。
[3] 关于朱荃宰生平撰述及《文通》的具体内容,可参见王凤霞《朱荃宰〈文通〉通论》,《嘉应学院学报》2008年第4期。

朱荃宰强调经学在创作中的先决性作用，提出："世无经学，故无文学，未有通于经而塞于文者也。"在创作目的上，朱荃宰与刘勰的出发点颇为相似，他在《自叙》中直言："今文之弊也，患在不能正本澄源，反文归质……予之述诸通也，所以救其弊而障其澜也。"在他看来，宗经是拯救时弊的最好方法，因此朱氏开章即表明了宗经、尊圣的立场，强调文章的本源与经的关系，这在《诠梦》一篇可见一斑。《文通》卷31为《诠梦》篇。此篇颇似《文心雕龙》的《自序》篇。对此，《四库总目》道："文通独先刻成其书，古今文章流别及诗文格律一一为之析。盖欲仿刘勰《雕龙》而作。末诠梦一篇，酷摹勰之自序。"① 实际上，《文通》对刘勰的模拟绝不仅仅是在文章的篇章结构这类形式、细节的问题上，对此朱氏有明确的表示："汇而言之，陈思品第止及建安，士衡九变通而无贬，吁嗟彦升不成权舆，《雕龙》来疥驼之讥，《流别》竭捃摭之力，伯鲁广文恪之书，号称《明辨》，自述费年而皆不本之经史。吴详于文而略于诗，徐又遗曲，或饮水而忘其源，或拱木而弃其桦。"② 在对《文心雕龙》的态度上，他看重的也是《文心雕龙》为文的宗旨以及正末归本的目的。朱荃宰在《自叙》中说："今文之弊也，患在不能正本澄源，反文归质。"其撰写《文通》的目的就是"正本澄源"，纠正"饮水而忘其源"的弊病，"所以救其弊而障其澜也"。同时，与刘勰《文心雕龙》一样，《文通》开章即表明了尊圣、宗经，以圣人经典为文章本原的思想："世无经学，故无文学，未有通于经而塞于文者也。""世之论文者有二，曰载道，曰纪事。纪事之文，当本之司马迁、班固，而载道之文舍六籍吾将焉从。"他以《文心雕龙》为榜样也是出于这一目的。从这个意义来说，朱荃宰的梦和刘勰的梦在意图上具有高度的一致性。在具体的编排中，朱氏受刘勰的影响及其宗经观也有明显的表现。以其文体论部分为例，《文通》卷4至卷19详述了160余种文体之功用、流变。作者在引用前人材料时说："若不由闻见而妄自敢作，在大圣已不能，予惟惧闻荒见陋无所征信，剿一二评话以卖笑于大方之家。故每有称引，不书其书必书其人，其出于臆断者，十不得一焉。"关于《文通》对《文心雕龙》的借鉴，古人和今人均有关注。《四库全书总目·文通提要》称："其义况诸

---

① （清）永瑢：《四库全书总目》卷197，中华书局2003年版。
② 杨明照：《〈文心雕龙〉校注拾遗》，上海古籍出版社1982年版，第437页。

彦和之论文，而名取诸子玄之读史。"郑振铎则评价："（《文通》）体例略类《史通》。而多引明人语，偶有己见，亦殊凡庸，固不足以与语'著作'，更不足与《文心雕龙》、《史通》比肩也。"① 在理论的完整性和系统性上，《史通》确难同《文心雕龙》相比肩，然其通过宗经以正本澄源、反文归质的拯救文坛时弊之目的却与《文心雕龙》一脉相承。

晚明文人对《文心雕龙》的宗经观也颇为认同。以屠隆为例，屠隆（1543—1605），字长卿，晚号鸿苞居士。鄞县（今浙江宁波）人。与李维桢、魏允中、胡应麟、赵用贤被称为明中后期复古派"末五子"。在诗文、戏曲上均成绩斐然，是当时文坛的领袖人物之一，与沈明臣、余寅、沈一贯并称"甬上四杰"。屠隆对《文心雕龙》宗经观的接受在其《文论》一文中体现最为明显。他从文学的视角评价六经等儒家经典，将文运分为六经、六经后诸子、建安六朝、唐朝之后等阶段，认为"夫六经之所贵者，道术，固也，吾知之……即其文字奚不盛哉"，并称六经之文"风格骨力，高视千古"，"诸子之风骨格力即言人人殊，其道术之纯粹洁白皆不敢望六经，乃其为古文辞一也"。另外，其所论"风骨格力"与《文心雕龙》的风骨论颇为相似。《风骨》篇云："结言端直，则文骨成焉；意气骏爽，则文风清焉"，"若风骨乏采，则鸷集翰林；采乏风骨，则雉窜文囿"。刘、屠都强调"刚健既实，辉光乃新"的艺术特征。屠隆还从风骨格力的角度出发对韩愈之文以及宋代文章进行了强烈的批评，"文体靡于六朝而唐昌黎氏反之，然而文至昌黎氏大坏焉"。

除了文学家外，书画界的人士也表现出了对刘勰宗经观的重视，这在董其昌著作中有所反映。董其昌（1555—1636），字玄宰，号思白、香光居士，南直隶松江府华亭（今上海松江）人。明代著名书画家，亦能诗文。他在《八大家集序》中说：

> 文之有家尚矣，六籍以降，作者代兴，至班固《艺文志》，始诠别流类为儒家、道家、名法家、纵横农杂家，彼其持之有故，其言之成理，瑰玮俶诡，自立堂室，总之所谓家也，乃远识之士上下千载文章之变，欲罢黜百家而独有当于唐宋八子者，目为大家而行之，何居重经术也。扬子云不云乎：《六经》为群言之郭，而刘勰《文品》首

---

① 郑振铎：《西谛书话》，三联书店1983年版，第219页。

揭宗经，经之于文也，祖也。①

"刘勰文品首揭宗经"，强调了刘勰宗经理论的重要性。

## 二 典籍中的宗经观

明代中后期对《文心雕龙》宗经的接受在一些著作的内容乃至体例上也有明显的体现，兹举数例以作证明。

《六艺流别》二十卷，黄佐编。黄佐（1490—1566），字才伯，号泰泉，香山（今广东中山）人。黄佐学以程朱为宗，他对《文心雕龙》宗经的接受主要体现在《六艺流别》中。《六艺流别》是黄氏为补挚虞《文章流别》"琐屑文词而不统于诸经"而作。在黄佐看来，"圣人删述以垂世者，谓之经；后学传习以修辞者，谓之艺。常观六艺之流，其别犹川。然其源于经则合之，尽其大而无余也，而《六经》皆在我矣"②。该书以"六艺"统贯诗文，黄氏在书的序中说："闻之董生曰：'君子志善，知世之不能去恶服人也。'是以简六艺以善养之，而各有所长。《诗》道志，故长于质；《书》著功，故长于事；《礼》制节，故长于文；《乐》咏德，故长于风；《春秋》司是非，故长于治；《易》本天地，故长于数，人当兼得其所长。"③该书以选本的形式建构了一个以六经为本的文体谱系，与《文心雕龙》一样，它强调各体俱本于经，并在各体作品之前列出各文体的源流，但《文心雕龙》没列入《乐》，黄佐则把《乐》列为文章本源之一。此处以"书"为例来说明。

> 《书》，行志而奏功者也。其源以道政事，为典、为谟。典之流，其别为命、为诰。谟之流，其别为训、为誓。凡典，上德宣于下者也，又别而为制、为诏、为问、为答、为令、为律。命之流，又别而为册、为敕、为诫、为教。诰之流又别而为谕、为赐书、为书、为告、为判、为遗命。而间亦有不尽出于上者焉。凡谟，下情孚于上者

---

① （明）董其昌著，邵海清点校：《中国古代书画家诗文集丛书中国古代书画家诗文集丛书·容台集上》，西泠印社2012年版，第152页。

② （明）黄佐：《六艺流别》，嘉靖四十一年欧大任刻本，中山大学馆藏。

③ 同上。

也。又别而为议、为疏、为状、为表、为笺、为启、为上书、为封事、为弹劾、为启事、为奏记。训之流，又别而为对、为策、为谏、为规、为讽、为喻、为发、为势、为设论、为连珠。誓之流又别而为盟、为檄、为移、为露布、为让、为责、为券、为约。而间亦有不尽出于下者焉。①

《六艺流别》强调后世之文体由六经衍生，受《文心雕龙》影响的痕迹明显。对此《四库全书总目》说："文本于经之论千古不易，特明理致用而言。至刘勰作《文心雕龙》，始以各体分配诸经，指源流所自，其说已涉于臆创。佐更推而衍之，剖析名目殊无所据，固难免于附会牵合也。"②

《天中记》，陈耀文撰。陈耀文，字晦伯，号笔山，确山（今属河南）人。其著述丰富，博学多才，《天中记》又名《寰海类编》，60卷，该书内容包罗万象，援引繁富，分类详尽，《四库全书提要》云："明人类书，所列旧籍，大都没其出处，至于凭臆增损，无可征信。此书引用繁富而皆能一一著所由来，于体裁较善。"其卷37对"经"的论述中涉及《文心雕龙》：

> 经，经径也，典常也，如径路无所不通可常用也。（释名）……三极彝训，其书言经。经也者，恒久之至道，不刊之鸿教也；易张十翼，书标七观，诗列四始，礼正五经，春秋五例。义既极乎性情，辞亦匠于文理，可谓太山遍雨，河润千里者也；赞曰性灵镕匠，文章奥府。渊哉铄乎，群言之祖。（《文心雕龙》）③

一些类书也对《文心雕龙》的宗经观给予了关注。王志庆，昆山人，编著类书《古俪府》。《古俪府》全书12卷，分为18类，182个子目，分类编辑，引用六朝、唐、宋骈体文以供创作者的辞藻之用，在内容上或载全篇，或存节本，皆从各总集、别集摘录，与明代辗转稗贩不同。其中卷

---

① （明）黄佐：《六艺流别》，嘉靖四十一年欧大任刻本，中山大学馆藏。
② （清）永瑢：《四库全书总目》卷192，中华书局2003年版。
③ （明）陈耀文：《天中记》卷37，广陵古籍刻印社1988年版。

九文学部收录《宗经》篇：

> 刘勰《宗经》：《尚书》则览文如诡而寻理即畅，《春秋》则观辞立晓而访义方隐，故论说词序则《易》统其旨，诏策章奏则《书》发其源，赋颂歌赞则《诗》立其本，铭诔箴祝则《礼》总其端，纪传移檄则《春秋》为根，并穷高以树表，极远以启疆，所以百家腾跃终入环内者也。若禀经以制式，酌雅以富言，是仰山而铸铜，煮海而为盐也。

明代前期与中后期对枢纽论接受重点不同。明代立国之初，经学沿袭宋元之风以朱熹经学为主流。宋初诸儒以朱熹经学为本，力倡经世致用之学。提出"有用之谓儒"，而专事"辞章之学"的儒者则"剿掠繁琐，缘饰浅陋"，专事"记诵之学"的儒者则"穿凿虚远，传会乖离"，上述诸儒实乃"孔子之所谓小人儒、荀卿之所谓贱儒"。至明中期，陈献章提出"撤百氏之藩篱，启六经之关键"，王阳明提倡"心外无理"的心学，取代朱熹经学而居社会的主导地位。万历之后，宋明理学式微，心学日趋极端，士子崇尚清谈。针对这一状况，晚明学风转向求实，注重考据。在经学与文学的关系上，晚明文人提出了自己的观点。以钱谦益为例，他在研阅唐人作品之后得出了"唐人之诗，皆精于经学"的结论。并在《顾麟士诗集序》中言："韩之《元和圣德》，柳之《平淮彝雅》，《雅》之正也；玉川子之《月蚀》，《雅》之变也。后世有正考父考校商之乐颂，以那为其首，其必将有取于此。"① 韩、柳、卢的作品不仅风格源于经，文学的源头也在经。"《诗》三百篇，巡守之所陈，太师之所系，采诸田畯红女途歌巷谔者，列国之风而已，曰《雅》、曰《颂》，言王政而美盛德者，莫不肇自典谟，本于经术。"② 可见，面对当时经学式微对创作产生的负面影响，返经汲古成为纠正时弊的良方，"师承议论，以经经纬史为根底，以文从字顺为提要"成为文学发展的要求，以钱谦益为代表的明末宗经虽与刘勰和明初的宋濂宗经不完全相同，但其承接关系却是显而易见的。

---

① （清）钱谦益：《钱牧斋全集》，上海古籍出版社2003年版，第823页。
② 同上。

# 第四章

# 明代对《文心雕龙》创作论的接受

　　创作论是明代文学理论的核心，明代的文学理论始终以创作为基础和导向。"术"涵盖了文学创作的"恒理"法则，是明人接受的重心。本章从意象形成、创作中的"情"、意象表达三个层面分析明人对创作论的接受。长期以来人们多强调《文心雕龙》对纯文学写作的指导，其对公文写作的指导作用却被忽视，然公文却是封建文人安身立命之作，明人认识到了《文心雕龙》对公文写作的价值，并结合实际加以运用。李维桢是明代文坛的重要人物，在当时享有盛誉，本章以李维桢为代表论述《文心雕龙》对为文技法和文人深层思维的影响。总之，明人在《文心雕龙》的接受过程中始终自觉地将创作与理论相结合，关注《文心雕龙》对创作的指导作用和指导意义，这也是明代《文心雕龙》研究超越前人之处。

## 第一节　对《文心雕龙》性质的界定

　　读者对作品的接受是一个动态的过程。在阐述明人如何看待《文心雕龙》一书的性质之前先明确两个问题，第一，刘勰著书的初衷何在，他想把《文心雕龙》写成什么性质的书。第二，明人如何看待《文心雕龙》的性质以及接受的重心何在。

### 一　刘勰著书的初衷

　　刘勰在《序志》篇中明确表示希望立一家之言，创作出一部经世致用之作的愿望，诚如刘永济所云："历代目录学家皆将其书列入诗文评类。但彦和《序志》，则其自许将羽翼经典，于经注家外，别立一帜，专论文章，其意义殆已超出诗文评之上而成为一家之言，与诸子著书之意相同矣。"① 《文心雕龙》问世之后，不仅实现了刘勰正本逐末的目的，其价值和贡献还远远超出了刘勰的初衷。钱穆言："（刘勰）讲文学，便讲到文学的本原，学问中为什么要有文学？文学对整个学术上应该有什么样的贡献？他能从大处会通处着眼，他是从经学讲到文学的，这就见他能见其本原、能见其大，大本原他已把握……因他注意到学问之大全，他能讨论到学术的本原，文学的最后境界在哪里……因此刘勰不得仅算是一个文人，当然是一个文人，只不但专而又通。"② 《文心雕龙》正是以其博大的思想在中国文学批评史上建起了一座蓄水池，明人多从指导写作的角度看待这部著作，后世的文人也根据各自的需求从中汲取营养。

### 二 接受重心

著作的名称大多能体现文章的基本内容，表明著者的创作目的，因此对书名的理解直接关系到对一部著作性质的认定。《序志》篇云："夫文心雕龙者，言为文之用心也。昔涓子《琴心》，王孙《巧心》，心哉美矣，故用之焉。古来文章，以雕缛成体，岂取邹奭之群言雕龙也。"③ 研究者对《文心雕龙》书名的理解见仁见智。较早关注这一问题的是元人钱惟善，他说："故其为书也，言作文者之用心；所谓雕龙，非昔之邹奭辈所能知也"④，这一说法对后世影响较大。明人叶联芳对书名的理解则从对字的释名开始："文生于心者，文心，用心与文者也；雕，刻镂也；龙，灵变不测而光彩者也；又笼取也。观其命名，则其为文也可知矣。"⑤ 叶氏认为"雕"是刻镂之意，是对"文"修饰作用的强调；在解释"龙"时，则强调其"灵变"和"光彩"。结合此篇序言的下文可以看出，叶氏在解读《文心雕龙》的书名时想凸显的是此书如何雕镂"辞采"。他认为"文心雕龙"就是用心著文。清人章学诚明确指出："古人论文，惟论文辞而已。自刘勰氏出，本陆机之说，而昌论'文心雕龙'。"⑥ 叶联芳将"为文"与"用心"并提，显然也已注意到了这一点。"雕龙""邹奭"

---

① 刘永济：《〈文心雕龙〉校释》，中华书局2007年版，第1页。
② 钱穆：《中国史学名著》，三联书店2001年版，第131—132页。
③ 周振甫：《〈文心雕龙〉今译》，中华书局2007年版，第452页。
④ 杨明照：《〈文心雕龙〉校注拾遗》，上海古籍出版社1982年版，第724页。
⑤ 同上书，729页。
⑥ （清）章学诚：《文史通义》，上海书店出版社1998年版，第486页。

的典故,《史记》《别录》中都有涉及①,今人对刘勰选用这一典故理解存在分歧,但在明代的接受者看来,刘勰使用"雕龙"的本意与这些典故的关系不大。程宽道:"惜也道崇金声玉振,而谓雕琢性情;志雅树德建言,而诧知术拔萃;宗经而无得于六经,养气而固迷其正气,此刘子《文心雕龙》之所以为雕龙也。自辩不群邹奭,讵能免诮虚车?"② 陆侃如和牟世金两位先生也认为"刘勰用'雕龙'二字做书名,主要因为文章的写作从来都注重文采,不一定用邹奭的典故"③。还有学者主张《文心雕龙》的书名与邹奭无关,它是指中国佛教八宗的共祖龙树。明人对《文心雕龙》篇名的理解并没过多地涉及文体或文评,仍是以创作中的具体问题为关注点。

创作论是《文心雕龙》的核心,对其范围的界定,即它具体包括哪些篇章,关乎对《文心雕龙》理论体系和全书性质的认识。今天的研究者对创作论的划分提出全书说、下篇说、二十一篇说、二十篇说、十九篇说、八篇说、五篇说等观点。④ 如何进行划分,牟世金先生的观点很有启发性:"如果我们没有足够的理由、充分的证据说明今本是错乱的、不是刘勰自定篇次的原貌,那就勿劳今人费神,按我们的理解去断定何者为创作论,何者为批评论,而应根据刘勰自己的意见来区分。"⑤ 实际上,明人并没有也不可能将《文心雕龙》划分为枢纽论、创作论等,他们借鉴书中内容来指导写作时采用了"拿来主义"的做法,凡是对文学创作有

---

① 《史记》:"驺衍之术迂大而宏辩,奭也文具难施;淳于髡久与处,时有得善言。故齐人颂曰:'谈天衍,雕龙奭,炙毂过髡。'"刘向《别录》:"驺衍之所言五德终始,天地广大,尽言天事,故曰'谈天'。邹奭修衍之文,饰若雕镂龙文,故曰'雕龙'。"王充《论衡》:"驺衍之书,无实是之验,华虚夸诞,无审察之实。"邹奭属阴阳家,位于齐稷下先生之列,生平的主要事迹就是"著书言治乱之事,以干世主"。所谓"修衍之文",并不仅仅是指修饰润色文章辞采,而当指增饰其说,使邹衍的学说趋于细密化,故曰"饰若雕龙"。

② 杨明照:《〈文心雕龙〉校注拾遗》,上海古籍出版社1982年版,第727页。

③ 周振甫:《〈文心雕龙〉辞典》,中华书局2004年版,第542页。

④ 詹锳认为:"下编所讲的是一般的写作理论和写作规律,并不限于文学创作。"但"这些写作理论,具体应用到文学创作上来,也是适合的。而且其中有一部分写作理论甚至是只用于文学创作的。"参见詹锳《刘勰与〈文心雕龙〉》,中华书局1980年版。王运熙认为:"应称为写作方法统论","第三部分称为创作论,我过去也是这样看,现在觉得这种提法不大确切,因为全书中心是指导创作,单把第三部分叫做创作论是不妥帖的"。参见王运熙《〈文心雕龙〉探索》,上海古籍出版社1986年版。

⑤ 牟世金:《雕龙集》,中国社会科学出版社1983年版,第171页。

利的内容,他们都借鉴接受,从这方面讲,明人把全书视为创作论也言之有理。但为了突出明人对《文心雕龙》中最为显著的创作理论的接受,还应细加分析。

根据《序志》篇所言,研讨写作之术的"剖情析采"部分可分为"摛神性、图风势、苞会通"(从《神思》至《定势》),"阅声字"(从《声律》至《养气》)及《时序》《才略》《知音》《程器》三组。头一组是"商榷文术"的指导思想,"阅声字"诸篇探讨文章的作法、写作的技巧;《时序》等四篇单列,探讨独立性较强的问题。至于《情采》《熔裁》的归属虽没直接说出,但它们都是讲"商榷文术"中的基本问题,讲创作与环境关系的《物色》《时序》前后贯通,可视为一体。不同的时代有着各自的接受态度和学养观念,人文学科本身具有多义性和复杂性,以文本为出发点来理解文本无疑是较为客观的方法。明人对《文心雕龙》最为关注的正是自《神思》至《程器》这一部分,这也是明人视文心雕龙为为文之司南的必然结果。今人认为《文心雕龙》研究历来更为重视"下篇"的价值,这不错。下篇"商榷文术"所阐述的文学理论问题,其价值确实要高于上篇①,而这种倾向在明代接受中已经初露端倪。明人虽然没有为《文心雕龙》的性质给出定论,但几乎都是视《文心雕龙》为为文之司南,这在明代《文心》诸种版本的序跋文中体现明显,他们也从不同的角度对《文心雕龙》指导写作的作用反复强调。认为《文心雕龙》乃"述作之金科,文章之玉尺","如方圆之规矩,声音之律吕",甚至直言"学者不欲为文则已,如欲为文,舍是莫之能焉",将之视为"作者之指南,艺林之关键,大可以施庙堂资制作,小亦可以舒情写物,信乎其为书之奇也"②。

明人将接受重点集中在《文心雕龙》的创作论部分,除了主张《文心雕龙》是指导写作的著述外,还有其他多种原因,以下仅就两点来作说明。

其一,明人热衷于创作,他们对创作有着极大的热情,这种热情的动力来自对立言以求不朽的追求,这从明代文集的情况可见一斑。有明一代上至最高统治者,下至匠人、妓女都对文学创作表现出了极大的热情。明

---

① 石家宜:《〈文心雕龙〉系统观》,江苏古籍出版社2001年版,第143页。
② 杨明照:《〈文心雕龙〉校注拾遗》,上海古籍出版社1982年版,第725页。

太祖有《太祖御制文集》，明宣宗有《宣庙御制文集》；当时文人一登仕途，不论其是否具有文学才能，多希冀以为文来求得不朽，以至于达官贵人或中科第人，死后"必有诗文刻集"（《答王遵严》）①，钱谦益亦言："近世翰林先生，人各有集"（《绛云楼题跋》）②。当时还有"匠工、太监、武将者流，其间亦不乏砥砺问学或好文之辈，作有诗文集，图跻身文人之列"③。甚至连女子也表现出了创作的才能，常熟有柳如是，云间有王修微，钱塘有李因，皆以"唱随风雅闻于天下"。在此种氛围中，创作论部分成为人们关注的核心是必然的。

其二，除了时代精神和文学氛围外，杨慎的评点也有重要的导向性作用。杨慎以其深厚的学养和文坛宗主的地位为明代《文心雕龙》研究奠定了基调。他对《文心雕龙》的接受标志着"明代借助《文心雕龙》以建构诗学特别是诗学创造的开端"④。杨氏的评点以创作论为主，几乎涉及《文心雕龙》创作论部分的所有篇章，并将《文心雕龙》创作论中的内容融入自己的诗学理论，确立了明代诗歌理论的标准。在杨慎之后的《文心雕龙》接受大家，如曹学佺、黄树琳等人在对《文心雕龙》的研究中，不可避免地受到了他的影响，形成了明清龙学研究的格局。

## 第二节　对《文心雕龙》"术"的探求

"刘勰是继陆机之后，对文学创造中的学力与技能做出最深透、系统的阐述理论家，他最大的贡献即在于对中国古代文学的创作实践系统做出理论上的表述，对作家在创作中自觉关注自己的知性、意识的学力、技能起了促进作用"⑤，钱志熙一语中的地指出了《文心雕龙》在创作实践中的价值，指出它在"技能""学力"上对为文者的影响，而这同明人的接受状况也极为吻合。在《文心雕龙》中，技能即为"术"，它是"驭文之

---

① （明）唐顺之：《唐荆川先生文集》，《丛书集成续编》，上海书店出版社1994年版。
② （清）钱谦益：《绛云楼题跋》，潘景郑辑校，中华书局1958年版，第119页。
③ 太监如郑之惠，作有诗集，曾请钱谦益为其作序，参见钱谦益《牧斋初学集》卷33《郑圣允诗集序》，武将如郭登、戚继光、陈第、姚福皆有文集行世。
④ 汪春泓：《〈文心雕龙〉的传播和影响》，学苑出版社2002年版，第241页。
⑤ 钱志熙：《黄庭坚诗学体系研究》，北京大学出版社2003年版，第13页。

首术，谋篇之大端"，包括了附会之术、文质之术、构思之术等，即构思的一般原理和方法，《体性》《定势》《情采》《养气》《声律》《夸饰》《隐秀》《练字》《事类》等篇还涉及了诸多具体写作技巧。① 刘勰主张为文必须遵循一定的方法，即应有"术"，"文场笔苑，有术有门。务先大体，鉴必穷源；乘一总万，举要治繁。思无定契，理有恒存"②。刘勰深知为文虽然"思无定契"，取法的途径也见仁见智，但却有一个不变的"恒理"，因此，确立各种恒久不变的写作法则仍是《文心雕龙》"正体工程的有机组成部分"③。明人视《文心雕龙》为为文之司南，很大程度上是出于对"法"的追求。复古是明代文学最大的特征，明人认为求法于古人是提高写作水平的有效途径。唐代诗僧皎然在《诗式》中曾提出"诗有三偷"："偷语""偷意""偷势"，"偷语最为钝贼……其次偷意，事虽可罔，情不可原。若欲一例平反，诗教何设？其次偷势，才巧意精，若无朕迹。盖诗人阃域之中偷狐白裘之手，吾亦赏俊，从其漏网"④。后两种"偷"实际上是一种模拟、学习的过程。明初的方孝孺就提出当时文士"好摹窃古人之文，是乞水者之术也"。方氏凿井源出的乞水者之术与皎然的偷语甚至偷意有异曲同工之意。《文心雕龙》正是一部授人以渔的著作，它为明人在"术"的研习方面提供了理论上的典范。明人对技法的重视在叶绍泰评《体性》中可见一斑："为文虽本性情，然亦有不尽然者。学习移人，表里非一，安能言隐以至显乎？要其归途，不过八体，摹体定习，因性练才，文之司南，率用此道，舍是谈体性，未有不流于郑紫者矣。"⑤ 可以说，明人对《文心雕龙》中"文术"的接受是全方位的，几乎涉及《文心雕龙》的每一篇，特举以下数例以说明：

---

① 当前学界对《文心雕龙》中的"术"主要有以下观点：认为"术"即文学创作的基本原理，"犹今言文学之原理也"（刘永济：《〈文心雕龙〉校释》，中华书局1962年版）；认为"术"是"写作方法""写作技巧"（陆侃如、牟世金：《〈文心雕龙〉译注》，齐鲁书社1982年版）；认为"术"是"写作原则""写作法则"（蒋祖怡：《〈文心雕龙〉论丛》，上海古籍出版社1985年版）；认为"术"是"各体文章基本的体制特色和规格要求"（王运熙：《〈文心雕龙〉探索》，上海古籍出版社1986年版）。各家虽不尽相同，但都涉及与写作相关的具体问题，指出它所强调的不是形而上的"道"，而是具体的"器"，也就是能够具体应用于实践的方法。
② 周振甫：《〈文心雕龙〉今译》，中华书局2004年版，第392页。
③ 石家宜：《〈文心雕龙〉系统观》，江苏古籍出版社2001年版，第33页。
④ （唐）皎然著，李壮鹰校注：《〈诗式〉校注》，人民文学出版社2003年版，第59页。
⑤ 黄霖：《〈文心雕龙〉资料汇评》，上海古籍出版社2005年版，第99页。

表 4—1

| 姓名 | 书籍 | 引用篇章 | 内容 |
| --- | --- | --- | --- |
| 潘基庆 | 《古逸书》 | 《物色》《情采》《隐秀》《声律》等 | 文学创作与地域、景物的关系，创作中的声律、意境、情感等 |
| 梅鼎祚 | 《汉魏诗乘》 | 《明诗》《风骨》《体性》《通变》《丽辞》《声律》《章句》《程器》 | 创作中的审美，创作主体的学养与才性的关系，文学的发展方向 |
| 费经虞 | 《雅伦》 | 对创作论部分几乎皆有引用 | 涉及到用事、炼句、属对、时代、品衡等创作各个环节 |
| 王世贞 | 《艺苑卮言》 | 《明诗》《物色》《情采》《隐秀》等 | 创作中的情感、构思、选辞等 |

创作是一种环环相扣的思维动态，它涉及构思前的准备、构思时的想象，写作时文体的选择、语言的运用，作品完成后的修改、润色等各个环节，牟世金先生言简意赅地把创作概括为客观的"物"、主观的"情"和抒情状物的"辞"三个基本要素。文学创作的过程就是处理这三者之间的关系的过程。"刘勰的创作论，就是由对物与情、言与物、言与情三种关系的论述构成的。"① 牟先生认为刘勰对创作论的建构是以《神思》篇为纲，以情与言关系为主线，对物情言三者相互关系的全面论述。

## 一 意象的形成

艺术构思是在"物"向"情"的转化中最重要的创作步骤。《神思》篇言"文之思也，其神远矣。故寂然凝虑，思接千载；悄焉动容，视听万里。吟咏之间，吐纳珠玉之声；眉睫之前，卷舒风云之色，其思理之致乎。故思理为妙，神与物游，神居胸臆，而志气统其关键；物沿耳目，而

---

① 牟世金：《〈文心雕龙〉创作论新探》（上），《社会科学战线》1982 年第 1 期。

辞令管其枢机"①，可视为全书创作理论的纲领，②明人对《神思》篇极为重视。

叶绍泰云："文无神思，虽才富辞繁，仅同书肆。古来名手能于虚际行文，政其思力高妙也"③，指出构思对于创作者的重要意义。戏曲名家王骥德云："神往境来，巧凑妙合。"（《曲律》）明代指导写作类书籍，多部都引用或转述了此篇。此外，明代的几位《文心雕龙》接受大家都对此篇进行了评点。其中陈仁锡评点多达五处。由于评点者兼具文论家和作家的身份，因此，他们更多的是结合自己的感受关注创作主体的心理过程。如"是以陶钧文思，贵在虚静……盖驭文之首术，谋篇之大端"一段，刘勰借用《庄子》中巧匠轮扁斫轮的典故来说明作家以心中之象来运文。钟惺评道："文章能事于此，思过半矣。"当构思向表现转化时主要在于"意翻空而易奇，言微实而难巧也"，陈仁锡评："作文之难如此，然易亦在此"④，认为"意不称物，文不逮意"，是作文难度之所在。刘勰认为"思绪初发，辞采苦杂，心非权衡，势必轻重"，钟惺也发出了"文心雕龙甘苦，知之实深"的喟叹，当讲到"寻诗人拟喻，虽断章取义……追媵前句之旨意"文章首尾的呼应时，钟惺认为"作文篇大义，说的了然"，这种喟叹式的评论与其说是在评点不如说是有感而发。对于《神思》篇曹学佺评曰："文，神物也，故《神思》先之。上篇'神道设教'，与之相应。"曹氏也有对创作中的"神思"的体验，这与黄侃对"神与物游泳"⑤的解释暗合。

## 二 对"情"的关注

"情"是《文心雕龙》理论体系中最为核心的概念和范畴之一。"情"贯穿于创作论《体性》《通变》《定势》《情采》等篇，在文中它与

---

① 周振甫：《〈文心雕龙〉辞典》，中华书局2004年版，第248页。
② 曹植《宝刀赋》："爰告祠于太乙，乃感梦而通灵。然后砺以五方之石，凿以中黄之壤。规圆景以定环，摅神思而造像。"讲匠人因感梦而通灵铸造了宝刀。"摅神思而造像"也是对创作中思维的概括，与刘勰的"神思"相似。赵幼文校注：《曹植集校注》，人民文学出版社1998年版，第160页。
③ 黄霖：《〈文心雕龙〉资料汇评》，上海古籍出版社2005年版，第98页。
④ 同上书，第95页。
⑤ 参见黄侃《〈文心雕龙〉札记》，中国人民大学出版社2005年版，第91页。

不同的字搭配出词语 30 余种，在不同的语境约出现百余次，① 它不仅是全书的理论重点，也是对全书具有融会贯通作用的关节点，"缀文者情动而辞发，观文者披文以入情"。诚如戚良德先生所言，《文心雕龙》所构建的是一个以情为本，文辞尽情的文论话体系。② 刘勰在对先秦两汉至南朝以来各种有关情感的理论融会贯通的基础上，将"情"确立为文学活动尤其是文学创作的核心。对情的强调贯穿创作论始终，如：

表 4—2

| 篇章 | 内容 |
| --- | --- |
| 《神思》 | 神用象通，情变所孕。 |
| 《体性》 | 情性所铄，陶染所凝。 |
| 《风骨》 | 情之含风，犹形之包气。 |
| 《通变》 | 凭情以会通，负气以适变。 |
| 《定势》 | 因情立体，即体成势。 |
| 《情采》 | 情者文之经，辞者理之纬。 |
| 《熔裁》 | 情理设位，文采行乎其中。 |
| 《章句》 | 宅情曰章，位言曰句。 |
| 《比兴》 | 起情故兴体以立。 |
| 《隐秀》 | 文情之变深矣。 |

刘勰除了从情感的驱动力的角度强调为情造文，还结合各种文体从"文术"的角度来思考这一命题。如：

---

① 情性、性情、情理、情变、情伪、文情、世情、俗情、情术、情数、才情、情貌、风情、情怨、伤情、哀情、情本、情华、情致、情韵、情位、情趣、辞情等。
② 戚良德：《〈文心雕龙〉与中国文论话语体系》，《文史哲》2004 年第 3 期。

表 4—3

| 文体 | 内容 |
| --- | --- |
| 诔碑 | 清洞悲苦，叙事如传。 |
| 古诗 | 婉转附物，怊怅切情。 |
| 乐府 | 本于心术，情感七始。 |
| 赋 | 体物写志，触兴致情。 |
| 赞文 | 明事尽情，扬言美恶。 |
| 祝文 | 祝告鬼神，利民之志。 |
| 铭箴 | 戒训之义，攻过之志。 |
| 诔碑 | 表旌德行，序述哀情。 |
| 哀吊 | 伤痛之情，悲苦之事。 |
| 谐隐 | 怨怒之情，讽诫之旨。 |

台湾学者尤雅姿曾将《文心雕龙》中的"情"划分为四层[①]。一是指人类先天具有的生理性的本能情感，如"人禀七情，应物斯感，感物吟志，莫非自然"。二是指集中了创作者世界观、人生观的作家个人才情，这也是创作中的期待视野，如"才力居中，肇自血气，气以实志，志以定言，吐纳英华，莫非情性"。三是指作家在前两项条件下与物色目击心迎后所唤起的情感活动与伴随而来的审美感兴，这是创作活动的契机，是文学表达之前强烈的自觉意识，具有一股外化为语言形式的行动驱力，如"献岁发春，悦豫之情畅；滔滔孟夏，郁陶之心凝……岁有其物，物有其容，情以物迁，辞以情发"。四是指情感在经过一系列的内在酝酿之后与文本结合，最终完成为内在意蕴，如"必以情志为神明，事义为骨髓，辞采为肌肤，宫商为声气"。上述四种层次或形态的情感贯穿于创作过程中，反映了创作中各个阶段的不同情形。上述四种情感可以经过两度转换而完成作品的创作，"第一步是人的自然感情转变为诗情，第二步是以优美的形式实现对情感的外化"[②]。明代是继魏晋之后最为重情的文学时代，对于情感在《文心雕龙》中的重要性明人有着明确的认识，

---

[①] 参见尤雅姿《"情"在〈文心雕龙〉中的概念结构及其与文学审美现象的关涉》，《台湾兴大中文学报》2006 年第 12 期。

[②] 童庆炳：《〈文心雕龙〉"情经辞纬"说》，《江苏社会科学》1999 年第 6 期。

"《文心雕龙》对当时诗坛'为程为则'之现实意义,就体现于它是能够超越唐宋以至任何时代的文学理论经典,又可避免宗唐宗宋所带来的负面作用,因此刘勰文学创作论部分所阐释的关于情感与审美的普遍原则,恰可药治诗学之痼疾"①。

(一)

明人对文本于情、情先于文有明确的认识,抓住了"情者文之经,辞者理之纬"这一"一篇之大旨",主张"为情造文"。

刘勰在《情采》中提出了两种思路的创作方式:"昔诗人什篇,为情而造文;辞人赋颂,为文而造情,何以明其然?盖风雅之兴,志思蓄愤,而吟咏情性,以讽其上,此为情而造文也;诸子之徒,心非郁陶,苟驰夸饰,鬻声钓世,此为文而造情也。"② 刘勰赞同"情动而言形,理发而文见"的"为情而造文"。"为情而造文"是作家的生理性情感和期待视野下的情感受环境影响时所唤起的情感活动和与之相随的审美感兴,即上文中尤雅姿所提出的前三层感情之综合,也是童庆炳提出的情感的第一步。明人对《文心雕龙》中的"为情造文"特别关注,将其与诗歌创作相联系,进行了扩展,"为情造文"对明代"性情说"和"性灵说"影响深远。

以杨慎为代表的明人充分肯定了情感在创作中的驱动力作用。杨慎在《情采》中批注"屈原《楚辞》有疾痛而自呻吟也,东方朔以下拟《楚辞》,强呻吟而无疾痛者也"③,这实际是对刘勰提出"为情而造文"的延展。杨慎还在以下文字下加了圈点:

表4—4

| 篇章 | 内容 |
| --- | --- |
| 《哀吊》 | 情往会悲,文来引泣。 |
| 《章表》 | 子贡云:心以制之,言以结之。 |
| 《指瑕》 | 无翼而飞者声也,无根而固者情也。 |

---

① 汪春泓:《〈文心雕龙〉的传播和影响》,学苑出版社2002年版,第250页。
② 周振甫:《〈文心雕龙〉辞典》,中华书局2004年版,第289页。
③ 黄霖:《〈文心雕龙〉资料汇评》,上海古籍出版社2005年版,第110页。

强调情感在创作中的作用，明人对这一理论的接受主要体现在诗歌的创作中。杨慎在"诗者，持也，持人情性……一言以蔽之，曰：思无邪"处注黄点，批曰："《仪礼》：'诗附之'，又云：'诗怀之。'皆训为诗。此'诗者持也'本此。千古诗训字，独此得之。宋人说诗，梦寐不到此，盖宋人原不知诗为何物也。"① 谢兆申则言："闻之彦和氏曰：'繁采寡情，味之必厌。'古言虽溢万，触可契情，或不一焉。是故片响玄通，必在系表，览文兴托，恒以素襟。"（《昔采怡情序》）将"情"置于诗歌的核心地位。

在诸多复杂情感中，明人看重的是本于自然的真情。"人禀七情，应物斯感，感物吟志，莫非自然。"曹学佺评曰"诗以自然为宗，即此之谓"，只有本于自然的真情才是创作的源泉。而也正是杨慎称道"千古诗训字，独此得之"的缘由，杨氏在《李前渠诗引》中说：

> 六情静于中，万物荡于外。情缘物而动，物感情而迁，是发诸性情而协于律吕，非先协律吕而后发性情也。以兹知人人有诗，代代有诗。古之诗也，一出于性情；后之诗也，必润以问学。

杨慎还在"观其结体散文，直而不野，婉转附物，怊怅切情，实五言之冠冕也"一段下加了红点，批曰：

> 评《古诗十九首》得其髓者……钟嵘评《十九首》云："文温以丽，意悲以远，惊心动魄，一字千金"与此互相发。宋之腐儒，不知诗，作诗话、诗谈、诗格、诗评，无一可采，误人无限。与其观宋人之书，何不观此。至信不出，俗言言胜也。②

此评透露出他不满宋诗的最大原因在于宋诗过分重视诗法技巧、重言理轻言情，杨慎认为："文，道也；诗，言也。语录出而文与道判矣，诗话出而诗与言离矣。"③ 情为创作之根本。何良俊提出："若舍此而但求工于言

---

① 黄霖：《〈文心雕龙〉资料汇评》，上海古籍出版社 2005 年版，第 27 页。
② 同上书，第 28 页。
③ （清）顾炎武：《日知录》，黄汝成释注，世界书局 1936 年版，第 452 页。

句之间，吾见其愈工而愈远。"认为为文舍情感求言句，如同缘木求鱼，与创作规律背道而驰。对此，陈仁锡有更为详细的阐述，他在《春秋同门稿序》中说："文以性情真，得百才士不如得一性情之士。何以知性情之士？其文不远与性情者是……凡人一生作文，有一语与性情相近者，此一语必不朽；一生行事，有一事与性情相得者，此一事必不朽。又当锁闱拾提，构思苦索之候，如有一句快舞性情，必快主司观览。何也？有性情斯有奇正，有步骤，有起伏，有位置，有开阖，有结构。"① 直接将情与为文的技法结合在一起，甚至将情感视为文术的前提。徐祯卿道："朦胧萌坼，情之来也，汪洋漫衍，情之沛也；连翩络属，情之一也。"② 此外，对于为情造文，王志坚《四六法海》、王世贞《艺苑卮言》、唐顺之《稗编》皆有直接的引用，《稗编》卷73《文艺二·文心雕龙五论》言："昔诗人什篇，为情而造文。辞人赋颂，为文而造情……言隐荣华，殆谓此也。"③

明代《文心雕龙》接受者虽然重视情感，但却与李贽等人对情感的态度不同。杨慎在评论韩琦、范仲淹词的时候说："大抵人自情中生，焉能无情，但不过甚而矣。宋儒云'禅家有为绝欲之说者，欲之所以益炽也。道家有为忘情之说者，情之所以益荡也。圣贤但云寡欲养心，约情合中而已。'予友朱良矩尝云：'天之风月，地之花柳，与人之歌舞，无此不成三才。'虽戏语，亦有理也。"④ 杨慎提出的"人自情中生，焉能无情，但不过甚而矣"，明确表达了对待情感的态度，即情感须以"温柔敦厚"为本，必须"止乎礼仪"，合乎儒家传统诗教，而非无所约束地任意肆驰。

（二）

"情者，文之经；辞者，理之纬。经正而后纬成，理定而后辞畅，此立文之本源也。"情感在完成第一步之后，就进入"义既极（诞）乎性情，辞亦匠于文理"的阶段。纪昀说这句乃"此一篇之大旨"，是因为它道出了创作的根本道理。"辞"指具有文采的语言，而非"繁采寡情，味

---

① （明）陈仁锡：《无梦园初集》，上海古籍出版社1995年版，第517页。
② （明）徐祯卿《谈艺录》，载钱钢、周锋、张寅彭编著《中国诗学》，东方出版社1999年版，第369页。
③ 杨明照：《〈文心雕龙〉校注拾遗》，上海古籍出版社1982年版，第495页。
④ （明）杨慎：《词品》，上海古籍出版社2009年版，第60页。

之必厌"的无病呻吟，刘勰视情、志两者并为文学之命脉，提出了"文附质"和"质待文"的情感与文采的统一性。并强调情感是决定文采的根本因素。文学创作是"情动而辞发"，"人享七情，应物斯感；感物吟志，莫非自然"，在创作过程中的"情"总是要通过"言"的形式表达出来，这当中蕴含了文学创作的诸多内容，如风骨论、文质论、通变论等。① 这一理论契合了明代中后期主情的思潮，引起了当时文人普遍的重视。

以杨慎为代表的明代文人将文采与情感直接联系起来。杨慎曾说：

> 孔子云："辞达而已矣"，恐人之溺于修辞而忘躬行也，故云尔。今世浅陋者，往往借此以为说，非也。《易传》、《春秋》，孔子之特笔，其言玩之若近，寻之益远，陈之若肆，研之益深，天下之至文也，岂止达而已矣哉。②

杨慎认为"辞达而已"的提出是孔子为了纠偏世人溺于修辞，然矫枉不可过正，后人对此的理解显然是过犹不及了。杨慎在"铅黛所以饰容，而盼倩生于淑姿；文采所以饰言，而辩丽本于情性"处注红圈，批曰："予尝戏云美人未尝不粉黛，粉黛未必皆美人。奇才未尝不读书，读书未必皆奇才。"③ 以美人与粉黛、奇才与读书来譬喻情和采之关系。他还在《贞女正士》中说：

> 刘执斋侍郎云："贞淑之女，固不厌于容华，刚正之士，亦何嫌于才美。"斯名言也。卫庄姜、班婕何曾不丹华而靡曼，颜清臣、文信公何尝不丽藻而英辞。贞淫在性不在色，贾南风之短墨，陈金凤之形陋，其淫弥甚。忠邪在性不在文，李林甫之写弄獐，安禄山之不识字，其恶弥章。④

---

① 台湾学者罗立乾、李振兴《新译〈文心雕龙〉》"情采"篇"题解"有五点解释。
② （明）杨慎：《杨升庵外集》卷36。
③ 这则批语亦见于《丹铅余录总录》卷19《刘勰论文》。
④ （明）杨慎：《升庵全集》卷70。

以一系列形象的比喻来为创作中的"采"正名,这可以视为杨慎对当时人们抨击六朝绮靡风气的反驳,在他看来不能因辞采华艳而否定文章的价值,关键是做到情辞兼备,这集中在他对风骨的点评中:

表 4—5

| 内容 | 圈点 |
| --- | --- |
| 是以怊怅述情,必始乎风;沈吟铺辞,莫先于骨。故辞之待骨,如体之树骸;情之含风,犹形之包气。结言端直,则文骨成焉;意气骏爽,则文风清焉。 | 红圈 |
| 故练于骨者,析辞必精,深乎风者,述情必显。 | 黄圈 |

"风"是使作品充满情感的意蕴,偏重内容;"骨"是使作品充满力量的意蕴,偏重文辞,两者统一于"情"。风骨是刘勰对作品的内质美的规定,"风"是指作品中"情"的内质美,其主要特征是有生气、真切和动人。"骨"是作品中"辞"的内质美,其主要特征是有力量、劲健、精约和峻拔。刘勰注重文采,强调从"言""辞"的角度"宗经",认为五经皆有文采,纬书的"辞富膏腴"也被称许,他对于诸子的品评也多是从文辞角度出发,如评孟荀之文"理懿而辞雅",《列子》"气伟而采奇",《韩非子》"博喻之富",《淮南》"泛采而文丽"。王世贞的情采观受到《文心雕龙》的影响,他说:"诗人篇什,为情而造文;辞人赋颂,为文而造情,为情者要约而守真,为文者淫丽而烦滥……情者文之经;辞者理之纬。经正而后纬成,理定而后辞畅"[1],明显是化用《文心雕龙》之语。王世贞还提针对当时文坛的两种倾向提出了对"风骨"的看法。他讲:"柔曼瑰靡之辞胜,则见以为才情,然其弊使人肤立而不振;感慨扬厉之辞胜,则见似为风骨,然其弊使人气溢而多竞。此二者骤而略读之,以为非治世之音不可,然所以为治世者,不在也。"(《冯祐山先生集序》)在他看来,辞采的艳丽不等于才情的卓然,辞采风清骨峻的也不一定是风骨兼备的文章,对"情"关键是把握好一个度,因为"恣情驰骋,中多败蹶",所以要在情感适度之上将文采与风骨结合,这正如徐惟起所道:"刘彦和所谓情采悉备,风骨俱峻,气合风雨之润,笔吐星汉之华,

---

[1] (明)王世贞:《艺苑卮言》,罗钟鼎校注,齐鲁书社 1998 年版,第 8 页。

岂非词苑之俊流，艺林之哲匠乎哉。"(《衍大江集序》)

### 三 意象的表达

意象的表达是创作中的重要环节，它需要处理意、思、言三者的关系，将意象转化为文辞。这其中有两大因素尤为重要，一是内在的学和才，二是外在的言和辞。

（一）

学和才是创作者的内在素养，作为一对并举的概念，"学"是指创作者各方面的学养，"才"则指创作者的天赋，刘勰提出"积学以贮宝""研阅以穷照""酌情以富才"作为秉心养术的途径。明人对学和才在具体创作中的作用尤为关注。唐之淳《文断》中《总论作文法》在引用《文心雕龙》时有三次谈及才能，其一，"文章由学，能在天资。才自内发，学以外成。有学饱而才馁，有才富而学贫。学贫者迍邅于事义，才馁者劬劳于辞情，此内外之殊分也"；其二，"才有天资，学慎始习。斫梓染丝，功在初化；器成彩定，难可翻移"；其三"才为盟主，学为辅佐"。此处以《事类》篇为例分析明人对才学论的接受。《事类》篇主要探讨为文引辞明理、举事征义的问题，而这就涉及创作者的才学。杨慎在此篇以红圈和红点作出的评注较具代表性。杨慎强调为文应博学，学问的多少与作品的品质有直接的关系。"故魏武称张子之文为拙，以学问肤浅，所见不博，专拾掇崔杜小文，所作不可悉难，难便不知所出"[1]，讲曹操认为浅见寡闻势必使文章拙劣。陈仁锡眉批"崔班张蔡，遂捃摭经史，华实布濩，因书立功，皆后人之范式"曰"诸文来历，不可不知"[2]，说出学识的广博是为文的基础。杨慎在此处批："宋人所谓用则不差，问则不知。"杨氏此处之说可与其所言相对应。"宋世儒者失之专，今世学者失之陋。失之专者，一骋意见扫灭前贤；失之陋者，惟从宋人，不知汉唐前说也。宋人曰是，今人亦曰是；宋人曰非，今人亦曰非。"[3] 就是讲宋人孤陋寡闻，识见浅陋。为文切忌学问浅陋，因为"读书虽不为作诗设，

---

[1] 周振甫：《〈文心雕龙〉今译》，中华书局2004年版，第341页。
[2] 黄霖：《〈文心雕龙〉汇评》，上海古籍出版社2005年版，第126页。
[3] 杨慎：《升庵集》卷52，《四库全书》第1270册，上海古籍出版社1987年版，第447页。

然胸中有万卷，则笔下自无一点尘矣"。而"问学之功殊等，则诗有工有拙"。这也是他在"狐腋非一皮能温，鸡跖必数千而饱矣"下注红点的意图所在，杨慎又进一步强调学养的厚薄对诗的影响，所以杨慎在《神思》篇"博见为馈贫之粮，贯一为拯乱之药"下加注红圈。学博未必才高，因此杨慎在"有学饱而才馁，有才富而学贫"下注黄点。杨慎解释道："才本于天，学系于人。非其才，虽学之不近也；有其才矣，非笃于学，则亦不尽其才也。"陈仁锡在此批注"病处两路俱擒"，认为刘勰指出了才学不对称的情况。

总之，刘勰虽主张才学兼备，但正如黄叔琳所言："才禀天授，非人力所能为"，所以刘勰在讨论"学"的部分下力较多，而明人在对才学论的接受上虽做到了两者兼顾，但也将重点放在了"学"上，对此，在叶绍泰对《事类》篇的评论中可以窥豹一斑，"博学之家，谬误者少，夸诞者多。盖才浮所用之事毕浮，彼固以为于义无伤，而不知综核者议其后矣。若才学并富，文情双至，代不数人，盖难责备也"[①]，曹学佺更是直言："此入门之时要端正也，学者不可以不知。"

（二）

《宗经》篇言"然则志足而言文，情信而辞巧，乃含章之玉牒，秉文之金科矣"，将"志""情"和"言""辞"统观论之，视为文学创作的最高准则。"言"是作家创作过程的终结，也是最终呈现在读者面前的作品。刘勰认为好的作品必须文质兼备，志足辞巧。"辞巧"是好文章的重要标准，他评价《楚辞》"朗丽以哀志"，"绮靡以伤情"，"惊采绝艳，难于并能"，"金相玉质，百世无匹者也"。作为一部骈体美文，明人对《文心雕龙》的辞采表现出了很高的兴趣，形成了截然不同的两种观点，一种是赞誉、肯定，认为《文心雕龙》辞采灿然，进而强调刘勰是六朝文人的重要代表；另一种则否定《文心雕龙》的骈俪文风，并认为这是受当时文风影响的结果。后一种意见虽鲜有直接资料，但从时人对第一类观点的论说中可以间接反映出来，甚至极有可能后一种观点在当时占据上风，而对《文心雕龙》辞采的关注也是对《文心雕龙》创作论接受的一部分。

一方面，作为一部骈文著作，骈文的主要创作方法和写作技巧都在

---

[①] 黄霖：《〈文心雕龙〉汇评》，上海古籍出版社2005年版，第127页。

《文心雕龙》文本中充分展现。对此,明人也叹为观止,如胡维新评曰:"勰文藻翩翩,读之千古如掌,晋魏之滥觞乎?"[1] 秦怀庭评其"文心雕龙,葩藻胜矣"[2],沈津评其"辞旨伟丽"[3],胡应麟评曰"史通之为书,其文刘勰也,而藻绘弗如"[4],曹学佺序言"其文辞,灿然可观","义炳而采流",顾起元序言:"至其辞条佚丽,蔚乎惊龙,辨骚有云:'才高者其鸿裁,中巧者猎其艳词',是自为赏誉耳"[5]。叶联芳序言:"若锦绮错揉,而毫缕有条。若星斗杂丽,而象纬自订。诡然而潜,耀然而见,澜然而章,灿然而络。"[6] 从上述评语中可以看出明人对《文心雕龙》辞采的欣赏主要集中在"丽"的特征上。

另一方面,也有人认为《文心雕龙》文辞华靡是受到了六朝文风的影响。如乐应奎言:"或曰拘于骈骊,如《俪辞》篇所云,则骈骊之体,亦非易作也。或又以其犹滞六朝之风气,独不曰文运每关乎世运,相为污隆者也,梁之时何时耶?然又可以过论乎哉?唯其思致备而品式昭,则亦可以传也。"[7] 认为这是受到了六朝文风的影响。叶联芳序中说:"或谓伤于绮靡而乏风骨,文以时论,梁之体自应尔也。"[8] 由于《文心雕龙》具有六朝文学的特色,人们甚至视其为展示文采的"小技",如冯允中序中说:"览者其毋徒以吕舍人所谓文之一小技,与扬子云所云雕虫者列埒观,则庶乎资有益之文,而余志副矣。"[9] 希望读者不要只将《文心雕龙》看作徒逞华藻的小道之作,对此,伍氏从对序言的分析入手,指出"'文果载心,余心有寄',古人之立言于世,岂直目睫已哉!世未可以六朝语而易之也。缀文之士,玩其意不泥其词,循派而索其源,酌奇而驭以正,则可按辔文雅之场,而书云'体要',或者其庶几乎。"[10] 强调《文心雕龙》中含有刘勰的创作动机,因此不能因其出自六朝,就认定其为虚华

---

[1] 杨明照:《〈文心雕龙〉校注拾遗》,上海古籍出版社1982年版,第435页。
[2] 同上。
[3] 同上。
[4] 同上书,第672页。
[5] 同上书,第736页。
[6] 同上书,第729页。
[7] 同上书,第730页。
[8] 同上书,第729页。
[9] 同上书,第725页。
[10] 同上书,第733页。

无物而舍弃不观。也有人指出《文心雕龙》的这种文风是受到了佛教的影响，如张之象在序中说："或谓六朝齐、梁以下，佛学昌炽，而文多绮丽，气甚衰靡，执以议勰，不亦谬乎？呜呼！道贵自信，岂必求知，是无文殊，谁能见赏？"① 从上述序言可推测在当时必定有人作如是观，而且这种偏见绝非个别人的看法。面对这种评价，《文心雕龙》的另一部分研究者提出了反驳意见，他们以"文以时论"为依据，认为《文心雕龙》是由于受到六朝文风的浸染才绮丽而乏风骨，与其说明人是质疑《文心雕龙》的绮靡，不如说是对六朝文风的贬抑。可见时人对《文心雕龙》"骈俪"的关注。骈俪既是骈文的首要特征，也是人们对六朝文风的一种概括性观点。"丽辞"之"丽"通"俪"，王念孙《广雅疏证》中解释说："（俪）通作丽"。"丽"在《文心雕龙》中处处得以展现。就对偶来说，全文既有"故情者，文之经；辞者，理之纬。经正而后纬成，理定而后辞畅"的言对，又有"牝鸡无晨，武王首誓；妇无与国，齐桓著盟"的事对，还有正对、反对、同类对、异类对、方位对等；就文辞来说，色彩的运用是骈文的一大特征，柳宗元的《乞巧文》曾将骈文中的色彩概括为"抽黄对白"与"锦心绣口"，刘勰也恰到好处地将色彩运用于笔端，增强了全文的视觉美感，如"白日垂其照，青眸写其形"，"白鱼赤乌之符，黄金紫玉之瑞"。

　　明初，道统驾驭文统，骈文不为主流文坛所认可，宋濂在《剡源集序》中说"辞章至于宋季，其敝甚久。公卿大夫视应用为急，俳谐以为体，偶俪以为奇，腼然自负其名高"，直斥俳谐和偶俪。明中后期，复古风潮席卷文坛，骈文更成为批判的对象，万历之后骈文复苏，以杨慎等为代表的六朝派主张师法六朝，倡导六朝"绮丽"之尚，涌现出一批骈文选本，如蒋一葵的《尧山堂八朝偶隽》、李日华的《四六类编》、王志坚的《四六法海》，这类书籍对《文心雕龙》的部分章句也多有采摘。

　　除上述著述外，明人对《文心雕龙》中的"术"或征引或袭用，侧重于创作论的比比皆是，如胡震亨的诗话集《唐音癸签》，分为七目，其二曰法微，论格律及字句声调，此篇征引的《文心雕龙》之文几乎全为创作论内容，如《风骨》《镕裁》《丽辞》《章句》《定势》等篇；唐之淳《文断》在《总论作文法》中征引了《定势》《事类》《情采》《风骨》

---

① 杨明照：《〈文心雕龙〉校注拾遗》，上海古籍出版社1982年版，第731页。

《事类》《体性》《练字》等篇，几乎对《文心雕龙》创作论都有所关注。唐顺之《稗编》中《文心雕龙十四论》中也引用《文心雕龙》中《神思》《总术》《体性》等商榷文术类的篇章。

## 第三节 《文心雕龙》对明代公文创作的影响

作为一种综合性文体，公文并没有明确、统一的界定标准。较早的"公文"见于《三国志》："（荀）或报曰：'辄白曹公，公文下郡，绵绢悉以还民。'"① 从功能上看，公文是政府为处理政治、军事、经济、人事等政务时使用的文书，在文体、格式、措辞上有明确的要求。本节中的公文是指以公文为主的应用文。它主要包括两类，一类是与政府处理政治、军事、经济等政务，履行各种管理职能相关的文体，如诏、策、檄、移、章、表、奏、启等；另一类指与国家政务相关，但不是纯粹意义公文的应用文，如颂、赞祝、碑、式、符等。之所以提出这种区分是因为公文和应用文之间存在交集，应用文是"人们在日常生活、工作和学习中所应用的简易通俗文字，包括书信、公文、契约、启事、条据等"②。公文在明政府行政管理、政治活动中尤为重要，较之前朝，明代公文数量、种类剧增，如嘉靖时代时较为常用的公文就有二十多种："凡上所下，一曰诏，二曰诰，三曰制，四曰敕，五曰册文，六曰谕，七曰书，八曰符，九曰令，十曰檄……凡下所上，一曰题，二曰奏启，三曰表笺，四曰讲章，五曰书状，六曰文册，七曰揭帖，八曰会议，九曰露布，十曰译。"③

在明代文学观念中，公文并没完全从文学的范畴独立出来，当时的很多文集中收录了我们今天认为是公文的作品，然而明人也已经有意识地在文集中对公文进行单独的编选，出现了《历代名臣奏议》《皇明经世文编》等公文类选集。由陈子龙（1608—1647）、徐孚远（1599—1665）、宋征璧（1602—1672）等选编的《皇明经世文编》在数千文集中"取其关于军国济于实用者，上自洪武，下迄皇帝改元，为经世一编"。该书以人物为纲，在同一人物的文集中，以代言、奏疏、尺牍、杂文为序排列先

---

① （晋）陈寿撰，（南朝宋）裴松之注：《三国志》，中华书局2006年版，第671页。
② 《辞海》，上海辞书出版社1987年版，第1945页。
③ 丁晓昌、冒志祥等：《古代公文研究》，安徽文艺出版社2000年版，第429页。

后；其内容多是经世之文，涉及时政、宗庙等诸多内容。《明会典》卷74、卷75中"表笺式""题本格式"和"行移体式"几个部分也较集中地介绍了当时一些公文的体式特点。长期以来，人们在谈及《文心雕龙》对创作的指导时，关注较多的是它对诗歌、散文一类纯文学的影响，似乎《文心雕龙》论及的创作规律只是针对"纯文学"，这种现象在今天的龙学研究中尤其显著，这主要是因为今天的龙学研究很大程度上是以西方文论为前提进行的。而明人在关注《文心雕龙》甚至在关注魏晋其他文论著作"作文之法"的特点时，所看到的不仅是它对诗歌和散文的指导，这从何良俊的论述中就能窥豹一斑，何良俊说：

> 古今之论文者，有魏文帝《典论》、陆机《文赋》、挚虞《文章流别论》、任昉《文章缘起》、刘勰《文心雕龙》、柳子厚《与崔立之论文书》。近代则有徐昌谷《谈艺录》诸篇。作文之法，盖无不备矣。苟有志于文章者，能于此求之，欲使体备质文，辞兼丽则，则去古人不远矣。①

在这里，何良俊明确提出了两点，第一，《文心雕龙》讲述了作文之法，想要学习文章的做法可以从中获益；第二，好文章应该写得"体备质文，辞兼丽则"，这是时人应该从上述古文中学习掌握的。

何氏所说的作文之法并不仅指诗歌散文，公文也包含在其中。如果说何氏并不只是就《文心雕龙》而论，冯允中在《文心雕龙》序中的话就更具针对性。其言："（《文心雕龙》）论文章法备矣……学者如不欲为文则已，如欲为文，舍是莫之能谁？盖作者之指南，艺林之关键。大可以施庙堂之资，小亦可以舒情写物。"② 冯氏肯定《文心雕龙》对写作的指导作用，他强调"施庙堂之资"类的写作才为"大"，而舒情写物则为"小"，这种认识与人们长期以来只重视《文心雕龙》对诗歌和散文的指导显然不同。通过这段话，可以得出以下认识：明人对"文章"和"文学"做到了区别对待，在"文章"包含的范围中，文学只是一部分，在此之外，还有非文学的文章，就是应用文。更重要的是这表明以冯允中为

---

① （明）何良俊：《四友斋丛说》卷23，中华书局1959年版，第202页。
② 杨明照：《〈文心雕龙〉校注拾遗》，上海古籍出版社1982年版，第725页。

代表的明代文人已经将《文心雕龙》视为可"施庙堂之资"的"方圆之规矩，声音之律吕"。可见在明代，人们对《文心雕龙》在公文写作方面的指导作用也相当重视，这一部分内容在今天的研究中却鲜有触及。这也影响到了后世对《文心雕龙》全面性的把握。

### 一 《文心雕龙》中的公文写作理论

作为一部"体大而虑周"的文学理论专著，《文心雕龙》的公文写作价值并未得到充分的认可。即便今天，人们也多是从文体论的角度分析《文心雕龙》中的公文写作内容，而对其中所蕴含的与公文写作相关的宏观原则、具体技法等具有实践性指导的理论关注不足。而《文心雕龙》正是因其公文写作理论使自身的影响突破了纯文学范围而进入上层建筑领域。

公文在不同时期的名称和文体并不完全相同。《尚书》把公文分为"典、谟、训、诰、誓、命"六种。《周礼》将当时的公文归纳为"六辞"，"一曰词，二曰命，三曰诰，四曰令，五曰祷，六曰诔"。《文心雕龙》所录的35种文体中，《诏策》至《书记》篇中均为公文，《书记》篇中谱、籍、簿、录、律、令、法、制、符等二十余种文体也属于当时的公文。《文心雕龙》对这些公文的起源、流变、名称、作法做了详尽的阐述。更重要的是，《文心雕龙》有明确、清晰的公文意识。公文按照行文方向，可分为上行文、下行文和平行文。《明史·职官志》载："曰题、曰奏、曰表、曰讲章、曰书状、曰文册、曰揭帖、曰制对、曰露布、曰译。"[①] 刘勰在论述公文类文体时，将属下行文的诏策、檄移、封禅列为一组，属上行文的章表、奏启、议对、列为一组。"体"是公文的首要因素，各类公文在创作之初都应"构位之始，宜明大体"，然后就要"随事立体""即体成势"，全文"内义脉注，跗萼相衔，首尾一体"。但不同文体也有各自的特点。如檄文要求文风铿锵刚健"言约而显""辞若对面""义明而词净"；章表奏启要求文风典雅，"繁约得政，华实相胜""义则弘伟"；铭箴碑诔要求情感真实"标序盛德，必见清风之华，昭记鸿懿，必见峻伟之烈"。这正弥补了明代文论上"写作理论的成熟只能是古典意义上的成熟，它把传统的文本、人本研究推向成熟，把各类文体写作研究

---

① （清）张廷玉等：《明史》，中华书局1974年版，第1730页。

引向深入的同时，对写作过程的研究和理论的宏观综合建构显得不足的缺陷"①。可以说，明代鲜有批评著作在公文类写作的理论建树上可与《文心雕龙》相媲美。

公文的写作既不同于艺术作品的创作，也不同于机械的书吏性抄写，它有明确的文体规范和严格的为文格式，在文体应用、遣词造句乃至写作时间上都有明确的要求。《书记》中言："随事立体，贵乎精要；意少一字则义阙，句长一言则辞妨。"这可视为包括公文在内的所有应用文写作的根本要求。文体在公文写作中可谓重中之重，对此明人有明确的认识。在诸多谈论为文之法的书中几乎都会涉及公文的文体，而《文心雕龙》中对文体的论述几乎成为它们必引的内容。徐师曾的《文体明辨》、吴讷的《文章辨体》、贺复征的《文章辨体汇选》、陈懋仁的《文章缘起注》，这四部作品是明代文体研究的集大成著作，几部书都无一例外地采撷《文心雕龙》。以陈懋仁的《文章缘起注》为例。陈懋仁，字无功，明代嘉兴人，其《文章缘起注》全书直接引用《文心雕龙》解释约 23 种文体，其中采撷《文心雕龙》13 处，几乎全是公文文体，如书、奏、议。另外，朱荃宰的《文通》在论述不同文体时还多次反复引用了《文心雕龙》中的《诏策》《檄移》《颂赞》《封禅》《书记》《章表》《奏启》《檄移》《铭箴》等篇章。②以"露布"为例，吴讷的《文章辨体》、程敏政编的《皇明文衡》、郎瑛的《七修类稿》在对这一文体阐述时均明确地说出对《文心雕龙》的借鉴。

除上述著作之外，明代一些指导写作的书籍对《文心雕龙》中的公文理论也给予了关注。如明初唐之淳在《文断》的《杂评诸家文》论檄法时引用《文心雕龙》的《檄移》篇中内容，论箴铭法引用《箴铭》篇中内容，论颂法引用《颂赞》篇中内容。唐顺之《稗编》中《文心雕龙十四论》篇除引用《文心雕龙》中《神思》《总术》《体性》等文术类的篇章外，还收录了文体类篇章。此类书籍还有《唐类函》，引用《颂赞》篇。顾起元《说略》在解释"策"时引用《书记》篇，解释檄文、露布时引用《檄移》篇。郎瑛在《七修类稿诗》文类"各文之始"中解释"论"和"露布"时引用《论说》和《檄移》篇等。值得注意的是，明

---

① 李道荣：《中国古代写作学概论》，文心出版社 1995 年版，第 231 页。
② 详见杨明照《〈文心雕龙〉校注拾遗》，上海古籍出版社 1982 年版，第 523—566 页。

人对于刘勰的观点并不盲从。他们进行了深入的思考，对刘勰的某些观点提出了质疑。如梅鼎祚在《书记洞诠凡例》中说："谱、籍、部、录、方术……《文心雕龙》以为并书记所总。其实体异旨歧，自难参混。至于论启，反别附奏，今则合载。"①

## 二 明人关注《文心雕龙》的原因

明人之所以重视《文心雕龙》对公文写作的指导作用，主要有以下原因：第一，作为中国历史上中央高度集权的王朝，明政府对公文体制的要求较之前代更为严密。"一种特定的文体往往是一个由众多规范所组成的系统，而标志其根本特征的往往又是其中某一个占支配地位的核心规范。支配性规范的移位常常导致文体的根本性转化。"②公文必须服从并服务于这一时期的专制统治，是其创作的根本原则，刘勰在《文心雕龙》中关于公文创作的观点与明政府的要求吻合。《原道》篇说："文之为德也大矣，与天地并生"，且文章"经纬区宇，弥纶彝宪，发挥事业，彪炳辞义"。公文与"纯文学"最大的区别也在于其服从性和服务性。公文对原道、征圣、宗经有着比一般文学作品更高的要求，而《文心雕龙》对此给予了高度重视，在《原道》篇中，刘勰言"元首载歌，既发吟咏之志；益谡陈谟，亦垂敷奏之风"，"歌"是文学作品的代表，"谟"则代表了公务性文书。《征圣》中的"政化贵文""事迹贵文"也是从政治功用或国家政务的角度来看待为文的；在《宗经》篇中，刘勰认为作为群言之祖的六经中的《书》《礼》《春秋》皆涉及公文，《尚书》很大一部分内容属于官府公文，甚至可以视其为一部体例完备的公文集。就具体文体来说《文心雕龙》所论35种文体中有二十余种在当时属于公文。以《封禅》篇为例，封禅文在公文中地位特殊，纪晓岚（1724—1805）曾说："自唐以前，不知封禅之非，固封禅为大典礼，而封禅文为大著作，特出一门，盖郑重之。"③徐师曾（1517—1580）在《文体明辨》中说："梁刘勰曰'六经，象天地，效鬼神，参物序，制人纪，洞性灵之奥区，极

---

① 详见杨明照《〈文心雕龙〉校注拾遗》，上海古籍出版社1982年版，第560页。
② 陶东风：《历时文体学：对象与方法》，《文艺研究》1992年第5期。
③ 黄霖：《〈文心雕龙〉汇评》，上海古籍出版社2005年版，第76页。

文章之骨髓者也……故文能宗经，有六善焉。"① 而这正是《文心雕龙》能在明代公文创作领域被接受的重要原因。

第二，与前代相比，公文在明代政治运转和政务处理中的位置更为重要。明代实行内阁中心体制，题、奏本制度成为行政运行的关键环节。明初，朱元璋增强言官职能，广辟言路，《明史》载："中外臣僚，建言不拘所职。草野微贱，奏章咸得上闻。沿及宣、英，流风未替。虽升平日久，堂陛深严，而逢掖布衣，刀笔掾史，抱关之冗吏，荷戈之戍卒，朝陈封事，夕达帝阍。采纳者庸显其身，报罢者亦不之罪。"② 这为公文的大量产生创造了条件。至明代中后期，奏章成为君臣间最主要的议政方式，如世宗、神宗约二十余年不见朝臣，"二十年来，郊庙、朝讲、召对、面议俱废，通下情者惟章奏"。明代公文地位的提高使得时人对公文的写作更为重视，他们迫切需要提高写作水平，而"汉魏六朝，是中国文学理论批评史的发展和成熟的时期，中国古代写作理论独立，中国古代应用文写作理论随之形成"③。这一时期如曹丕的《典论·论文》、颜之推的《颜氏家训》等都涉及了公文写作，提出了如"奏议宜雅，书论宜理""表宜以远大为本，不必华藻为先"等可供借鉴的写作经验，但却无一能同《文心雕龙》相媲美。

第三，《文心雕龙》不但在宏观上为公文写作提供了指导，对于明代公文中存在的一些具体问题也有针对性。烦冗是明代公文最大的弊端之一，明代公文文牍主义盛行，有的公文甚至万言不及主题，洪武九年（1377）茹太素在近二万字的奏言中只有最后五百字才讲到主题。嘉靖、隆庆、万历时期，章奏"趋浮泛，铺缀连读，徒烦至览"，官方对公文中存在上述问题也有清醒的认识，采取多种措施纠正这些问题。政府多是通过制定各种律令、政策等强制性的策略来处理，如洪武元年（1368）颁布的《大明律》规定："惟律令者治天下之法也。令以教之于先，律以齐之于后。古者律令至简，后世渐以繁多，甚至有不能通其义者，何以使人知法意而不犯哉？民既难知，是启吏之奸而陷民于法，朕甚悯之。今所定

---

① （明）徐师曾、（明）吴讷：《文章辨体序说　文体明辨序说》，人民文学出版社1962年版。
② （清）张廷玉等：《明史》，中华书局1974年版，第4462页。
③ 刘壮：《论中国古代应用文写作理论的形成》，《首都师范大学学报》2004年第3期。

律，令芟繁就简，使之归一，直言其事，庶几人人易知而难犯。"① 随后的弘治、嘉靖几朝，政府也多次严禁繁文。律令和政策虽在原则和导向上为公文的创作指出方向，但对具体写作中的种种细节问题却无能为力，因此，明人迫切需要一部能够指导文章创作尤其是公文创作的书籍，而《文心雕龙》恰恰满足了此时公文写作的要求。不同的文体有不同的写作要求，"简言以达旨"正是针对公文提出的写作规范，在《诏策》篇中，刘勰提出："魏武称作敕戒，当指事而语，勿得依违，晓治要矣"，"指事而语"就是要求行文一语中的、直截了当，这对明代公文繁缛的缺点有着很强的针对性。与烦冗相对的是精约，《体性》篇说："精约者，核字省句，剖析毫厘者也"，《议对》篇说"标以显义，约以正辞，文以辨洁为能，不以繁缛为巧，事以明核为美，不以环隐为奇：此纲领之大要也"。这可以说是对所有公文写作的要求。《书记》篇说："或杂用文绮，随事立体，贵乎精要；意少一句则义阙，句长一句则辞妨，并有司之实务，而浮藻之所忽也。"都是对精约的强调。

总之，作为一部文学理论著作，《文心雕龙》指出"章表奏议，经国之机枢"，对公文在国家政治中的地位和作用给予了高度的重视和充分的肯定。它全面探讨、梳理了古代公文的源流、演变，指出了各类公文的文体特征和为文规范，对后世的公文写作和公文理论影响深远，这也有利于其自身影响力的提升和辐射面的扩展。长期以来，人们在评价文学价值的时候多以诗歌或散文等纯文学的文体为主，对公文类鲜有评论。但实际上，三立的价值观使中国古代文人对"立功"有着不懈的执着和渴求，公文才是封建文人安身立命之作。韩愈在《答李翊书》中曾云："用则施诸人，舍则传诸其徒，垂诸文而为后世法。""施诸人"是他的第一选择。可以说"道胜文不难而自至"的经世致用之文才最被文人看重，他们在写作公文时无论在构思立意、结构立体上，还是在事例选取、选词造句上都是苦心孤诣，如琢如磨。因此，《文心雕龙》中关于公文创作的理论使得此书的影响不仅仅局限在纯文学的范围。明人这种对《文心雕龙》性质的认定和对创作论的接受对清代乃至今天的龙学研究影响深远，清代黄叔琳云："刘舍人《文心雕龙》一书，盖艺苑之秘宝也。观其苞罗群籍，多所折衷，于凡文章利病，抉摘靡遗；缀文之士，苟欲希风前秀，未有舍

---

① （明）焦竑：《玉堂丛语》，中华书局1981年版，第127页。

此而别求津逮者。"① 张松孙"有青州才子，宋代公孙，萃百家艺苑之精，研众体词场之妙，随人变幻，归我折衷，著论者五十篇，示津梁于千百载"② 的论断，也与明人观点一脉相承。

## 第四节　创作论对明代文论的影响——以李维桢为例

李维桢（1547—1626），字本宁，号翼轩，湖北京山人。隆庆二年（1568）进士，万历三年（1574）任修撰，出为陇西右参议，官至南京礼部尚书。"负重名垂四十年"，著有《史通评释》《大泌山房集》等，其记载见《明史·文苑四》。选择李维桢为明人接受《文心雕龙》为文之法的代表，原因如下：其一，李维桢历经嘉靖、隆庆、万历、泰昌、天启五个时期，亲历后七子、公安派、竟陵派之兴衰的文坛风气变化，见证了明代文学最为繁盛的时期，而这一时期也是《文心雕龙》在明代接受繁荣的时期。其二，李维桢接受正统的儒家文化教育，学识渊博，史载"记不得，问老许；做不得，问小李"③。他的学术背景和学术修养可以为当时主流文人的代表。其三，李维桢在政坛具有较高的地位和声誉，当朝首辅张居正对其也是赞誉有加。王世贞称其"青年鼎贵，天纵以才，出则衣被一世；处则映带千古，绰有余地"。突出其在政坛的地位是因为明代《文心雕龙》的接受者大多具有科举背景，且有进士的功名和政治上的身份。其四，李维桢在文坛地位显赫，文坛领袖王世贞列其为"末五子"之首，赞其"雄飞岂复吾曹事，押主凭君异曰盟"（《李本宁大参自楚访我弃中纪别二章》）。胡应麟则称他："两司马相继修文，嘉隆遗老靡孑遗者，惟执事灵光独峙，砥柱江河，一代千秋大统攸集，茫茫震旦不遂沦为长夜，以明公在也"（《报李本宁观察》），当时"海内谒文者趋走如市"。其五，李维桢交游广泛，史载"大泌山人交友以尽宇宙为量"，他与隆庆、万历文坛重要人物如王世贞、汪道昆、吴国伦、焦竑、汤显祖、屠隆、胡应麟、钟惺、谭元春等人都交游密切，而这些人物中如王世贞、焦竑、屠隆、钟惺等对《文心雕龙》都有深入的接受。李维桢

---

① 杨明照：《〈文心雕龙〉校注拾遗》，上海古籍出版社1982年版，第739页。
② 同上书，第741页。
③ （清）张廷玉等：《明史》，中华书局1974年版，第7385页。

第四章　明代对《文心雕龙》创作论的接受　127

对《文心雕龙》研阅细致且深入，他在多篇文论作品中屡屡提及《文心雕龙》。

《楚辞集注序》：

> 《文心雕龙》谓诗人综韵率多清切。①

《选诗补序》：

> 六朝选诗者，梁昭明文选，徐孝穆玉台新咏；评诗者刘彦和文心雕龙，钟仲伟诗品。玉台辑闺情一体，殊伤大雅。刘钟扬扢当矣，不载全什……②

《张观察集序》：

> 自有文字以来，成法具在，而师心者失之……刘勰云雄翟翔鷟百步，肌丰而力沉也；鹰隼翰飞戾天，骨劲而气猛也；藻耀而高翔，故文笔之鸣凤矣……③

《胡文部集序》：

> 以文论人，余闻之王仲淹、刘彦和……彦和曰：贾生俊发，故文洁而体清；长卿傲诞，故理侈而辞溢安仁轻敏，故锋逸而韵流；士衡矜重，故情密而辞隐，由后观前，人与文较若画一……④

《邢子愿全集序》：

> 六朝人论文莫如《文心雕龙》，虽有作者，莫之能易。试取子愿

---

① 叶庆炳、邵红编辑：《明代文学批评资料汇编》，台湾成文出版社1979年版，第525页。
② 同上书，第528页。
③ 同上书，第538页。
④ 同上。

诗文参以彦和之论，统其凡而言之，则神思、体性、风骨、通变、定势、情采、镕裁、声律、丽辞、练字，有到境矣。典雅远奥，精约显附、繁缛壮丽，新奇有具，美矣。分其品而按之，宗经则情深而不诡，风清而不杂，事信而不诞，义直而不回，体约而不芜，文丽而不淫。明诗则采缛于正始，力柔于建安。①

李维桢的《太函集序》是其文论中较具代表性的一篇，而此篇的基本思想和具体观点都明显带有《文心雕龙》的痕迹。

文章之道有才有法，无法何文？无才何法？法者前人作之，后人述焉，犹射之彀率，工之规矩准绳也。知巧则存乎才矣，拙工拙射，按法而无救于拙，非法之过，才不足也……才者作于法之前，法必可述，述于法之后，法若始作，游于法之中，法不病我，轶于法之外，我不病法。拟议以成其变化，若有法，若无法，而后无遗憾。先生论诗一重在法……凡十三家法如是止矣，然而读其文者不以为六经十三家之文而以为先生之文……先生谈理理晰，叙事事备，抒意意达，丰而洁，约而舒，雄而沉，典则而平淡，宏肆而谨严，朴茂而韶令，缊荡而镇重，使浅者深，近者远，鄙者都雅，庸者卓诡，何以故？其才能牢笼驱驭之也。②

首先，它反映了李维桢在文论体系中唯务折衷、不执一端的思维特点。"折衷"一词在《文心雕龙》的《奏启》和《序志》中出现，"擘肌分理，唯务折衷"。"折衷"是中国传统思维方式之一，刘勰为了纠正当时文坛"各执一隅之解，欲拟万端之变"，"徒锐偏解，莫诣正理"的现象，将这一思维方式贯通于《文心雕龙》始终。李维桢的文论也具有这一特点，虽不能断言李氏的折衷思想直接来源于刘勰，但其受《文心雕龙》的影响是显而易见的。李氏无论是论才、论法还是论文章的审美都以"折衷"为标的。面对当时"师古"和"师心"的循环斗争，李维桢的折衷无疑是客观公允的。张伯伟就指出：在"师古"与"师心"之争

---

① 叶庆炳、邵红编辑：《明代文学批评资料汇编》，台湾成文出版社1979年版，第544页。
② 同上书，第542页。

发生后，必有一种总结性的意见出现，从而形成折衷、辩证的思想，如金代的王若虚、明代的李维桢等人的观点。中国传统学术，自孔子奠定了基本模式之后，在文学思想中，由摹拟而创新的途径，便为多数批评家所认同，并为多数文学家所实践。因而，"一味摹拟或一味求新，在中国文学思想的发展中，可以出现于一时，却不能形成一种传统"①。在具体创作上，李维桢也处处强调折衷，这在其《董元仲集序》中有集中的体现。他在文中首先指出了明代百余年来文学上师古与师心的弊端，接着讲董元仲"折其衷而矫其偏"。李氏对董元仲的评价反映了他本人在创作上的观点。而在作品的审美特征上，李维桢也主张"丰而洁，约而舒，雄而沉，典则而平淡，宏肆而谨严，朴茂而韶令，缢荡而镇重，使浅者深，近者远，鄙者都雅"的风格。总之，李维桢在《祁尔光集序》中所言的"子曰'夫言岂一端而已夫？各有所当也，言至于成文章而可以一端尽乎"②，正是其折衷思想的精要概括。

其次，李维桢的"诗法"观也类似于《文心雕龙》中的观点。面对明代类书盛行的现象，他说："华林文之所纂辑，虞徐欧阳之所荟萃，可以为诗才，而不可以为诗法。"③李氏明确提出了"诗法"，认为前人文章的荟萃可以为作文提供"才"，却不能提供现成之"法"。

作为一种动态的规则，"法"的关键在为作文者所"用"，所谓"自有文字以来，成法具在，而师心者失之，若驱市人而使战，若舍规矩准绳而为轮舆，师古者泥之与无法同，若阔眉加半额白，叠光明锦为负贩绔"④。李维桢也提出了学"法"的正确思路："景之所钟，情之所向，思之所极，匠心自妙，恒超于闻见格局之外，闭门造车，出门合辙，使古人受吾役而不为所役。善写照者传其神，善临池者模其意。"⑤道出了为文真谛。李维桢甚至以《文心雕龙》为标准来衡量创作的优劣。在《邢子愿全集序》中，李维桢取子愿诗文参以彦和之论，不仅认为"统其凡而言之则神思、体性、风骨、通变、定势、情采、镕裁、声律、丽辞、练字"，"分其品而按之，宗经则情深而不诡，风清而不杂，事信而不诞，

---

① 张伯伟：《中国古代文学批评方法研究》，中华书局2002年版，第176页。
② 叶庆炳、邵红编辑：《明代文学批评资料汇编》，台湾成文出版社1979年版，第540页。
③ 同上书，第526页。
④ 同上书，第538页。
⑤ 同上。

义直而不回，体约而不芜，文丽而不淫"，还将《文心雕龙》的创作论用来指导具体的创作。

最后，在对待才与法的关系上，李氏受刘勰的影响也颇深。《总术》篇中说："才之能通，必资晓术，自非圆鉴，区域大判，岂能控引情源，制胜文苑哉！"强调创作中才与法的结合，但两者相比，刘勰更偏重于"才"。正是"文章由学，能在天资。才自内发，学以外成"，在才与学之间，"才为盟主，学为辅佐"。"学"，既包括学识的积累，也包括技法的学习。对才与法的关系，古人的看法并不统一，刘熙载在《艺概·文概》中说："文之尚理法者，不大胜也不大败，尚才气者，非大胜则大败。"认为创作中"法"重于"才"，而李维桢在"才"与"法"的关系上与刘勰观点相似。一方面，他认为两者不可偏废，"识先于学而才，实兼之，未有无识而可言学，无学而可言识，学识不备而可言才者"。但另一方面，他主张"才"重于"法"，"法"能否恰当运用，能否达到大匠运斤的境界，取决于作者的"才"。他对"才"与"法"的关系的看法集中体现在《张司马集序》中，"诗文虽小道，其才必丰于天而其学必极于人。就其才之所近而辅之以学，师匠高而取精多，专习凝领之久，神与境会，手与心谋，非可袭而致也"①。他认为"法"只有在"才"的驾驭下才能达到"由法而悟"（严羽《沧浪诗话》），"及其透彻，则七纵八横，信手拈来，头头是道矣"的境界。这明显是对《文心雕龙·事类》所谓"才为盟主，学为辅佐"的阐发。

总之，创作是明代文学的核心，汉魏唐宋灿烂辉煌的文学成就使明人无限向往且希冀超越，为此他们迫切需要能够指导写作的理论，师古和师心成为两种具有代表性的理论方向，而对《文心雕龙》"术"的探求也是师古的具体表现。可见，"明代的文人，在建立起理论与批评之同时，更致全力于创作将理论付之于实际的创作中，又体认创作的艰难，以确立合适的批评尺度，而蔚为一时之风"②。明代《文心雕龙》的接受者，无论是明初的宋濂，还是明中后期的杨慎、曹学佺、屠隆，明末的钱谦益等人，无不兼具创作家和理论家的身份，在建构理论时自觉地与创作活动相结合，而他们在看待《文心雕龙》的时候，也时刻关注着《文心雕龙》

---

① 叶庆炳、邵红编辑：《明代文学批评资料汇编》，台湾成文出版社1979年版，第543页。
② 同上书，第2页。

对创作的指导作用。事实上，在对《文心雕龙》接受的过程中自觉地将创作与理论相结合，既是明代《文心雕龙》研究的主要特点，也是明代《文心雕龙》研究超越前人的地方。

# 第五章

# 明代对《文心雕龙》文体论的接受

由于明代与魏晋时期对"文体"含义的理解存在差异，明人对《文心雕龙》文体论的接受并没有形成系统的理论。同时，明代文坛对文体存在二律背反式的态度。一方面，明代文盛而体不及，另一方面明代"辨体"之风炽热，对文章体制相关问题的探讨成为当时文学批评的中心议题。明代文体论者注重前人之说，涌现出了几部古代文体学的扛鼎之作，这些作品无一例外地将视线投向《文心雕龙》。此外，明人对《文心雕龙》中有关俗文学的构成元素给予关注，并将其应用于小说、戏剧的评点之中。

## 第一节 《文心雕龙》与辨体

文章以体制为先，"古代的文学批评与理论，最主要的部分就是古代的文体学；非但如此，整个古代的文学批评与研究的传统，也是以文体问题为核心的"[1]。自《尚书》起，"辞尚体要"就与"政贵有恒"并举。然而在中国古代文论中，"文体"一词总是游离在"类""体"之间，其含义抽象且不固定。以英文解释，其含义或 style，或 genres，或 forms[2]。在

---

[1] 钱志熙：《论中国古代的文体学传统》，《北京大学学报》2005 年第 4 期。
[2] 这种意义的多样性与传统文化和古代文体分类直接相关：我国古代文体分类的生成方式有作为行为方式的文体分类、作为文本方式的文体分类、文章体系内的文体分类。吴承学在《中国古代文体学学科论纲》文中归纳"体"的含义有六种：一指体裁或文体类别；二指具体的语言特征和语言系统；三指章法结构与表现形式；四指体要或大体；五指体性、体貌；六指文章或文学之本体。(《文学遗产》2005 年第 1 期) 罗根泽认为："中国所谓文体，有两种不同的意义：一是体派之体，指文学的格而言，如元和体、西昆体、李长吉体、李义山体……皆是也。一是体类之体，指文学的类别而言，如诗体、赋体、论体、序体……皆是也。"(《中国文学批评史》，上海古籍出版社 1984 年版，第 146 页)

《文心雕龙》庞大的文体学体系中，"文体"的意义广泛且不固定：它或指体制，即文章构成的四种要素，如《附会》："夫才量学文，宜正体制，必以情志为神明，事义为骨髓，辞采为肌肤，宫商为声气；然后品藻玄黄，摛振金玉，献可替否，以裁厥中，斯缀思之恒数也"；或指体裁，这是其最普遍的含义，如《诠赋》篇有"《诗序》则同义，传说则异体"的说法；或指作品风格，"章表奏议，则准的乎典雅；赋颂歌诗……此循体而成势，随变而立功也"。各种文体都应"立体""昭体"，如"失体"则成"谬体""讹体"。

郭英德曾将"文体"从外到内分为递进的四个层次，分别是体制，即文体的外在形貌、构架；语体，即文体的语言风格和修辞；体式，即文体的表现方式；体性，即文体的表现对象和审美精神。体制和语体是外在结构，体式和体性是内在结构。可以说是对《文心雕龙》"文体"一词的全面概括。① 此外，《文心雕龙》还强调文体与作者的联系，王瑶说："中国的文学批评，从它开始起，主要是沿着两条线发展的——论作者与论文体，一直到后来的诗文评或评点本的集子，也还是这样：一面是'读其文而不知其人可乎'的以作者为中心的评语，一面是'体有万殊'而'能之者偏'的各种文体体性风格的辨析。一切的观点与理论，都是通过两方面来表现和暗示的。"② 刘勰在"选文以定篇"时也以此来分析作家的创作风格。

## 一　明代重视辨体的原因

"从曹丕的典论论文起，文体辨析就一直在文论中占着极显的地位"③，刘勰在承袭前人成果的基础上，辨析源流、结合具体作品，对文体论做了集大成式的整理，完成了文体理论系统化的建构，它在指导为文的前提下系统地总结了各文体的特点、风格，因此傅刚提出："自汉魏以来，文体辨析到刘勰这里才真正地系统化、理论化，从而更具有指导意义。"刘勰以二十篇"文体论"将前代文章按文体分为34类，④ 之下又进

---

① 参见郭英德《中国古代文体学论稿》，北京大学出版社2005年版。
② 王瑶：《文体辨析与总集的成立》，《中古文学史》，北京大学出版社1998年版。
③ 同上书，第445页。
④ 这三大类是：诗、乐府、赋、颂、赞、祝、盟、铭、箴、诔、碑、哀、吊、杂文、谐、史传、诸子、论、说、诏、策、檄、移、封禅、章、表、奏、启、议、对、书、记、骚。

行细分，约为179小类，以时间和作家为经纬，对每一类"原始以表末，释名以彰义，选文以定篇，敷理以举统"。诚如有的学者所言："中国文体学成熟相当早，《文心雕龙》在文体学方面已经相当精深而有体系，此后的文体学可谓久盛不衰。"① 明人对文体的关注也是以文学创作为前提的，这与《文心雕龙》对文体论构建的初衷一致，如顾尔行在《刻文体明辨序》中说："尝谓陶者尚型，冶者尚范，方者尚矩，圆者尚规。文章之有体也，此陶冶之型范，而方圆之规矩也。"② 认为作文必先辨体，"体正而后意以经之，气以贯之，辞以饰之"。

就明代文坛状况而言，人们对文体存在着一种二律背反式的态度。一方面，明代文盛而体不及，如彭时在《文章辨体序》中说："宋西山真先生集为《文章正宗》，其目凡四，曰辞命，曰议论，曰叙事，曰诗赋，天下之文诚无出此四者，可谓备且精矣；然众体互出，学者卒难考见，岂非精之中犹有未精者邪。"③ 当时学者对众多文体卒难考见。另一方面，"明代是继南朝之后另一个文体学极盛的时代，而就研究规模之大、研究范围之广而言，明代远在南朝之上。对文章体制规范及其源流正变的探讨成了明代文学批评的中心议题，'辨体'之风，承宋元而来，至明代而集其大成"④。明代文体论者注重前人之说，对前代诸多文体的格式、特点、体貌做出了系统总结，涌现出了几部古代文体学的扛鼎之作，而这类作品都多方面借鉴了《文心雕龙》的内容，诚如薛凤昌所云，"论文诸家皆从此（《文心雕龙》）胚胎出"（《文体论》），明人对《文心雕龙》辨体的接受在总集中尤为显著。

## 二　总集对文体论的接受

总集是汇集多人作品而成的文集，《四库全书总目提要·集类·总集类》称其或"网罗放佚，使零章残什并有所归"，或"删汰繁芜，使莠稗咸除，菁华毕出"。前者多指文献的收集，不是严格的文学批评；后者则有明

---

① 吴承学：《中国文体学：回归本土与本体的研究》，《学术研究》2010年第5期。
② （明）吴讷、（明）徐师曾：《文章辨体序说　文体明辨序说》，人民文学出版社1962年版，第29页。
③ 同上书，第7页。
④ 吴承学：《明代文章总集与文体学——以〈文章辨体〉等三部总集为中心》，《文学遗产》2008年第6期。

确的选文标准，总集的批评性质多是针对后者而言。"编选总集，目的之一是便于读者观摩文章、学习写作。而从对作家作品的取舍和编次方法、体例上，可以见出编选者的批评标准和眼光；有的总集有序和评论，则其意见更为具体。因此，总集的编纂，在古代文学批评史上有一定的地位。"①总集对文章的鉴别选取也是文学批评的方式之一。"明代是南朝之后文体学极盛的时代，而明代的文章总集则是当时文体学中最有新意的批评形式。"② 明代总集编纂兴盛，在此氛围下，《文心雕龙》中的文体论也受到明人的关注，明人对文体论接受主要有两方面，一是分类，二是序题。

（一）分类

明代与魏晋对"文体"的理解差异很大，魏晋重特征，明代重分类。齐梁论"文体"侧重于艺术特征，"从曹丕至六朝，一谈到'文体'，所指的都是文学中的艺术的形相性；它和文章中由题材不同而来的种类，完全是两回事"③。明人更加关注"文类"，"假文以辨体"是明代总集类作品的一个重要特点，明人虽在分"类"，但更是在辨"体"，徐氏在《文体明辨序》中说"是编所录，唯假文以辨体，非立体而选文"，《文体明辨序》《文章辨体》《文体明辨》《文章辨体汇选》是明代文体学的代表作，其著述的落脚点都在"辨体"，即以"辨体"为目的来选文，使选文服务于辨体。诚如吴承学所言："刘勰《文心雕龙》已经为我们确立了早期文体学研究的经典研究模式，而明代的《文章辨体》、《文体明辨》、《文章辨体汇选》等又大体勾勒出传统文体的研究范围。"④ 上述三部著作或大量采摘《文心雕龙》原文，或袭用其观点。《文章辨体》采辑明前文体近60种，大类之下又分子目，其凡例云："仍宋先儒成说，足以鄙意，著为序题。录于每类之首，庶几少见制作之意云。"⑤ 贺复征以《文章辨体》为蓝本，收录先秦至明代130余类、780余篇文章，编成《文章辨体汇选》；《文体明辨》与《文章辨体》形式相似，涉及文体120余种、选

---

① 王运熙：《魏晋南北朝文学批评史》，上海古籍出版社1989年版，第117页。
② 吴承学：《明代文章总集与文体学——以〈文章辨体〉等三部总集为中心》，《文学遗产》2008年第6期。
③ 徐复观：《中国文学精神》，上海书店出版社2004年版，第133页。
④ 吴承学：《中国文体学：回归本土与本体的研究》，《学术研究》2010年第5期。
⑤ （明）吴讷、（明）徐师曾：《文章辨体序说　文体明辨序说》，人民文学出版社1962年版，第9页。

文 4800 多篇，每个文体前作"序说"，按文体下选文。在文体起源的理论上，秉承了刘勰"文出五经"的思想。对此，有学者指出："体与类之相混淆，似已萌芽于南宋章樵升之《古文苑序》，而大盛于明代鄙陋的文章选家。吴敏德有《文章辨体》，内集四十九体，外集五体。徐伯鲁有《文体明辨》，正编分一百有一目，附录分二十六目。贺仲来有《文章辨体汇选》，分一百三十二目。凡此所谓之体，实即文章之分类。明代既体与类混淆，便反映到《文心雕龙》的了解上，也把《文心雕龙》上篇所分的类认为'体'，反而把文体的本义埋没了。一路错了下来，这便是今人误解的来源。"① 这一说法虽稍显绝对，却指出了两个问题，一是明代文体学受《文心雕龙》的影响深刻；二是明人与刘勰对文体的理解并不完全相同。除上述三部集大成性质的文集外，《四六法海》《文脉》《文通》《明文衡》等也在不同程度上受到刘勰辨体说的影响。上述文集有的兼选本和文体学著作于一身，诚如徐师曾在《文体明辨》中所言："是编所录，唯假文以辨体，非立体而选文。"辨体成为它们的落脚点。《文章辨体》《文体明辨》《文章辨体汇选》都是甄选历代或是同代的文章分体编录，此三部受《文心雕龙》之影响尤为突出。此外，费经虞撰写的《雅伦》在论及赋、乐府、铭、颂、箴等文体时几乎都引用了《文心雕龙》中的论述，何三畏的《何氏类镕》、陈懋仁的《文章缘起注》在论及文体的时候，也均采摘了刘勰的文体论。可以说，当明人对文体现状进行反思、总结时，《文心雕龙》成了他们重要的参考经典。

（二）序题

序题是明代盛行的文学批评方式之一，它指"在文章总集中，编者对各种文体渊源流变与文体特色的阐释"②。"明人的总集把序题与文选结合起来，更为具体地体现了文体的分类、渊源流变与体制，并且成为一种重要的文体学研究方法和普遍的研究风气。"③《文心雕龙》对所论述文体分门别类地"原始以表末，释名以章义，选文以定篇，敷理以举统"，论述其起源、流变，释名并评论，既辨体又明体，成为序题研究最主要的渊

---

① 姚爱斌：《中国古代文体观念与文章分类思想的关系——兼与西方文类思想比较》，《海南大学学报》2007 年第 3 期。
② 吴承学：《明代文章总集与文体学》——以〈文章辨体〉等三部总集为中心》，《文学遗产》2008 年第 6 期。
③ 同上。

源和方法依据。冯惟讷在《选诗约注序》中言："夫说诗者,辨体为上,列训次之。古之遗文,庶乎可采。绘写群才,标明英藻,则参军《诗品》擅其详;敷论变异,沿陈宗旨,则通事《文心》著其略。"① 指出《文心雕龙》"敷论变异,沿陈宗旨"的特点。从序题与辨体关系看,中国古代文体分类研究大致可分为横向和纵向两种时态的研究。横向研究多类聚区分,以阐述文体的性质与特点为主,对"史"的脉络不甚关心;纵向研究则多追源溯流,魏晋文论多用此法,如挚虞的《文章流别论》、李充的《翰林论》等。刘勰在继承前人的基础上建立了纵横交织的文体分类体系。然纵向时态的方法对后世影响更大,诚如章学诚所云:"盖《文心雕龙》笼罩群言,而《诗品》深从六艺溯流别也。论诗论文,而知溯流别,则可以探源经籍,而进窥天地之纯,古人之大体矣。"② 对明人而言,他们在关注文体论的时候多将注意力集中在纵向时态的研究方法上,这在"序题"中有明显体现。

据前面的引述可知吴讷在著作中将序题置于各文体之前,先广泛征引前人对某一文体的解释,再结合时人的理解陈述自己的观点。此后的《文体明辨》《文章辨体汇选》不论在宗旨、体例还是具体内容上都与之相似,采用序题的模式,在每种文体之前作序,阐述其名称、流变、功用,并引前人文论资料作为佐证。上述著作的序题秉承了刘勰的研究方法,不仅在形式上以《文心雕龙》为范例,在具体内容上也大量征引《文心雕龙》中的内容来论证自己的观点。以"檄"为例,"按释文:'檄,军书也',春秋时,祭公谋父称文告之辞,即檄之本始……刘勰云'凡檄之大体,或述此休明,或叙彼苛虐。指天时,审人事,算强弱,角权势,故植义扬辞,务在刚健。插羽以示迅,不可使辞缓;露板以宣众,不可使义隐,"③。可以说,《文体明辨》是"继刘勰《文心雕龙》议论文体之后,中国古代又一文体论集大成之作,在中国古代文体批评发展史中有着极为重要的意义。虽然它不及刘勰议论文体之'体大而虑周',但也确实做到了分体愈细,辨析愈严,并全面总结了自先秦迄于明初的中国古代文体类型,特别是总结了齐梁以后新的文体类型,阐发了许多重要的文

---

① 杨明照:《〈文心雕龙〉校注拾遗》,上海古籍出版社1982年版,第455页。
② (清)章学诚:《文史通义》,上海书店出版社1988年版,第186页。
③ 同上书,第40页。

体观念,表现出鲜明的辨体意识,将中国古代的辨体批评再次推向了高峰"①。这虽是针对《文体明辨》而言的,但从中可见《文心雕龙》对明代文体论著作的影响。

在明代采用序题方式的总集中与《文心雕龙》关系密切的有黄佐的《六艺流别》,《六艺流别》涉及150多种文体,每种文体前有小序,简要说明各类文体及其相互联系、选文标准。

朱荃宰的《文通》在体制编排上也借鉴了《文心雕龙》的经验。《文通》分三部分,卷1至卷3论文之本原,卷4至卷19论文体,卷20至卷24论创作,卷25批评论,卷26至卷30以说经史为主,兼及诸家,卷31释梦,类似于《文心雕龙》序志。《文通》卷4至卷19论文体,所列出的体裁约有160余类,每类之下征引前人著作以辨体。"每有称引,不书其书必书其人,其出于臆断者,十不得一焉。"对诸多文体释名、阐述其功用和源流,表达自己的文体观。在其所征引的书目中就包括《文心雕龙》。如论册、檄、颂、教、奏、说、箴、碑、吊文、哀词、策、论、议、盟等时都袭用《文心雕龙》中的篇章。

### 三 文笔说

刘勰以韵的有无为标准把文体分为两大类。《明诗》《乐府》《诠赋》《颂赞》《祝盟》《铭箴》《诔碑》《哀吊》《杂文》《谐隐》诸篇包括诗赋等有韵文体为有韵之文,《史传》《诸子》《论说》《诏策》《檄移》《封禅》《章表》《奏启》《议对》《书记》包括经、史、子以及诏、令、启、奏等公文为无韵之笔。刘勰以此为标准的依据是"今之常言",也就是说当时人们普遍采用的标准。对此,章太炎说:"《雕龙》所论列者,艺文之部,一切并包。是则科分文笔,以存时论,故非以此为经界也。"② 可见刘勰并不主张两者绝对的区分,也并不赞同以文为主。刘勰的文笔论承袭魏晋,《晋书》中文笔并用共出现约10次,如"文笔奏议皆有条理""其文笔数十篇行于世"等,此时的文笔划分尚不细致,齐梁之时,情况变得复杂,文笔区分的标准也有所不同。颜延之提出"笔之为体,言之文也,经典则言而非笔,传记则笔而非言",将文体分为文笔言三类,以

---

① 贾奋然:《文体明辨序说的辨体观》,《首都师范大学学报》2007年第2期。
② 章太炎:《文学总略》,上海古籍出版社2001年版,第51页。

有无"文饰"来作为经典和传记的区别;梁元帝萧绎将文笔分为古之文笔和今之文笔,今之文笔与刘勰"今之常言,有文有笔,以为无韵者笔也,有韵者文也"之文笔意义相似。刘勰对"文""笔"二体同等看待,"然彦和虽分文笔,而二者并重,未尝以笔非文而遂摒弃之,故其书广收众体,而讥陆氏之未该。且驳颜延之曰:不以言笔为优劣。亦可知不以文笔为优劣也"①。

初唐沿用南朝传统的文、笔分目,但此后人们对"文笔"的理解已经模糊起来。文笔之分"唐宋以降,此谊弗明"②。罗根泽说:"唐代所谓'古文',律以'文'、'笔'之分,是'笔'不是'文',而唐代则以为'文'而提倡之……唐宋'以笔昌文',实则唐宋古文亦自有其文学价值与地位,但六朝之笔的分辨确因唐代的提倡古文而衰歇了。"③ 至明代,一般文人已"不知笔一语为何物"(冯班《钝吟杂录》)。明代典籍中的"文笔"的意义也不同于刘勰的"文笔说"。如《明史》载文征明"文笔遍天下,门下士赝作者颇多";"仆平生笃好文笔,所至必求披玩"(《观石室先生墨君真迹蓟丘李士行书》)。唐寅曰:"滥文笔之纵横,执谈论之户辙。"(《与文徵明书》)陆师道:"君天材卓逸,文笔华妙。"(《永之文集序》)可见,在明代文笔是文章的代称而不再具有文体的意义,刘勰文笔观在文体分类和文学观念上的影响也就微乎甚微了。

## 第二节 《文心雕龙》与通俗文体

明代通俗文学高度繁荣,小说、戏剧、传奇等文体俱达到前所未有的辉煌。与诗文相比,通俗文学对《文心雕龙》的接受并不突出。一方面,作为一部以宗经为纲的著作,刘勰对于文学中"俗"虽未加贬低,但也没有给予充分关注;另一方面,通俗文学主要以娱乐性和消遣性为主,追求市场化并迎合大众口味,盛行于明代的一些通俗文体在刘勰生活的年代尚未出现,因此《文心雕龙》所论及的"俗"多是一些通俗元素或通俗

---

① 关于"文笔之辨",各家主要的意见,可以参考冯源的《二十世纪"文笔"说研究述评》,《南都学刊》2005年第3期。
② 刘师培:《中国中古文学史讲义》,上海古籍出版社2000年版,第6页。
③ 罗根泽:《中国文学批评史》,上海书店出版社2003年版,第142页。

成分，而不是就整个通俗文体而言。

## 一 《文心雕龙》对"俗"的态度

"俗"与"雅"相对并存，"雅"字在《文心雕龙》中出现约200余次。在《体性》篇中刘勰对"雅"以下定义的方式做出解释："典雅者，镕式经诰，方轨儒门者也"，强调"雅"是从经书中熔炼而来，与儒家著作有着先天性的联系。

表5—1

| 内容 | 出处 |
| --- | --- |
| 圣文之雅丽，固衔华而佩实者也。 | 《征圣》 |
| 若禀经以制式，酌雅以富言。 | 《宗经》 |
| 然其文辞丽雅，为词赋之宗，虽非明哲，可谓妙才。 | 《辨骚》 |
| 若夫四言正体，则雅润为本。 | 《明诗》 |
| 后汉郊庙，惟杂雅章，辞虽典文，而律非夔、旷。 | 《乐府》 |
| 殷人辑颂，楚人理赋，斯并鸿裁之寰域，雅文之枢辖也。 | 《诠赋》 |
| 一国谓之风，风正四方谓之雅，容告神明谓之颂。 | 《颂赞》 |
| 其叙事也该而要，其缀采也雅而泽。 | 《诔碑》 |
| 先骋郑卫之声，曲终而奏雅者也。 | 《杂文》 |
| 五子作歌，辞义温雅，万代之仪表也。 | 《才略》 |

《文心雕龙》中"俗"出现约20余次，可与"俗"字同义互训的还有"鄙""俚""淫"等。

表5—2

| 内容 | 出处 |
| --- | --- |
| 迄及元成，稍广淫乐，正音乖俗，其难也如此。 | 《乐府》 |
| 然俗听飞驰，职竞新异，雅咏温恭，必欠伸鱼睨。 | 《乐府》 |
| 轻靡者，浮文弱植，缥缈附俗者也。 | 《体性》 |
| 正文明白，而常务反言者，适俗故也。 | 《定势》 |
| 然而俗监之迷者，深废浅售。 | 《知音》 |
| 夫文辞鄙俚莫过于谚，而圣贤诗书采以为谈，况踰于此，岂可忽哉。 | 《书记》 |
| 然俗皆爱奇，莫顾实理。传闻而欲伟其事，录远而欲详其迹。 | 《史传》 |

通过上述比对，刘勰对"雅"与"俗"的态度昭然若揭。一方面，从整体上看，刘勰对"雅"与"俗"的态度显而易见。在刘勰看来"雅"是文章应该具有的审美特性，与儒家思想有着先天的联系，是为文者深层次的价值诉求；刘勰对"俗"则是轻视甚至抵制，这从"浮文弱植""深废浅售"中可见一斑。除了艺术风格，刘勰对"俗"的内容也不欣赏。以《庄子》为例，《庄子》中"蜗角有伏尸之战""移山跨海之谈"，汪洋恣肆的文风、瑰丽飞腾的情节却被刘勰批评为"踳驳之类也"。对于《楚辞》中的神话描写，刘勰称其为"诡异之辞""谲怪之谈""狷狭之志""荒淫之意"。

另一方面，对于作为文学元素的"俗"，刘勰并未一并否定，他看到了"俗"独特的价值，看到了它"无益经典而有助文章"。"虽文辞鄙俚莫过于谚，而圣贤诗书采以为谈"，可见在刘勰看来，"俗"是对"雅"的补充，即"洽闻之士，宜撮纲要，览华而食实，弃邪而采正"。

## 二 小说对《文心雕龙》的借鉴

阐述明代小说对《文心雕龙》小说理论的接受，首先应该明确在刘勰所处的时期，"小说"是指什么，它与明代"小说"有何异同。

在《文心雕龙》涉及的百余种文体中并没有"小说"一类，对于其中的原因，研究者的意见并不统一。有的学者主张："《文心雕龙》中的小说理论，可以认为就是小说理论诞生的标志……《文心雕龙》中，以《谐隐》、《诸子》两篇，分别提出了小说文体论和小说史观，为我国形成传统的小说理论，开了先河。"[1] 更多的学者则主张刘勰对于小说并不重视，其原因主要有二：一是作为正统文人，刘勰对"俗"文学不以为然，不屑于视小说为一体，认为小说根本不足以进入其著作。二是在刘勰生活的年代，小说还没有成为固定文体。

较早对小说做出理论阐述的是桓谭，他说："若其小说家，合丛残小语，近取譬论，以作短书，治身理家，有可观之辞。"（《新论》）班固在《汉书·艺文志》中指出："小说家者流，盖出于稗官，街谈巷语，道听途说者之所造也。"《文心雕龙》中的《谐隐》《诸子》《辨骚》等篇章涉

---

[1] 赵伯英、胡子远：《〈文心雕龙〉小说理论蠡测》，《盐城师专学报》1989 年第 3 期。

及"小说"理论。《谐隐》篇载:"文辞之有谐隐,譬九流之有小说,盖稗官所采,以广视听。"通观魏晋时期的小说创作,结合干宝《搜神记》序中所云"若使采访近世之事,苟有虚错,愿与先贤前儒分其讥谤。及其著述,亦足以明神道之不诬也。群言百家不可胜览,耳目所受不可胜载,今粗取足以演八略之旨,成其微说而已"[1],可知在刘勰生活的年代,"小说"具有以下特点:其一,小说主要是文言短篇小说,如记鬼神怪异之事的志怪小说《搜神记》,记人物言行、逸闻逸事的《世说新语》。其二,小说虽非独立文体,但是其地位较之以前已有了提高,时人甚至将其比并于《七略》而称"八略"。其三,小说注重写实,记叙的真实性是其重要的特征。其四,小说具有教化作用,张华作《博物志》奏于晋武帝。晋武帝诘问:"卿才综万代,博识无伦,远冠羲皇,近次夫子,然记事采言,亦多浮妄,宜更删翦,无以冗长成文,昔仲尼删《诗》、《书》不及鬼神幽昧之事,以言怪力乱神。"[2] 对《文心雕龙》中小说理论的理解应该结合这种大的文学背景,对此张开焱曾发表过一系列的论文进行探讨。[3] 他指出在刘勰所处的时代,小说是与承载大道之大言相对的小道之言,只是一个超文体的文化概念,是一个文化学意义上的知识论和价值论范畴定位的概念,并没有形成独立文体,在这种传统和背景下,《文心雕龙》对小说的论述自然也没有上升到文体的高度。事实上,魏晋时期的文论家如曹丕、钟嵘、陆机、葛洪等人在其文论著作中鲜有论及小说。"对于'小说'文学形式的不接受、不认可,也是当时文学理论研究者的共同认识。"[4] 除了《文心雕龙》外,萧绮的《拾遗记序》[5] 也阐述了一些与小说相关的理论,提出"不强求有无,非守文于一说"的观点。有的学者认为刘勰《文心雕龙》潜含小说观的意义和价值在于:"他在文论

---

[1] (唐)房玄龄:《晋书》,中华书局1974年版,第2150—2151页。
[2] (晋)王嘉撰,(梁)萧绮录:《拾遗记》,中华书局1981年版,第217页。
[3] 参见《中国古代小说概念流变与定位再探讨》,《广东民族学院学报》1997年第3期;《文化二元对立格局中的中国古代小说观念》,《华中师范大学学报》2002年第2期;《二元对立格局中中国小说文化品格的指认》,《东方丛刊》2002年第3期。
[4] 郝敬:《刘勰文心雕龙不论"小说"辨》,《贵州师范大学学报》2011年第4期。
[5] 《拾遗记》著录复杂,《晋书》载"著《拾遗录》十卷"。《隋志》史部杂史类著录《拾遗录》二卷,题"伪姚苌方士王子年撰";又著录《王子年拾遗记》十卷,题萧绮撰。新旧《唐志》杂史类均著录《拾遗记》三卷,题王嘉撰;又有《拾遗记》十卷,萧绮撰,新《唐志》则题萧绮录。

史上第一次从文体论角度将小说作为一个潜在的价值论概念和标准来描述评价各种文体和作家作品，从而使小说概念获得了具体形态和形式。"[1]但不可否认，刘勰的小说理论主要是针对小说这一文体中的艺术手法等构成元素而言的。对此，明人也持相同的观点。胡应麟说："凡变异之谈，盛于六朝，然多是传录片讹，未必尽幻设语。"[2] 认为六朝的传录片讹不足以称为小说；沈德符则认为："夫小说家盛于唐而滥于宋，溯其初，则萧梁殷芸，始有小说行世。"（《万历野获编序》）

从文体的角度来看，如果将小说列入《文心雕龙》"文"的范围，显然有些牵强。明人对《文心雕龙》小说部分的论述多是从艺术手法的角度展开的。《文心雕龙》中《谐隐》《诸子》都涉及带有小说元素的理论问题。"《谐音》虽非专论小说，而小说之体用，固已较然无爽，不得以漏讥之也。"[3] 以《谐隐》为例："文辞之有谐隐，譬九流之有小说，盖稗言所采，以广视听。"一方面，谐隐类似于嬉笑话、嘲笑话，虽有讽谏之用，但这种"欢谑之言"的主要作用是为了博人发笑，难入大雅之流；另一方面，谐隐还是一种写作的手法，如其"遁辞以隐意，谲譬以指事"。此外，从理论的角度看，《文心雕龙》中的《神思》篇虽不是直接针对小说而言的，但其中关于想象、虚构的内容对小说创作具有积极影响。诚如张开焱所言："在刘勰的时代，小说的虚构性（'依托'）、怪诞性（'迂怪'）、游戏性（'俳说'、'谐戏'）、杂体性、边缘性和对于正统意识形态的鄙俗化成为其重要文化特征，这些特征对于我们理解小说在中国古代的地位和文化功能有重大意义，而现代学者对于这种意义的理解和注意都很不够。"[4] 此外，明代的小说作者和理论家对《文心雕龙》的小说理论的接受也不深入，虽有些理论家谈到了小说理论，但不见得是来自《文心雕龙》，如胡应麟认识到唐传奇"有意"虚构的创作特征，把"幻设语"视为唐传奇有别于六朝"变异之谈"的标志性特征。

明代的通俗文学理论很大一部分根植于诗文批评。在明代的《文心

---

[1] 张开焱：《魏晋六朝文论中的小说观念与潜观念——以文心雕龙的文体论为例》，《暨南学报》2007年第5期。

[2] （明）胡应麟：《少室山房笔丛·二酉缀遗》，上海古籍出版社2001年版。

[3] 刘永济：《〈文心雕龙〉校释》，中国人民大学出版社2007年版，第46页。

[4] 张开焱：《魏晋六朝文论的中小说观念与潜观念——以〈文心雕龙〉的文体论为例》，《暨南学报》2007年第5期。

雕龙》接受者中，对《文心雕龙》"小说"理论关注较多的是郭子章。郭子章（1542—1618），字相奎，号青螺，泰和（今属江西）人，其著述众多，有《六语》《古今郡国名类》《豫章杂记》《潮中杂记》《豫章诗话》等。《六语》31卷，分《谚语》7卷、《谣语》7卷、《谐语》7卷、《隐语》2卷、《讥语》2卷、《谶语》6卷，今存万历年间刊本除《讥语》作1卷外，其余皆同。《四库全书总目》卷144子部小说家类存目二有载。

《谐语序》云：

> 夫谐之于六语，无谓矣，顾诗有善谑之章，语有莞尔之戏，史记传列滑稽，雕龙目著谐隐，邯郸笑林，松玢解颐，则亦有不可废者。顾谐有二：有无益于理乱，无关于名教，而御人口给者，班生所谓口谐倡辩是也，有批龙鳞于谈笑，息蜗争于顷刻，而悟主解纷者，太史公所谓谈言微中是也。①

《隐语序》云：

> 谳者，隐也，其词遁而僻，其旨深以晦，内无关于情性，外无与于理乱，似若无足采者，而刘舍人鳃云：隐语之用，意生于权谲，事出于机急。大者兴治济身，其次弼违晓惑。又似若不可捐者，何也？夫隐语有二：有不得不隐者，有可以无隐者。遇主于巷，难以自牖，理谕之不可，势禁之不可，危言动之、犯颜诤之又不可，不得不隐其语，以冀必从。事关军国，势切危迫耳。属于垣虎坐于床，君不密则失臣，臣不密则失身，机事不密则害成，不得不隐其语，以冀必济。如麦麹、庚癸，浩浩育育之类，则刘舍人所云兴治济身者，何可捐也？若寄生窦数、黄绢幼妇之类，不过作俳优之雄，以媚于人主，造艰深之词，以述于后世，是予所云无与于情性、理乱者，可以无隐也。今二者备载于篇，令读者择焉。②

---

① 王利器辑录：《历代笑话集》，上海古籍出版社1981年版，第175页。
② 高伯瑜等编：《中华谜书集成》第一册，人民日报出版社1991年版，第44页。

## 第五章 明代对《文心雕龙》文体论的接受

郭子章将隐语分为"不得不隐者"和"可以无隐者"两类，虽两类皆录，但郭子章对它们的态度却不同。对"不得不隐者"郭氏与刘勰的态度并无二致；对"有可以无隐者"，则归入俳优之作。此外，《谐隐》篇说："古之嘲隐，振危释惫。虽有丝麻，无弃菅蒯。会义适时，颇益讽诫。空戏滑稽，德音大坏。"从主要特征、正反作用、社会功效等方面强调它是"以文为戏"。"以文为戏"的理论早在先秦时期就已萌芽，《庄子》中的"以谬悠之说，荒唐之言，无端崖之辞，时恣纵而不傥，不以觭见之也。以天下为沈浊，不可与庄语，以卮言为曼衍，以重言为真，以寓言为广"①，虽没直接讲出，但却与"以文为戏"相通；西汉司马迁《史记》设《滑稽列传》，肯定了滑稽俳谐有益时用的功能。而《文心雕龙》"从理论上对以文为戏的有关问题作了颇为深刻的探讨，影响也极深远"②。继唐代韩愈《毛颖传》创作掀起的对这一论题的大讨论之后，明代"以文为戏"之说又有了新的发展。胡应麟在论及《古岳渎经》时说："此文出唐小说，盖即六朝人踵《山海经》体而赝作者。或唐文士滑稽玩世之文，命名《岳渎》，可见以其说颇诡异，故后世或喜道之……总之以文为戏耳。"③ 认为"以文为戏"作为一种创作方法具有其特异色彩和引人入胜的艺术格调。李维桢的《广滑稽序》、李日华的《广谐语序》都表达了对"以文为戏"的理解，两人虽未直接提及《文心雕龙》中的《谐隐》篇，但两人对《文心雕龙》都曾精细地研读，其中也显示出刘勰小说论的观点。

李维桢的《广滑稽序》④ 言："太史公遭祸，无有谈言微中为之解纷者，郁结不通，而寄思于滑稽。"实际上表达了他对"以文为戏"的理解，文人之所以如此，很大程度上是"郁结不通"，信而见疑，忠而被谗的无奈之举，如李昌祺说："非藉楮墨吟弄，则何以豁怀抱，宣郁闷乎？虽知其近于滑稽谐谑，而不遑恤者，亦犹疾痛之不免于呻吟耳，何庸讳

---

① （清）王先谦：《庄子集解》，商务印书馆1988年版，第200页。
② 方胜：《论"以文为戏"——明清小说理论研究札记》，《明清小说研究》1988年版。
③ （明）胡应麟：《少室山房笔丛》，上海书店出版社2001年版，第316页。
④ 《广滑稽》三十六卷，陈禹谟编。禹谟有《经籍异同》，已著录。是编采掇诸书琐事隽语，不分门目，仍以原书为次第，仿曾《类说》之例。其原书久佚，仅从他书所引数条，仍标原目，仿陶宗仪《说郛》例。

哉?"(《剪灯余话序》)李日华在《广谐史序》① 中言:"滑稽于艺林者,史裁悉具,又宁独才局意度与其际用之微,可借形以托,即阀阅谱绪,爵里徽拜,建树谥诔。"② 事实上,《文心雕龙》的《谐隐》篇所涉及的不仅仅是小说,如有的学者提出:"梁代刘勰《文心雕龙》《谐隐篇》是最早系统论述谜语的文艺理论专篇。它列举了春秋以来隐语的发展情况,说到了隐语在古代的讽刺劝诫作用。"③ 此外,明人对《文心雕龙》小说理论的接受还体现在对小说的评点之中,这在下一章中有论及,此处不再赘述。

### 三 戏曲对《文心雕龙》的借鉴

戏曲是明代最重要的文学形式之一。其主体可分为进行一度创作的创作者和进行二度创作的表演者。明代戏曲文本的创作主体多是鸿儒硕士和文人墨客,朱权《太和正音谱》的《杂剧十二科》云:"杂剧,俳优所扮者,谓之'娼戏'、故曰'勾栏',子昂赵先生曰:'良家子弟所扮杂剧,谓之'行家生活',娼优所扮者,谓之'戾家把戏',良人贵其耻,故扮者寡,今少矣,反以娼优扮者谓之'行家',失之远也或问其何故哉?则应之曰:杂剧出于鸿儒硕士、骚人墨客所作,皆良人也。若非我辈所作,娼优岂能扮乎?推其本而明其理,故以为'戾家'也。"④ 戏曲出现之初并不存在阶级、层次上的差别,但当"曲"走入文人士大夫的视野后,民间艺人便被排除在戏曲创作之外了。戏曲理论在明中叶至清初空前繁荣,与文学理论的完善和系统相比,戏曲理论并没有形成专门的批评理论形态,戏曲家在阐述其理论时仍多以传统的诗学思想为基础,"比如情感、本色、语言等曲学论著中不断讨论的问题,几乎皆以诗学观念为起点、为归宿,完全可以还原到诗学领域,作中国诗学的整体观"⑤。而当

---

① 明陈邦俊编,邦俊字良卿,秀水人。徐常吉尝采录唐、宋以来以物为传者七十余篇,汇而录之,名曰《谐史》。"邦俊因复为增补得二百四十余首。夫寓言十九,原比诸史传之滑稽,一时游戏成文,未尝不可少资讽谕。至于效尤滋甚。面目转同,无益文章,徒烦楮墨。搜罗虽富,亦难免于叠床架屋之讥矣。"

② 侯忠义:《中国文言小说参考资料》,北京大学出版社1985年版。

③ 张文玲:《我国古籍之最》,福建人民出版社1983年版,第159页。

④ (明)朱权:《太和正音谱》,载《中国古典戏曲论著集成》(三),中国戏剧出版社1959年版,第23页。

⑤ 陈良运:《曲论对中国诗学的贡献》,《文艺理论研究》2005年第2期。

时的很多戏曲理论家本身就是文学批评家,他们关注戏曲批评,这其中就包括若干精研过《文心雕龙》的研究者,如杨慎、胡侍、王世贞、梅鼎祚、屠隆、李日华等。因此,《文心雕龙》对戏曲理论如声律、构思乃至方法论等方面也产生了一定的影响。

杨慎在戏曲方面也颇有建树①。他同张含之间除了曾对《文心雕龙》进行探讨外,还创作散曲互相唱和,② 也提出理论上的观点。以声韵为例,声韵是戏曲创作的主元素之一,杨慎在《词品》"北曲"条中说:"《南史》蔡仲熊曰:'五音本在中土,故气韵调平。东南土气偏僻,故不能感动木石。'斯诚公言也。近世北曲,虽皆郑卫之音,然犹古者总章北里之韵,梨园教坊之调,是可证也。"③ 在探讨声律时,他引入《文心雕龙》的声律篇来分析元曲中的韵律和平仄:

> 《文心雕龙》声律篇云:"异音相从谓之和,同声相应谓之韵。韵气一定,故余声易遣;和体抑扬,故遗响难契。"宋词元曲,皆于仄韵用和音以叶平声。盖以平声为一类,而上去入三声附之。如东董是和,东中是韵也。④

王骥德(?—1623)字伯良,会稽(今浙江绍兴)人。明代戏曲作家、曲论家,为曲家界之巨擘,其《曲律》共4卷、40节,按专题分类,内容涉及戏曲源流、音乐、声韵、曲词特点及作法,戏曲品评。《曲律》总论"南北曲第二"云:"曲有南、北,非始今日也。关西胡鸿胪侍《珍珠船》引刘勰《文心雕龙》,谓涂山歌于'候人',始为南音;《有娀》谣于'飞燕',始为北声;及夏甲为东,殷整为西,古四方皆有音。而今歌曲,但统为南、北。"⑤ 也反映出戏曲界对《文心雕龙》的关注。

---

① 任讷编订的《陶情乐府》和王文才整理的《陶情乐府续集》《升庵乐府补遗》中收录了杨慎创作的套数四套、重头120首、小令26首和散套小令数十首。其杂剧《洞天玄记》一卷今天仍存。
② 杨慎曾作《清江引》:"人间荣华无主管,树倒胡孙散。天吴紫凤衣,黄独青精饭。先生一身都是懒。"张含和:"老来翻教儿辈管,世味抟砂散。空思张翰莼,顿减廉颇饭。狂歌兴来犹未懒。"
③ (明)杨慎:《词品》,上海古籍出版社2009年版,第24页。
④ 杨明照:《〈文心雕龙〉校注拾遗》,上海古籍出版社1982年版,第586页。
⑤ (明)王骥德:《王骥德曲律》,湖北人民出版社1983年版,第33页。

## 第三节 《文心雕龙》与骈散兼宗

### 一 骈散兼宗与"自然"

蒋伯潜曾把我国的文体论概括为三派[①]，分别是以萧统《文选》为代表的骈文派、以刘勰《文心雕龙》为代表的骈散兼宗派、以姚铉《唐文粹》为代表的散文派。骈文[②]创作出现于汉魏时期，刘师培在其《论文杂记》中说："建安之世，七子继兴，偶有撰著，悉以排偶易单行，即非有韵之文，亦用偶文之体，而华靡之作，遂开四六之先，而文体复殊于东汉。其迁变者一也。"[③] 当时的文章，如曹植的《洛神赋》、曹丕的《答繁钦书》等都具有了骈文的基本特征，至两晋，骈文已经具备规范的文体特征，并开始刻意追求文辞华美和音韵和谐。骆鸿凯在《文选学》中谈及陆机的《豪士赋序》，评价："裁对之工、隶事之富，为晋文冠，而措语短长相间，竟下开四六之体。"齐梁骈文在对偶、声律、用典等体制上已经达到完全的成熟，但这一时期却鲜有与之相关的专门理论著作，相关内容多是在一些著作的篇章中有所提及，如萧子显说："缉事比类，非对不发；博物可嘉，职成拘制。或全借古语，用申今情；崎岖牵引，直为偶说；唯睹事例，顿失清采；此则傅咸五经，应璩指事，虽不全似，可以类从。次则发唱惊挺，操调险急；雕藻淫艳，倾炫心魂；亦犹五色之有红紫，八音之有郑卫，斯鲍照之遗烈也。"[④] 描述骈文的艺术特征，直指此类文章过度讲究用典和雕琢的弊端。

---

[①] 蒋伯潜：《文体论纂要》，正中书局1946年版，第11页。

[②] 骈文最初指的是一种创作技巧，六朝时并没有"骈体""骈文"之名。最早将骈文与散文并举的是宋代的罗大经，其《鹤林玉露》一书中说："'四六'特指对耳，其立意措辞贵浑融有味，与'散文'同。"其后，王应麟在其《词学指南》中说："诏书或用散文，或用四六，皆得。唯四六者下语须浑全，不可如表求新奇之对而失大体。"骈文在不同时期所对应的名称并不一致，六朝称今文、唐宋称四六、清代称骈体。其文章特征亦不相同，南宋陈振孙说："四六偶俪之文，起于齐梁，历隋唐之世，表章诏诰多用之。然令狐楚、李商隐之流号为能者，殊不工也。本朝杨刘诸名公，犹未变唐体。至欧苏始以博学富文，为大篇长句，叙事达意，无艰难牵强之态，而王荆公尤深厚尔雅，俪语之工，昔所未有。"其总体特征却有一致性，即都注重声律、用词、句式等。

[③] 刘师培：《中古文学论集》，中国社会科学出版社1997年版，第234页。

[④] （梁）萧子显：《南齐书》，中华书局1972年版，第908页。

谢无量在《骈文指南》中言:"骈文盛于六朝之际,而论其体制,较其优劣者,以《文心雕龙》之书为最备。"①"刘勰《文心雕龙》讥评古今文章得失,自诗、骚、赋……议论、书记之属,无不一一明其指要,较其利病。其中虽合诗赋杂笔而言,要以近于骈文者为多。况彦和之时,为文竞尚声音比偶,观《雕龙》之持论,则于骈文之秘奥,可以思过半矣。"②《文心雕龙》中与骈文理论批评关系最直接的是《丽辞》篇。孙德谦《六朝丽指》中有曰:"丽辞之兴,六朝称极盛焉。夫沿波者讨源,理枝者循干。作为斯体,不知上规六朝,非其至焉者矣。""吾观《文心雕龙》,《诠赋》与《丽辞》各自为篇,则知骈俪之文且不同于赋体矣。故文虽小道,体裁要在明辨也。若欲救律赋之弊,多读六朝文,必能知之。"③张仁青认为:"梁刘勰撰《文心雕龙》,尝标'丽辞'一目,扼要说明丽辞之源流及其法式,并旁及丽辞之难易优劣,此为丽辞立名之始,亦为对偶文字立名之先声……骈丽文体虽风行文坛长达数百年,词人才子,云蒸霞蔚,琼章茂制,车载斗量,但始终未尝加以界说,或命以固定之名称。载笔之伦,徒事沿袭,有不知其然而然者。直至刘韶撰述《文心雕龙》,始名之为'俪辞',自兹厥后,'俪辞'一名遂广为学界所沿用矣。"④

刘勰主张骈散并举的出发点和归宿点在于"自然"。他认为骈文、古文"体本同而末异",都是为了应用,这种应用也应做到顺其自然。在《丽辞》开篇,刘勰指出骈散应各有所宜、顺其自然。运用骈散,是为了使为文恰到好处,正如刘永济所言:"文之有采,亦非故为雕琢也……迳情直言,未可谓文也;雕文伤质,亦未可谓文也。必也,参酌文质之间,辨别真伪之际,权衡深浅之限,商量浓淡之分;以求其适当而不易,而后始为尽职。"⑤ "以求其适当"一语中的地道出了刘勰骈散兼用的目的和尺度。黄侃也认为:"舍人之言,明白如此,真可以息两家之纷难,总殊轨

---

① 梓潼、谢无量:《骈文指南》,中华书局1940年版,第10页。
② 同上书,第10—11页。
③ 孙德谦:《六朝丽指》,1923年四益宧自刊《孙隘堪所著书》本。
④ 张仁青:《中国骈文发展史》,台湾中华书局1970年版。
⑤ 刘永济:《〈文心雕龙〉校释》,中华书局2007年版,第106页。

而齐归者矣。"① 刘永济说："故舍人上篇举一切文体而并论之。此亦其识度通圆，无畸轻畸重之失，与后世骈文家轻古文、散文家诋骈文者异矣。"② 总之，在骈文胜极的时代，刘勰能提出这种骈散兼举、殊轨而齐归的文学主张，其见识之卓然让人叹服，而后世的骈散并重之说莫不源于刘勰。

### 二 明人对骈散兼宗的接受

骈文在明代地位特殊。它并不为时人所称道，却又是明代士子最为关注的科考应用文体。如章世纯在《骈文与散文》中说："（明代）骈文全为应付考试而作，多半随着题目敷衍成文……但是骈文却因为它有专门的用处才得与散文为分别得流传，而不致成为骨董。"《文心雕龙》作为一部骈文著作，接受者对其骈文理论的接受与明代骈文的发展状况关系密切。明初沿袭宋代余风，骈散并行，散体古文为文章正宗，骈文处于从属地位。元人刘壎认为："宋初承唐习，文多俪偶，谓之昆体……海内皆归焉。然朝廷制诰、缙绅表启，犹不免作对。虽欧曾王苏数大儒皆奋然为之，终宋之世不废，谓之四六，又谓之敏博之学，又谓之应用。士大夫方游场屋即工时文。既擢科第舍时文，即工四六，不者弗得称文士。大则培植声望，为他年翰苑词掖之储；小则可以结知当路，受荐举。虽宰执亦或以是取人，盖当时以为一重事焉。"（《隐居通议》）刘氏之语说的虽是元代的骈文，但明代尤其是明代早期情况亦是如此。统治阶级对于骈俪文风颇为反感，明初的骈体已有制艺时习气，具有骈体、试赋、经义的混合特征。至明中叶，前后七子力倡"文必秦汉，诗必盛唐"，这种具有混合特征的骈体几乎销声匿迹了。

骈文的式微对于《文心雕龙》的接受也有负面影响，作为一部骈文

---

① 黄侃在《〈文心雕龙〉札记》中说："文之有骈俪，因于自然，不以一时一人之言而遂废。然奇偶之用，变化无方，文质之宜，所施各别。或鉴于对偶之末流，遂谓骈文为下格。或惩于俗流之恣肆，遂谓非骈体不得名矣；斯皆拘滞于一隅，非闳通之论也。惟彦和此篇所言，最合中道。一曰高下相须，自然成对。明对偶之文依于天理，非由人力矫揉而成也。次曰岂营丽辞，率然对尔。明上古简质，文不饰雕，而出语必双，非由刻意也。三曰句字或殊，偶意一也。明对偶之文，但取配俪，不必比其句度，使语律齐同也。四曰奇偶适变，不劳经营。明用奇用偶，初无成律，应偶者不得不偶，犹应奇者不得不奇也。终曰迭用奇偶，节以杂佩。明缀文之士，于用奇用偶，勿师成心，或舍偶用奇，或专崇俪对，皆非为文之正轨也。"

② 刘永济：《〈文心雕龙〉校释》，中华书局2007年版，第106页。

著作，虽然以明代《文心雕龙》序跋为代表的一些文论也在为其骈文的特点进行辩护甚至褒扬，如：

表5—3

| 作者 | 内容 |
| --- | --- |
| 胡维新 | 文藻翩翩。 |
| 秦怀庭 | 文心雕龙，葩藻胜矣。 |
| 沈津 | 辞旨伟丽。 |
| 胡应麟 | 史通之为书，其文刘勰也，而藻绘弗如。 |
| 曹学佺 | 其文辞，灿然可观。义炳而采流。 |
| 顾起元 | 至其辞条佚丽，蔚乎惊龙，辨骚有云"才高者菀其鸿裁，中巧者猎其艳词"，殆是自为赏誉耳。 |
| 叶联芳 | 若锦绮错揉，而毫缕有条。若星斗杂丽，而象纬自定。诡然而潜，耀然而见，烂然而章，灿然而络。 |

但这些针对时人评价而发的辩护也说明了当时人们对《文心雕龙》骈文特征的反感，如乐应奎认为此书过于华靡，进而又将此种特点与六朝文风相联系。至明代中后期，以杨慎为代表的文人才在反拨宗唐宗汉的视角下关注包括骈文在内的六朝文学。明末，骈文开始了复兴的前奏，吴应箕云："世之无古文也久矣，今天下不独能作，知之者实少，小有才致，便趋入六朝，流丽华赡，将不终日而靡矣。"（《与刘舆父论古文诗赋书》）风动景随，明人对《文心雕龙》骈文理论的接受主要集中于中晚明时期。在接受《文心雕龙》的诸多文人中，很多都在骈文理论上造诣非凡，如李日华有《四六类编》《四六全书》，钟惺有《新镌选注名公四六云涛》，王明嶅有《宋四六丛珠汇选》，王志坚有《四六法海》等，而他们也受到了《文心雕龙》骈散兼宗的影响。由于上述原因，骈文在明代并没有形成系统的理论，而明人对《文心雕龙》骈散兼宗的接受散见于当时的部分作品和著作中，以下举例来说明。

《文脉》，王文禄编著。王文禄（1503—1586后），字世廉，号沂川，嘉靖十年（1531）举人。《文脉》全书三卷，论古今之文。其中第一卷总论，诗文并举，梳理文章的渊源和流变；第二卷杂论，论古人之文；第三卷新论，论自宋濂至黄省曾之文。所录骈散皆入。在文章典范方面，王文禄虽重秦汉、唐宋，但更重六朝，王文禄对于骈文有客观的认识，他对六朝文字在艺术上的藻丽尤为欣赏。《文脉》云："夫六朝之文，风骨虽怯，组织甚劳，研覃心精，累积岁月，非若后代率意疾书，顷刻盈幅，皆俚语也。"① 认为六朝骈文虽有诸多不足，但在文采上却值得称道，这与刘勰注重文质统一的观念契合，《文脉》卷一引用"百龄徂影，千载心在"，卷二在谈论魏晋时期的骈文时特别提及刘勰。

《四六法海》，王志坚编著。王志坚（1576—1633），字弱生，江苏昆山人。此书12卷，选自魏晋至元文章702篇，卷首自序列四六文源流，"每篇之末，或笺注其本事，或考证其异同，或胪列其始末"，该书辨体的重点不是各体文章的起始之作，而是各种文体最早出现骈俪化倾向的作品。其中第十卷选《文心雕龙》之《物色》篇，篇末附录刘勰之介绍。《四六法海》深得《文心雕龙》骈散并重的理念，今天学者认为《四六法海》一书在骈文批评方面有特殊的贡献，选文"没有严格的骈散壁垒，主要是兼容，两持其平"②。

陆符在《四六法海序》中亦云："先秦两汉之文，至六朝而一变，六朝骈偶之作，至韩、柳而再变。一变而秦汉之体更，再变而秦汉之法出。故唐以后称大家者，无不以韩、柳为宗，乃昌黎固所称起八代之衰，振绮靡之习者也。柳州则始泛滥于六朝，而既溯洄于秦汉。由是称两家者，率略其四六，而特重其古文辞。其古文辞历传为欧、苏、曾、王。迨读其四六制作，则又无不谢六代之华，而启一时之秀焉。然则四六固古文辞所不得轻以意退者矣。"③ 陆符认为，四六与古文辞一样重要。他严厉批评了那些"以古文辞睥睨当世而抗谈秦汉，唾弃唐宋，薄六朝金粉而不为"的人，说他们不足"以语文章之原委"。这里同样对六朝文与四六文作了大力的肯定。王志坚骈散并重的观点在书中的选文上有明显的体现。书中刻意选录了欧阳修《谢致仕表》，苏轼《贺欧阳少师致仕启》《贺杨龙图启》《谢贾朝奉启》，王安石《谢知制诰启》等古文家的骈文，以证明骈散的兼容性。《四六法海》骈散兼宗是对"读者知四六之文，运意遣词，与古文不异"观点的肯定。

---

① 贾文昭：《中国古代文论类编》，海峡文艺出版社1988年版，第277页。
② 于景祥：《骈文论稿》，中华书局2012年版，第245页。
③ 吴文治：《古典文学研究资料汇编——韩愈资料汇编》，中华书局1983年版，第838页。

第五章　明代对《文心雕龙》文体论的接受　　153

吴讷、徐师曾等对骈散虽不是等同视之，有重散文轻骈文的倾向，但其骈散兼宗的思想多处可见，如：

表 5—4

| 《祭文》 | 其辞有散文，有韵语……韵语之中，又有散文……俪体之不同。 |
| --- | --- |
| 《书记》 | 今取六者列之，而辨其体以告学者：一曰书，书有辞命、议论二体；二曰奏记，二者并用散文；三曰启，启有古体，有俗体；四曰简，简用散文；五曰状，状用俪体；六曰疏，疏用散文。 |
| 《露布》 | 然二文既不传，而后人所作，皆用俪语。 |
| 《御札》 | 大抵多用俪语，盖敕之变体也。 |
| 《奏疏》 | 革百王之杂称，减中世之俪语，此我朝之所以度越前代者也。 |

文中对骈文并无偏废。吴讷在《文章辨体·诏》中说"唯两汉诏辞深厚尔雅，尚为近古，而偶俪之作则去古远矣"。且"散文以深纯温厚为本，四六须下语浑全，不可尚新奇华巧而失之大体"，虽是说诏书，但也从侧面指出骈文尚新奇华巧而失深纯温厚的问题。但他对骈文也有客观的认识，《文章辨体·凡例》中称："作文以关世教为主……凡文辞必择辞理兼备、切于世用者取之；其有可为法戒而辞未精，或辞甚工而理未莹，然无害于世教者，间亦收入。至若悖理伤教及涉淫放怪僻者，虽工弗录。"① 且此书在假选文以辨体的同时也做到了骈散兼蓄，内集收录散文，外集收录骈体。"海虞吴先生有见于此，谓文辞宜以体制为先。因录古今之文入正体者，始于古歌谣辞，终于祭文，董为五十卷；其有变体若四六、律诗、词曲者，别为外集五卷附其后。"② 然内集中也有骈文，如陆机《文赋》、谢惠连《雪赋》、谢庄《月赋》、骆宾王《讨武曌檄》皆收录其中。

---

① （明）吴讷、（明）徐师曾：《文章辨体序说　文体明辨序说》，人民文学出版社 1982 年版，第 9 页。

② 同上书，第 8 页。

# 第六章

# 明代对《文心雕龙》知音论的接受

《文心雕龙》是中国文学理论史上较早系统阐述文学接受理论的著作。《文心雕龙》关注接受主体,强调了读者在接受过程中容易出现的诸多问题和解决这些问题的途径。明代批评家多兼创作家的身份,他们对知音论的接受在兼顾鉴赏的同时仍以指导写作为目的,或为创作,或为纠偏,或为复古。此外,明代通俗文学繁荣,通俗文学的批评也随之兴盛,小说戏曲理论中的一些批评原则和批评方法很多都由诗文理论批评中移植而来,《文心雕龙》中的知音论就是被借鉴的对象之一。

## 第一节 对知音论接受的前提

中国古代与接受理论相关的文论源远流长、瑾瑜纷呈,不仅涉及接受主体、接受方式、接受标准等诸多内容,还形成了一系列具有民族特色的接受观点,如言不尽意、涤除玄鉴、妙悟等。然而对接受理论进行深刻的系统性建构的却是刘勰的《文心雕龙》。《文心雕龙》中的知音论部分是中国文学理论批评史上较早系统阐述文学接受的专论。

### 一 知音论的内容

《序志》云:"怊怅于知音。""知音"本指通晓乐理、熟稔音律之人。《吕氏春秋·长见》载:"晋平公铸为大钟,使工听之,皆以为调矣。师旷曰:'不调,请更铸之。'平公曰:'工皆以为调矣。'师旷曰:'后世有知音者,将知钟之不调也,臣窃为君耻之。'"[①]《吕氏春秋·本味》中对

---

[①] (战国)吕不韦:《吕氏春秋》,山西古籍出版社2001年版,第79—80页。

伯牙和钟子期友情的记载也成为后世理解"知音"的源头。《礼记·乐记》云："惟君子为能知乐。是故审声以知音，审音以知乐，审乐以知政，而治道备矣。"① 视知音为考察国政成败兴衰的手段。刘勰此处的"知音"兼具上述意义。由于鉴赏论和批评论存在交叉，所以学界对《文心雕龙》"知音论"部分的划分并没有统一的标准。牟世金先生认为《知音》篇正是把批评与鉴赏兼顾并论，"体现了文学史上第一篇文学批评鉴赏论的重要成就，而批评和鉴赏的适当结合，也是古代文论中值得发扬的好传统"②。《文心雕龙》中的知音论部分是以《知音》篇为核心，包括了其他诸多篇章的接受理论。其中《知音》篇③是这一理论最核心的篇章，其他如《辨骚》篇中的"才高者菀其鸿裁，中巧者猎其艳辞，吟讽者衔其山川，童蒙者拾其香草"，也体现了接受论的观点。

## 二 知音论的特点

明代接受者多从指导写作的角度看待知音论，作者、作品、读者三位一体，统一于创作之中。今人将《文心雕龙》中的知音论与西方接受美学并举的原因主要在于刘勰对接受主体的强调，诚如今天学者所言："中国古代文学理论中的确有丰富的读者接受活动、阅读体验的经验性描述和鉴赏理论，它与西方接受美学存有较多的契合点。"④ 两者虽都以接受主体为中心来关注作品，但《文心雕龙》中"接受论"的目的并不是讨论作品最终价值的实现与否或如何实现，其目的仍是指导写作，从读者的视野来分析文章的写作。

第一，"知音其难哉！音实难知，知实难逢，逢其知音，千载其一

---

① 《礼记》，辽宁教育出版社2003年版，第241页。
② 牟世金：《〈文心雕龙〉研究》，人民文学出版社1995年版，第450—451页。
③ 蔡钟翔等主张《文心雕龙》中仅《知音》一篇属于批评论。（蔡钟翔、黄保真、成复旺：《中国文学理论史》，北京出版社1987年版，第293页）穆克宏主张《知音》《才略》《程器》三篇都是文学批评的专篇论文。（穆克宏：《刘勰的文学批评理论》，《福建师范大学学报》1982年第4期）罗根泽认为《指瑕》《才略》《程器》《知音》四篇是文学批评，《指瑕》批评作品，《才略》、《程器》批评作家，《知音》阐明批评原理。（罗根泽：《中国文学批评史》，上海古籍出版社1984年版，第236页）佩之、黄展人等认为《时序》《物色》《才略》《程器》《知音》五篇是批评论。（佩之：《〈文心雕龙〉的批评论》，载《文学遗产增刊》第十一辑，中华书局1962年版）
④ 金元浦：《接受反应文论》，山东教育出版社1998年版，第397页。

乎"。由于主客观条件的差异，作家的创造初衷与读者的实际接受必然存在差异，而差异出现的原因及其处理方法就是知音论探讨的重点。《知音》开篇提出接受中的两难，接受者面对"一朝综文，千年凝锦""篇章杂沓，质文交加"的作品，难免"文情难鉴，谁曰易分"；接受者文学素养、审美感受的不同，也让作者发出了"知实难逢"的喟叹。刘勰对接受主体的条件、接受主体主观差异性、接受的本质和方法、接受主体再创作等尤其关注。与接受美学过分强调接受者的期待视野不同，知音论关注的是"接受视野"中"贵古贱今""崇己抑人""信伪迷真"等偏见，期待视野的不同影响接受者对审美对象的选择："知多偏好，人莫圆该"，"慷慨者逆声而击节，酝藉者见密而高蹈，浮慧者观绮而跃心，爱奇者闻诡而惊听"。针对上述问题，刘勰融会前人的思想，在"文与情""心与理"两大范畴下提出了行之有效的客观评价体系和方法，提出了"博观"和"六观"。

第二，与接受美学相比，知音论更注重接受的整体性，强调归纳而不依靠推理，主观感悟式特点显著。如《隐秀》篇中说："始正而末奇，内明而外润，使玩之者无穷，味之者不厌矣"，"深文隐蔚，余味曲包"。这种以"味"说诗的方式在《乐记》中就已出现："大羹淡味而有遗味"。魏晋时期这种比喻也常见于篇章，如陆机《文赋》中言"阙大羹之遗味"。在刘勰看来，"品""味""观"既是形容词又是动词，即指潜在于作品之中难以言喻的"象外之象""景外之景""韵外之致""味外之旨"。而接受者对作品的这种咀嚼体味不仅需要丰富的接受视野，也必须具备丰富的想象力和敏锐的感触力。

第三，在具体的接受方法上，刘勰尤其强调对作者本意的探求。探求作者本意是中国文论中普遍认同的审美接受方式，如欧阳修说："昔梅圣俞作诗，独以吾为知音，吾亦自谓举世之人知梅诗者莫吾若也。吾尝问渠最得意处，渠诵数句，皆非吾赏者，以此知披图所赏，未必得秉笔之人本意也。"（《唐薛稷书跋》）读者若能"得秉笔之人本意"，犹如伯牙子期一般，才是达到了接受的至高境界。《知音》篇所云："无私于轻重，不偏于憎爱，然后能评理若衡，照辞如镜矣"，反映出对主观性的解读不赞同的态度，这同接受美学注重按读者的意思自由解读相差甚远。接受美学充分肯定读者的主观性，刘勰坚持读者应尽可能地接近、挖掘作者的原意，做到"不以文害辞""不以辞害志"，"言者所以在意，得意而忘言",所以他认为前人对《离骚》的接受都带有主观性,并不可取。刘勰主张阅读就是要沿波讨源、以显其幽,把作者原意视为对作品理解的的本源和终极参照,最终使读者的理解与作者原意相同。

第四,就读者在文学活动中的地位而言,知音论虽肯定了读者存在的重要性,但没有赋予读者在接受美学中那样重要的地位。知音论对读者的重视归根到底是出于为文的目的,这既有利于作品的价值的实现,也有利于读者体味作品并吸取其中的经验以指导创作。

第五,刘勰在《文心雕龙》中所评论的作家约有二百余人,虽然详略不一,但他始终坚持从文学的立场出发,以文学的观点来论述作家和作品的原则,这在《程器》篇中体现得尤为明显。而之前,"人们论作家的时候,往往把作家当作一般的'著作家'来评论,而不是当作'文学家'来评论"[1]。《文心雕龙》文本对作家所作出的评论,实际上也是其知音论的一部分,更是其对知音论的实践。

## 第二节 对知音论接受的重心

### 一 对接受主体的重视

《知音》开篇便提出接受过程中常见的问题:"知音其难哉。音实难知,知实难逢,逢其知音,千载其一乎!"作者和读者学术素养、审美感受、阐释能力的不同势必导致鉴赏雅俗的差异和理解的异议,更重要的是,接受主体的喜好个性、接受态度、接受方法以及接受过程中"贵古贱今""崇己抑人""信伪迷真"的诸种偏见都会使作者面临知音难觅的困境。宋濂是明初《文心雕龙》宗经思想接受的代表,他不仅在著作中多处袭用《文心雕龙》知音论的观点,而且在对他人的作品品评时运用知音论中的观点。面对接受中的两难处境,宋濂发出喟叹:

> 为文非难而知文为难。文之美恶易见也,而谓之难者,何哉?问学有浅深,识见有精粗,故知之者未必真,则随其所好以为是非。照乘之珠或疑之于鱼目,淫哇之音或媲之以黄钟。虽十百其喙,莫能与

---

[1] 郭预衡:《〈文心雕龙〉评论作家的几个特点》,《古代文学探讨集》,北京师范大学出版社1983年版。

之辩矣。①

对于观听殊好、爱憎难同所致的"知文为难",宋氏总结出了四点原因:一、知之者不精;二、接受者的好恶;三、与时代潮流不合;四、扬之者未至。② 前两点与刘勰的知音论中的内容大同小异,第三点在《时序》等篇章中多有体现。但是第四点"扬之者未至"是宋濂对"知音"深入思考的结果,他将知音上升到了"伯乐"的层次:

> 文辞之美者,见之于世何其鲜哉。非文辞之鲜也,作之者虽精,而知之者未必真知之者;固审而扬之者未必至,此其每相值而不相成。唐有柳仪曹,而浩初之文始著;宋无欧阳少师,而秘演之名未必能传至于今。盖理势之必然,初不待烛照龟卜而后知之也。嗟夫,浩初秘演,何代无之? 其不白于当时,卒随烟霞变灭而无余者,岂有他哉,由其不遇夫二公故然尔,此余读天渊师之所作,其有感于中矣乎。③

宋濂学养深厚,"才富学博,老于经义,长于文章。以程朱之理行韩苏之笔,富赡雄厚"④,他对知音论的理解较一般文人更为深刻。宋濂以柳宗元与欧阳修为例说明"知音"对作品和作者的重要性。当"伯乐"成为为文者的知音后,即当作品得到名家的推荐后,其机遇就大不相同。刘勰的知音论虽没有直接说明这一点,但是《序志》篇中无不透露着作品被"伯乐"赏识的渴望,而其负书求誉于沈约的行为更表现出对"伯乐"重要性的认同。宋濂实际上是在强调接受者的社会地位对文学接受的影响,他将刘勰没有明确表达出来的观点进一步清晰,是对刘勰知音论的补充和深化。主要表现在以下方面:

其一,宋濂认为接受者身份、阶层的差异是产生接受障碍的原因之

---

① (明)宋濂:《丹崖集序》,载罗月霞主编《宋濂全集》,浙江古籍出版社 2005 年版,第 2549—2550 页。

② 参见张健《明清文学批评》,台湾"国家"出版社 1983 年版,第 19 页。

③ (明)宋濂:《丹崖集序》,载罗月霞主编《宋濂全集》,浙江古籍出版社 2005 年版,第 2549—2550 页。

④ 同上。

一。《论语·雍也》言:"子曰:'中人以上,可以语上也;中人以下,不可以语上也。'"《老子》中载:"上士闻道,勤而行之;中士闻道,若存若亡;下士闻道,大笑之。不笑,不足以为道。"① 上述言论虽不是直接针对文学接受而言,但儒道两家对不同层次的人在沟通和理解上存在的鸿沟是具有共识的。其二,宋濂指出接受者地位的显赫对作品的传播有推波助澜的作用:浩初、秘演如果没有柳宗元、欧阳修的赏识和提拔,两人的文章可能就不会享有盛名。正是"世有伯乐,然后有千里马。千里马常有,而伯乐不常有"。宋濂在文论中不仅直言伯乐的重要,还以天渊的伯乐自居。其言:

> 余窃以谓天渊之才,未必下于秘演、浩初,其隐伏东海之滨而未能大显者,以世无仪曹与少师也。人恒言文辞之美者盖鲜,呜呼,其果鲜乎哉?方今四海会同,文治聿兴,将有如二公者出,荷斯文之任,倘见天渊所作,必亟称之,浩初、秘演当不专美于前矣。②

这并非是宋濂的自负之言,事实上,宋濂无论在社会地位上还是个人学养上都可以算得上是"伯乐"级别的知音,他在《刘兵部诗集序》中自言:"濂虽不善诗,其知诗绝不在诸贤后。"这是符合实际的。

## 二 对"情"的重视

明人在评点中也自觉地运用了《文心雕龙》中知音论的内容。《文心雕龙》知音论的核心是知音方法论,刘勰在论述时将其与"情"联系在一起。对于创作和接受两种心理,刘勰作了精确的区分。在内容向形式的转化过程中,缀文者受外界景物、事情的触动,情动而辞发;在作品的接受阶段,观文者披文以入情,沿波讨源,鉴得文情,接受者在"披文"的基础上与作者产生共鸣,文心和人心得以互动,"世远莫见其面,觇文辄见其心",文章可以穿越时空,将作者和接受者联系在一起形成共鸣。

---

① 张纯一:《老子通释》,上海科学技术文献出版社2011年版,第59页。
② (明)宋濂:《送天渊禅师浚公还四明序》,载罗月霞主编《宋濂全集》,浙江古籍出版社2005年版,第503—504页。

明中叶以后,"哲学界出现了情性论的嬗变,而文学界掀起了波澜壮阔的主情论思潮,二者是平行同步的,又是互为影响的"①。"情"也是明代《文心雕龙》"知音论"接受中较为重要的内容。徐祯卿《谈艺录》中的"情感论"和"因情立格"是徐氏诗学最主要的观点之一,涉及了文学的各个层面。徐祯卿在书中多处袭用《文心雕龙》,如《定势》篇有"夫情致异区",徐氏言"情即异其形";刘勰讲"圆者规体,其势也自转;方者矩形,其势也自安",徐祯卿言:"譬如写物绘色,倩盼各以其状;随规逐矩,圆方巧获其则"。徐祯卿视"情"为诗歌的创作的起点,"情者,心之精也。情无定位,触感而兴,既动于中,必形于声",且贯穿于创作的各个环节,这在他对《诗经》的阐述中可见一斑:"夫情能动物,故诗足以感人。荆轲变徵,壮士瞋目;延年婉歌,汉武慕叹。凡厥含生,情本一贯,所以同忧相瘵,同乐相倾者也。"② 徐氏认为正是由于"情",《诗》才能使人受到感染。为文者应当领会的就是这种古今共通的情。

钟惺在评点《文心雕龙》时说"文生情,情生文,辨得深细大于文章家有益",认为情感表达是衡量文章好坏的标准之一。在钟氏对《文心雕龙》其他部分的评点中,也可以看出他从鉴赏的角度对"情"的认识:

表 6—1

| 原文 | 评论 |
| --- | --- |
| 《辨骚》:"故其叙情怨,则郁伊而易感;述离居,则怆怏而难怀;论山水,则循声而得貌;言节候,则披文而见时。" | 数语尽文章能事。 |
| 《夸饰》:"辞入炜烨,春藻不能程其艳;言在萎绝,寒谷未足成其凋。" | 叙事,情夸者有之。至于写情,虽渊云妙墨,恐未易其万一也,谈何容易。 |

---

① 蔡钟翔:《明代哲学情性论的嬗变与主情论文学思潮》,《中国哲学史》1996 年第 3 期。
② 范志新:《〈谈艺录〉笺注》,贵州人民出版社 1993 年版,第 35 页。

续表

| 原文 | 评论 |
| --- | --- |
| 《哀吊》："原夫哀辞大体，情主于痛伤，而辞穷乎爱惜。幼未成德，故誉止于察惠；弱不胜务，故悼加乎肤色。隐心而结文则事惬，观文而属心则体奢。奢体为辞，则虽丽不哀；必使情往会悲，文来引泣，乃其贵耳。" | 论之甚易，然为之实难。 |
| 《知音》："夫缀文者情动而辞发，观文者披文以入情，沿波讨源，虽幽必显。" | 数语见刘子之心。 |

钟惺认为情感表达的到位是衡量至文的标准之一。他在《陪郎草序》中说："夫诗，道性情者也。发而为言，言其心之所不能不有，非谓其事之所不可无，而必欲有言也。以为事之所不可无，而必欲有言者，声誉之言也。不得已而有言。言其心之所不能不有者，性情之言也。"① 钟惺提出了"诗道性情"，他还深刻认识到将情感转换成文字的困难，这种观念在戏曲评点中也有体现，如金圣叹在读《西厢记》时言："悄然废书而卧者三四日。此真活人于此可死，死人于此可活。悟人于此可迷，迷人于此可悟。不知此日圣叹是死是活，是迷是悟，总之悄然一卧，至三四日，不茶不饭，不言不语，如石沉海，如火灭尽。"（《第六才子书》）此处，金圣叹认为当读者披文入情，完全融入作品时，作品之情即成为读者之情，读者便"忘身""忘时"于作品的情感之中。

明人在接受刘勰知音论的同时也在完善着这一理论，如胡震亨言："余友姚叔祥尝语余云：余行黄河，始知'孤村几岁临伊岸，一雁初晴下朔风'之为真景也。余家海上，每客过，闻海啸声必怪问，进海味有疑而不下箸者，益知'潮声偏惧初来客，海味惟甘久住人'二语之确切。"②又云："'细雨犹开日，深池不涨沙。'上句人皆能领其景，下句则非北人习风土者，不能知其妙也。薛能诗有：'池中水是前秋雨，陌上风惊自古尘。'二句之妙，亦非北人不能知。"③胡氏在这里把日常的生活经验也归入"期待视野"的范畴，认为它是对广博的才学、公正的批评态度的有

---

① 叶庆炳、邵红编辑：《明代文学批评资料汇编》，台湾成立出版社1979年版，第756页。
② （明）胡震亨：《唐音癸签》卷11，上海古籍出版社1981年版。
③ 同上。

益补充。

## 第三节　对知音论的运用

中国古代的批评家往往兼具多种身份。读者的身份使他们明白"必俟知者，然后鼓行于时"，作品价值的实现在相当程度上取决于接受者的认可与否；批评家的身份使他们了解接受者在接受过程中存在的各种偏向和好尚，这些认识对文学创作具有积极的影响，《文心雕龙》知音论中的鉴赏理论和具体方法也被明人广泛地运用于文学实践之中。

### 一　诗文批评

刘勰在分析接受主体"听殊好异""爱憎难同"的现象后，提出了"博观"和"六观"的方法。"博观"要求接受者"无私于轻重，不偏于憎爱"，具有客观的态度。唯有如此才能全面、客观地对待作品。在面对具体的作品时还应以"六观"考察文章以鉴别优劣，"六观"是"披文以入情"的具体方法和途径，"一观位体，二观置辞，三观通变，四观奇正，五观事义，六观宫商。斯术既形，则优劣见矣"[1]。"六观"既是评价文章的具体标准，也是剖析作品的具体方法。

明人为学以"博"为尚，"明代的文化是艺术的，诗文、戏剧、书画、雕刻都有特殊的造就……优点或者还在'博'上……他们的广而疏，和清代学者的窄而精，或者有互相调剂的需要"[2]。在此种氛围下，明人对知音论中的"博观"尤为关注。首先，"博见为馈贫之粮"，"凡操千曲而后晓声，观千剑而后识器"，"非博学不能综其理"，"博"既来源于知识的积累，也来源于社会现实生活，唯有如此才能"采故实于前代"，"观通变于当今"。其次，博观是一个对知识、阅历逐渐积累、逐步升华的过程。它不仅需要阅读的广泛，还需要包容、开阔的胸襟。叶燮在《原诗·内篇》中说："诗之基，人之胸襟是也。有胸襟，然后能载性情、智慧、聪明、才辨以出，随境发生、随生即盛。"最后，博观不仅是对读者的要求，也是作者应具有的素质，如《通变》中所言："是以规略文

---

[1]　周振甫：《〈文心雕龙〉今译》，中华书局2007年版，第438页。
[2]　顾颉刚：《四部正讹》，1929年北平朴社铅印本，第3页。

统，宜宏大体，先博览以精阅，总纲纪而摄契。"总之，在明人看来，博观是评价一个作家创作优劣的重要标准，离开博观，为文和鉴赏都无从谈起。

在明代文人中，李维桢对《文心雕龙》的接受全面且深刻，他对知音论的接受在其文集中有具体的反映，如在《二酉洞草序》中言：

> 余则以为识先于学而才实兼之，未有无识而可言学，无学而可言识，学识不备而可言才者……诗自积学得之也，三尺童子与之言诗，必杜少陵读书万卷，下笔有神。少陵诗所从来固不易矣，而孤陋寡闻之士以为诗本性情，眼前光景口头语无一不可成诗。①

他主张"文实自积学得之"，在《千一疏序》中讲：

> 文学之科昉自孔门，学以聚之，文以行之，合则双美，离者两伤者也。而后人恒难之……迄乎今兹文学趋愈下矣。翘然自喜以为能文，视其文有韵则为诗歌，不尽韵则书疏序记耳，于诸体未遑也，而犹不尽然也。优于学者，不必优于文，学不如古人万一，而欲自附于古之文人，岂不悖哉？②

在具体的批评实践中，李维桢对刘勰的"博观"和"六观"也有深刻的领会，并将之运用于对他人作品的评价之中。他在《胡文部集序》中言：

> 以文论人，余闻之王仲淹、刘彦和……彦和曰："贾生俊发，故文洁而体清；长卿傲诞，故理侈而辞溢；安仁轻敏，故锋发而韵流；士衡矜重，故情繁而辞隐。由后观前，人与文较若画一"……夫知人古今所难，有人与文两美者，有文与人两戾者，有文浮于人者，有人短于文者，不知文安能知人？③

---

① 叶庆炳、邵红编辑：《明代文学批评资料汇编》，台湾成立出版社1979年版，第559页。
② 同上书，第536页。
③ 同上书，第539页。

李维桢引用《体性》篇中的内容,提出"不知文安能知人",这一观点虽然有些绝对化,但对在评鉴作品的时候避免先入为主的弊端无疑有积极作用。

## 二 小说评点

伴随着通俗文学的高度繁荣,明代小说、戏剧理论也有了长足的发展,这些理论中的批评原则和批评方法很大一部分都由诗文理论中移植而来,《文心雕龙》的知音论也引起了明代戏曲、小说理论家的关注。本节以金圣叹为例来具体阐述。

金圣叹(1608—1661),字若采,明亡后改名人瑞,字圣叹,苏州人,明末清初著名的作家、批评家。中国古代小说评点最大的特点之一就是融"评""改"于一体,评点者多将自己的评点视为一种再创造。"小说评点在批评旨趣上出现了一种与古代其他文学批评形态截然不同的趋向,即评点者常常将自己的评点视为一种艺术再创造活动。"[1] 金圣叹虽然没有对《文心雕龙》中的理论问题作深入的阐释,但他"在小说评点时继承刘勰'文心'说,于零碎的点评中对此词汇使用了25次之多"[2]。其评点反映了对《文心雕龙》知音论的接受。金圣叹主要致力于白话小说的评点。"白话小说评点不只是一种单纯的文学批评样式,而是一种融文本修饰、思想批评、艺术鉴赏、理论建构等为一体的综合性活动。"[3] 金圣叹以序跋、读法、评批、注释和圈点等多种方式对作品进行鉴赏和评论,将知音论的内容运用于评点活动之中。

第一,金圣叹重视接受者的主体性意识,在评《水浒传》时提出了总的评点原则:"以大雄氏之书,而与凡夫读之,则谓'香风萎花'之句,可以入料。以北《西厢》之语而与圣人读之,则谓'临去秋波'之曲可悟重玄。夫人之贤与不肖,其用意之相去既有如此之别,然则如耐庵之书,亦顾其读之之人何如矣。夫耐庵则又安辩其是稗官,安辩其是菩萨现稗官耶?一部《水浒传》,悉依此批读。"[4] 金圣叹根据接受者的不同指

---

[1] 参见谭帆《论小说评点研究的三种视角》,载章培恒、王靖宇主编《中国文学评点研究论集》,上海古籍出版社2002年,第57—58页。
[2] 张晓丽:《论刘勰与金圣叹"文心"的差异性》,《名作欣赏》2011年第20期。
[3] 参见谭帆《中国古代小说评点的文本价值》,《学术月刊》1996年第12期。
[4] 曹方人、周锡山编校:《金圣叹全集》(三),江苏古籍出版社1985年版,第116页。

出其欣赏水平的差异性，面对同一部《西厢记》，"今后若有人说是妙文，有人说是淫书，圣叹都不与做理会。文者见之谓之文，淫者见之谓之淫耳"①。可见，读者对作品的阅读带有明显的个人色彩，不可能尽同于作者之意。他的评点是对作者"文心"的剖析，"初心一相同：我真不知作《西厢记》者之初心，其果如是其果不如是也。设其果如是，谓之今日始见《西厢记》；其果不如是，谓之前日之见《西厢记》，今日又别见圣叹《西厢记》"②。他将自己的"文心"呈现于读者，希望最终找到自己的知音。诚如有学者所言："不仅表现了自己的鉴赏主体性，还大力张扬了读者的鉴赏主体性，把古代文学鉴赏主体性理论推到了前所未有的高度，成为这方面的集大成者。从这个角度讲，圣叹鉴赏主体理论是独特的，罕见的，同时也具有了某种现代性的特征。"③

第二，为文者或多或少都会有"知音少，弦断有谁听"的感慨，刘勰在全书最后言"文果载心，余心有寄"，希望后世读者能够成为自己的知音。苏轼所云"今世要未能信，后有君子，当知我矣"④（苏辙《亡兄子瞻端明墓志铭》），也是渴求知音的唱叹。金圣叹在论及接受主体时也表现出这种"未来意识"。评点者在品评他人作品时大多是在与古人对话，也就是与作者或者之前的评点者对话，金圣叹却具有显著的前瞻性，他不仅重视与前人对话，还注重与后人对话，设想后人会怎样欣赏自己。这与刘勰的"余心有寄"并无二致。

第三，刘勰的知音论是以指导"写作"为目的的，金圣叹对"文心"的思考则写作与鉴赏并重，将对写作的指导理论蕴含于评点之中，"旧时《水浒传》，子弟读了，便晓得许多闲事。此本虽是点阅得粗略，子弟读了，便晓得许多文法；不惟晓得《水浒传》中有许多文法，他便将《国策》、《史记》等书，中间但有若干文法，也都看得出来。旧时子弟读《国策》、《史记》等书，都只看了闲事，煞是好笑"⑤。可见金氏希望通过评点教给读者评点的技巧，也希望接受者借此获得为文之法。因此，在评点时往往会突出作者构思、选材、谋篇时运笔经营的匠心，提醒读者注

---

① 曹方人、周锡山编校：《金圣叹全集》（三），江苏古籍出版社1985年版，第10页。
② 同上书，第9页。
③ 左健：《金圣叹文学鉴赏主体论》，《南京大学学报》2006年第6期。
④ 曾枣庄、马德福校：《栾城集》，上海古籍出版社1987年版，第1422页。
⑤ 曹方人、周锡山编校：《金圣叹全集》（一），江苏古籍出版社1985年版，第24页。

意作者的文辞章法，金氏在批点《第六才子书西厢记》时甚至说："临文无法，便成狗嗥。"

明代文论尤为繁盛，对《文心雕龙》知音论的借鉴和应用也多处可见，然而无论是文学理论还是批评实践，明人多是对其中局部性的内容加以关注，而鲜有对整体理论框架的集成。

# 第七章

# 明代《文心雕龙》接受中的其他问题

　　明人在《文心雕龙》接受问题的个体研究上也取得了开创性成果。本章主要就三个问题展开论述。第一是《文心雕龙》与佛教的关系，这一问题在明代之前并未引起研究者的关注，直至明代才凸显出来。明人对《文心雕龙》涉佛问题有两个关注点：一是关于刘勰的僧侣经历以及其本人的佛教思想与《文心雕龙》的关系；二是针对时人对《文心雕龙》文风华靡是由佛学昌炽所致的指责而进行的辩护。第二是明代科举对《文心雕龙》传播和接受的影响，从《文心雕龙》宗经崇儒的总纲是明代科举士子接受的前提、《文心雕龙》丰富完善的创作论为士子八股文写作提供了全面有效的技法指导、八股文评的兴起与繁荣促进了《文心雕龙》点评的发展三个方面来分析。第三是明人对刘勰之梦的关注。明人对此梦的关注集中在明代各版本的序言中，他们肯定了刘勰梦境的真实性，并着重强调此梦的神圣性和神秘性，同时认为此梦是《文心雕龙》创作的主要动力。而上述现象与明代儒学复古思潮、梦文化风行、戏曲小说等通俗文学的繁荣密不可分。

## 第一节　明代《文心雕龙》接受中的涉佛问题

　　《文心雕龙》中的涉佛问题在明代之前鲜有提及，直至明代才引起学者的关注，这在《文心雕龙》的序跋文中有集中的反映，具体如下。
　　都穆跋：

　　　　夫文章与时高下，时至齐、梁，佛学昌炽，而文随以靡，其衰甚矣。当斯之际，有能深于文理，折衷群言，究其指归，而不谬于圣人之道如刘子者，诚未易得，是编一行，俾操觚之士，咸知作文之有体，而古人之当法。①

方元祯序：

论者以六朝齐梁而下，佛学昌炽，为文多工纤巧骈俪，气亦衰靡，概以律勰，岂通论哉。②

曹学佺序：

其文辞，灿然可观。晁公武以浅俗讥之，亦不好文之一证矣。传称："勰为文深于佛里，京师塔寺，名僧碑志，多其所作。"余读《高僧传》往往及之，但惜不见全文一篇，勰不婚娶，依沙门僧祐，与之居处十余年，博通经论，定林寺藏，勰所定也。窃恐祐《高僧传》，乃勰手笔耳。③

徐惟起跋：

按《出三藏记》卷第十二载勰有《钟山定林上寺碑铭》、《建初寺初创碑铭》，僧柔法师碑铭三篇，有其目而无其文。曹能始云："沙门僧祐作《高僧传》，乃勰手笔"，今观其《法集总目录序》，及《释迦谱序》、《世界序》等篇，全类勰作，则能始之论，不诬矣。④

王惟俭序：

余反复斯书，聿考本传，每怪彦和晚节，燔其鬓发，更名慧地，是虽灵均之上客，实如来之高足也。乃篇什所及，仅般若一语；援引

---

① 杨明照：《〈文心雕龙〉校注拾遗》，上海古籍出版社1982年版，第745页。
② 同上书，第726页。
③ 同上书，第736页。
④ 同上书，第749页。

虽博，罔祇陀之杂言。岂普通之津梁，虽足移人，而洙、泗之畔岸，终难逾越者乎？且持论深刻，摛词藻绘，凡所撰者，必将含屈吐宋，陵颜蹈谢为者。①

上述序跋表明明人对《文心雕龙》的关注主要集中于两点：一是刘勰僧侣经历、佛教思想与《文心雕龙》的关系；二是《文心雕龙》文风华靡与六朝佛学昌炽的关系。

佛教和佛学属于两个范畴。佛教"与基督教、伊斯兰教并称世界三大宗教，其基本义理有'四谛'、'八正道'、'十二因缘'，主张经律论三藏，修持戒定慧三学，以断除烦恼得到成佛为最终目的"②。第一，作为一种宗教，佛教有自己固定的教主、教义、教规和组织机构。第二，佛教有以传教为目的的宗教的仪式、活动，它"不是并且也从未自称为一种'理论'，一种对世界的阐释：它是一种救世之道，一朵生命之花，它传入中国不仅意味着某种宗教观念的传播，而且是一种新的社会组织形式——修行团体即僧伽的传入"③。第三，佛教所要解决的核心问题和最终旨归是凡人如何成佛。第四，"对于中国人来说，佛教一直是僧人的佛法"④。而"佛学"是有关佛教的理论。佛教初入中国时多在民间传播，被视为一种信仰和方术，上层文人对它兴趣不大，直至两晋时期，随着玄学的兴盛，佛教才被知识分子阶层普遍接受，此时文人关注的并非信仰问题，而是佛教中的义理思想和佛教典籍的艺术风格的"义学"，即"佛学"。可见，佛教关乎信仰，而佛学关乎哲学。明人关注的不是刘勰的信仰问题，而是佛教研究中的义理思想和佛教典籍的艺术风格，并从这种角度分析佛学对刘勰学术结构、思维模式和文学创作的意义以及佛学对六朝文风的影响。

## 一 对刘勰僧侣身份的关注

明代序跋中多处提到刘勰的僧侣经历、佛教思想及其与《文心

---

① 杨明照：《〈文心雕龙〉校注拾遗》，上海古籍出版社1982年版，第734页。
② 《辞海》，上海辞书出版社1982年版，第538页。
③ [荷]许理和：《佛教征服中国——佛教在中国中古早期的传播适应》，李四龙译，江苏人民出版社1988版，第2页。
④ 同上书，第2页。

雕龙》的关系。曹学佺、徐惟起都提到了刘勰与僧祐的关系，他们关注的不是僧祐凭借当时特殊的政治地位对刘勰仕途的提携，而是僧祐对刘勰经论学术方面的影响，"勰不婚娶，依沙门僧祐，与之居处十余年，博通经论"。明人还认为《高僧传》等作品出自刘勰之手。

僧祐（445—518）"本姓俞氏，其先彭城下邳人……师事僧范道人；年十四……为律学所宗，祐乃竭思苦钻，无懈昏晓，遂大精律部，有迈先哲"[1]，其因学术造诣深厚为梁武帝"深相礼遇"，当时"临川王宏，南平王伟，仪同陈郡袁昂，永康定公主，贵嫔丁氏，并崇其戒范，尽师资之敬，凡黑白门徒一万一千余人"[2]。对刘勰与僧祐的关系，今人多从刘勰的政治意图来分析，但明人看重的是僧祐对刘勰在佛学上的教导和濡染。作为授业之师，僧祐长于教导，一门有六杰：宝唱、智藏、彗廓、明彻、正度、刘勰，他们皆有佛学创作。《续高僧传·明彻传》载："彻因从佑受学《十诵》，随出扬都，住建初寺，自谓律为绳墨，宪章仪体，仍遍研四部，校其兴废……当时律辩，莫有能折。"[3] 作为律学大师，僧祐佛学成就卓著，他建立了历史上第一个经藏，即建初、定林两寺的经藏，"造立经藏，搜校卷轴，使夫寺庙广开，法言无坠"；作为文学之士，他"钻析内经，研镜外籍，参以前识，验以旧闻"（《续高僧传序》）。关于僧祐的著述与刘勰的关系明人虽没有给出确凿的证据，但却有着敏锐的直觉。如徐惟起跋就提出："曹能始云：'沙门僧祐作《高僧传》，乃勰手笔'，今观其《法集总目录序》，及《释迦谱序》、《世界序》等篇，全类勰作，则能始之论不诬矣。"[4] 曹学佺推测《高僧传》出自刘勰之手，但曹氏所言的《高僧传》似乎与慧皎所著的《高僧传》所指并非同一著作，前者与僧祐《出三藏记集》有关。《出三藏记集》是中国现存最早的佛教文献目录。书中收录了32位译经僧人的传记，这一部分的史料也被慧皎《高僧传》所采用，这或许是曹学佺认为《高僧传》为刘勰所著的原因之一。《出三藏记集》对佛典翻译采用了"沿波讨源"的方法：

---

[1] （南朝梁）释慧皎撰，汤用彤校注，汤一玄整理：《高僧传》，中华书局1992年版，第440页。

[2] 同上。

[3] 牟世金：《刘勰年谱汇考》，巴蜀书社1988年版，第31页。

[4] 杨明照：《〈文心雕龙〉校注拾遗》，上海古籍出版社1982年版，第749页。

"缘记撰则原始之本克昭，名录诠则年代之目不坠，经序总则胜集之时足征，列传述则伊人之风可见。"①这种"沿波讨源"的方法在当时和后世都具有很大的学术价值，对此梁启超认为："吾侪试一读僧祐、法经、长房、道宣诸作，不能不叹刘《略》、班《志》、荀《簿》、阮《录》之太简单，太素朴，且痛惜于后此踵作者之无进步也。郑渔仲、章实斋治校雠之学，精思独辟，恨其于佛录未一涉览焉，否则其所发挥必更有进，可断言也"②，因此说《文心雕龙》在方法论上受僧祐影响并非信口之言。

曹学佺认为《高僧传》③为刘勰所作的依据主要有二：一是刘勰精通佛法；二是当时名僧碑志多由刘勰所作。僧祐④曾言："僧事余日，广讯众典，披览为业……仰禀群经，傍采记传，事以类合，义以例分；显明觉应，故序释迦之谱；区别六趣，故述世界之记；订正经译，故编三藏之录；尊崇律本，故铨师资之传；弥纶福源，故撰法苑之编；护持正化，故集弘明之论……为律记十卷；并杂碑记撰为一帙。总其所集，凡有八部。冀微启于今业，庶有借于来津。"⑤作为僧祐弟子，刘勰参与了大量与佛教经论相关的文字工作。唐道宣《续高僧传》卷5《僧镕传》载："（僧镕）仍选才学道俗释僧智、僧晃、临川王记室东莞刘勰等三十人，同集上定林寺，抄一切经论，以类相从，凡八十卷。"⑥日本学者兴膳宏认为《出三藏记集》中的部分文字出于刘勰之手⑦。根据台湾学者陈建郎统计，

---

① （南朝梁）释僧祐：《出三藏记集》，苏晋仁校，中华书局1995年版，第2页。
② 梁启超：《佛家经录在中国目录学之位置》，《佛学研究十八篇》，中华书局1989年版，第303页。
③ 《高僧传》由梁代僧人慧皎撰。慧皎（497—554），上虞（今属浙江）人，居会稽嘉祥寺。全书13卷，记了257人事迹，将所载僧人分为"译经""义解""神异""习禅""明律""忘身""诵经""兴福""经师"和"唱导"等十类。卷末附王曼颖致慧皎书。此书记载了佛教传入中国及佛经翻译、文人与佛教僧侣交往事迹。
④ 僧祐著有《出三藏记集》15卷、《萨婆多部相承传》、《十诵义记》、《释迦谱》5卷、《世界记》5卷、《法苑集》10卷、《弘明集》14卷、《法集杂记传铭》10卷。存世的有《释迦谱》《弘明集》《出三藏记集》。
⑤ （南朝梁）释僧祐：《释僧祐法集总目录序第三》，《出三藏记集》，中华书局1995年版，第457页。
⑥ （唐）释道宣：《续高僧传》，台湾佛陀教育基金会1990年印赠本，第462页。
⑦ ［日］兴膳宏：《〈文心雕龙〉与〈出三藏记集〉》，《兴膳宏〈文心雕龙〉论文集》，齐鲁书社1984年版。

《文心雕龙》与《弘文明集》词汇的相同率约为44%，与《出三藏记集》的相同率约为26%，可见明人的这种猜测并非无据。

刘勰所作的碑铭类作品也受到了明代文人的关注。徐惟起在跋文中说："按《出三藏记》卷第十二载勰有《钟山定林上寺碑铭》、《建初寺初创碑铭》，僧柔法师《碑铭三篇》，有其目而无其文。"刘勰曾为僧柔、僧祐、超辨作碑制文①，"勰为文长于佛理，京师寺塔及名僧碑志，必请勰制文"。定林寺名僧超辩卒于齐永明十年（492），"沙门僧祐为造碑墓所，东莞刘勰制文"（《高僧传·超辩传》）。名僧僧柔卒于延兴元年（494），僧祐"为立碑墓所，东莞刘勰制文"②。碑铭文是中国古代的实用文体之一，分记功碑铭文和墓碑铭文两类。墓志铭盛于六朝，较早对碑铭的特点作出概括的是陆机，其《文赋》中说"碑披文以相质"，挚虞认为碑铭是文章而非文体，其《文章流别论》中称："古有宗庙之碑，后世立碑于墓，显之衢路，其所载者铭辞也。"刘勰对碑铭进行了细致的分析，他认为碑铭以褒扬为主要目的，即"标序盛德""昭纪鸿懿""勒石赞勋"，其行文"叙事也该而要，其缀采也雅而泽"。碑与铭有明显的区别，碑文的载体是碑，其目的在于褒颂，而铭文的载体是其他器物，其目的在于鉴戒、观器正名。刘勰所作的碑铭今已不存，但从《文心雕龙》中对碑铭的阐述来看，他为僧柔、僧祐、超辨作的碑文也应该具有上述特点。更为重要的是"碑铭之作，明示后昆，自非殊功异德，无以允应兹典。大者道动光远，世所宗推；其次节行高妙，遗烈可纪，若乃亮采登庸，绩用显著，敷化所莅，惠训融远，述咏所寄，有赖镌勒"③。足见碑铭明示后昆，事关重大，所以它的撰者在品德和学养方面都应令人诚服。刘勰既然能为僧祐等人撰文，其佛学造诣必定不是"般若"一词所能涵盖，明人一再提及刘勰为僧柔、僧祐、超辨作碑文，也是对刘勰佛学修养的肯定。而王惟俭的疑惑"乃篇什所及，仅般若一语，援引虽博，罔祇陀之杂言"，也从侧面肯定了刘勰的佛学成就。

---

① 本段内容参阅潘重规《刘勰文艺思想以佛学为根柢辨》。
② （南朝梁）释慧皎撰，汤用彤校注，汤一玄整理：《高僧传》，中华书局1992年版。
③ （南朝梁）沈约：《宋书》，中华书局1974年版，第1699页。

王惟俭结合刘勰的经历对《文心雕龙》的主导思想提出了疑问。在他看来，刘勰"虽灵均之上客，实如来之高足也"，也就是说刘勰的"正式"身份既然是僧人，其主导思想应是释家无疑，但全书却"仅般若一语，援引虽博，罔袛陀之杂言"。为什么会出现这种现象？王氏认为《文心雕龙》是指导写作的著作，佛家思想不能做到这点，因此必须以儒家思想为指导。对此普慧提出："从世界观上讲，刘勰不可能因为《文心雕龙》是一部讲世俗文章写作之道的书，就改变他对宇宙世界的根本看法，改变他长期坚持的佛教神学信仰……"① 王氏观点的价值不仅在于他看到了《文心雕龙》与佛家儒家思想的关系，还在于这一问题本身的提出。后人在讨论《文心雕龙》的主导思想时多预先地将刘勰置于儒家文人的位置，再结合《文心雕龙》文本来分析。然王氏却是以史料为出发点，从刘勰身份入手思考，一个佛门中人的著作仅有个别词语使用佛家词汇似乎也不太合乎常理。范文澜认为："僧祐宣扬大教，未必能潜心著述，凡此造作，大抵皆出彦和手也。"这种观点上承明代徐、曹二氏而来。日本学者兴膳宏认为《出三藏记集》序文很有可能出自刘勰之手，这篇序系刘勰所作的可能性还是很大的，至少从《弘明集》前序后序等看来，此序文体与《文心雕龙》更为相近。如果说上述两位学者主要使用的是逻辑推理的方法，那么台湾学者陈建郎的博士学位论文《文心雕龙佛论辞源研究》以地毯式的搜索方式考察了全书 50 篇共 16532 个词汇，发现《文心雕龙》中的这些词汇有 11020 个出现在《弘明集》《出三藏记集》《广弘明集》中，所占比例高达 66%，继而发出了"仅以中国传统经学审之《文心雕龙》，窥豹摸象是必然的结果。以佛学解之，则惊叹《文心雕龙》中的佛学造诣更胜于其文学成就，拍掌成绝却难叹诵其功，伏案捧读也难处其境。后人仅以文学之释，必难逃舛论的宿命，佛式骈文之论，真是当时一大特色与此时的一大障碍"② 的喟叹。这篇论文循着王氏问题的提出给出了言之凿凿的答案。"刘勰将佛教与其它教派间的时代冲突，融入文学中，且巧妙隐藏佛教题材，欲以诸多佛教义理及佛教文论术语，

---

① 普慧：《论佛教与古代汉文学思想》，《文艺研究》2006 年第 10 期。
② 陈建郎：《〈文心雕龙〉佛论辞源研究》，硕士学位论文，台湾佛光大学，2009 年，第 287 页。

回旋冲撞于文中。"① 对于陈建郎的观点，此处不作评论，但他所做出的这部分研究无疑拓宽了《文心雕龙》研究的思路，而这种拓宽也是以明人的研究为基础的。

通过上述分析可知，明人对《文心雕龙》问题的思考始终坚持以史实为依据，以原典为准绳的方法。如王惟俭，他的疑问完全是以史料为依据提出的，虽然他仅仅提出疑问并没有给出解答，但这种不做臆断，不做猜测的方法不失为一种实事求是的态度。

### 二 《文心雕龙》与佛学的关系

明人认为《文心雕龙》华靡的文风与"佛学"有直接的关系。

乐应奎序：

> 或曰怪，则尝于《练字》之篇其厌奇怪也，已先言之矣。或曰拘于骈骊，如《俪辞》篇所云，则骈骊之体，亦非易作也。或又以其犹滞六朝之风气，独不曰文运每关乎世运，相为污隆者也，梁又何时耶？然又可以过论乎哉？唯其思致备而品式昭，则亦可以传也。②

都穆跋：

> 夫文章与时高下，时至齐、梁，佛学昌炽，而文随以靡，其衰甚矣。③

上述序跋作者认为刘勰"深于文理，折衷群言，究其指归，而不谬于圣人之道"。如果从上述诸人辩驳的反面思考，恰恰说明当时学界存在的一种对立观点：强调《文心雕龙》骈俪华靡的文风，而这与当时佛教的昌炽相关。也就是说，在明人看来，《文心雕龙》绮靡的风格是六朝风气使然，而六朝的"文多绮丽，气甚衰靡"与"齐、梁以下，佛学昌炽"

---

① 陈建郎：《〈文心雕龙〉佛论辞源研究》，硕士学位论文，台湾佛光大学，2009年，第288页。
② 杨明照：《〈文心雕龙〉校注拾遗》，上海古籍出版社1982年版，第729—730页。
③ 同上书，第745页。

第七章 明代《文心雕龙》接受中的其他问题　175

有密切的联系。

第一，明人在概括包括《文心雕龙》在内的齐梁文学特征时多用"靡"字。在中国古代文学语境中，"靡"多与"绮"并用。《汉书》颜师古注："绮，文缯，即今之细绫也"，郭璞注："靡，细好也"，西晋陆机首倡"诗缘情而绮靡"，李善注："绮靡，精妙之言"。"绮靡"包含以下要素：一是辞藻，"靡"要求辞藻华美，这种华美是作者精心雕琢和锤炼过程的一种凝结，如陆云"靡靡日夜远，眷眷怀苦辛"中叠字的使用，潘岳"归雁映兰畤，游鱼动园波"中动词的选择等。二是句式，句式要突出对偶的特点。三是声律，《文赋》说："暨音声之迭代，若五色之相宣"，文章须与声律搭配和谐。总之，"绮靡"绝非"徒悦目而偶俗，因高声而曲下"，它是文学发展到一定阶段在审美上达到一定成就的表现。

明人普遍认为绮靡并不值得提倡。以徐祯卿为例，他说："'诗缘情而绮靡'，则陆生之所知，固魏诗之渣秽耳。嗟夫，文胜质衰，本同末异，此圣哲所以感叹，翟朱所以兴哀者也。夫欲拯质，必务削文……由质开文，古诗所以擅巧；由文求质，晋格所以为衰。若乃文质杂兴，本末并用，此魏之失也"①，将"晋格所以为衰"的原因归结为"绮"。而清水出芙蓉般的"天然去雕饰"才值得肯定，如侯一元在《广西右布政使许公应元墓志铭》中言"君为诗冲澹而不尚绮靡，亦典雅有则"；陆楫在《上徐少湖阁老书》中言"公生平大学问，往于国典朝章刻意考索，未尝屑于词赋绮靡之学"；雷礼在《河南参政王遵岩墓表》中言"造诣益邃，穷制作之妙，不为绮靡语，古雅醇深"。对于这种观点的正误这里不作评价，它反映的是明人对"靡"的否定。

第二，明人认为六朝之"靡"与佛学有直接的联系，如都穆在跋文中说："至齐、梁，佛学昌炽，而文随以靡，其衰甚矣。"佛学关注的是佛教研究中的义理思想、佛教典籍的艺术风格等问题，明人则看重佛教典籍的艺术风格，在讨论以《文心雕龙》为代表的六朝文风与佛教是否有直接联系时也是如此，这也就是汤用彤所说的文字之表现。而文字之表现主要是指汉译佛典对六朝文风的影响，即"齐、梁，佛学昌炽"，文则"随以靡"，"随"表明了两者的主次关系。文人对佛学的认识主要来自佛

---

① （明）徐祯卿：《谈艺录》，载钱钢、周锋、张寅彭编著《中国诗学》（第三卷），东方出版中心1999年版。

经,佛经的译作与"靡"联系密切。佛经是对佛陀(释迦牟尼)说法的记录,我国佛经翻译的历史可追溯至东汉,当时译经者主要是胡人或僧人,所译佛经多为短篇,以直译为主,质量也参差不齐。至魏晋南北朝,随着佛教的兴盛和一批佛经翻译大家如图澄、道安和鸠摩罗什的出现,经书的译作达到了较高的水平。由质趋文是佛典翻译的特点之一,佛经的"靡"对文学的发展产生了不小的影响。僧祐说:"至于杂类细经,多出四含,或以汉来,或自晋出,译人无名,莫能详究。然文过则伤艳,质甚则患野,野艳为弊,同失经体。故知明允之匠,难可世遇矣。"(《胡汉译经音义同异记》)[1] 佛经的"靡"对文学的艺术手法运用影响较大。以宫体诗为例,中国古代诗歌中涉及女色的并不多,对女色的描写在中国传统文化中并没有根基,但它却在佛教盛行的齐梁时期如昙花般怒放。在古印度艺术中,最常见的事情就是男女之事,无论是在文学还是在雕塑、美术中此类题材的描绘比比皆是,如《方大庄严经》卷第九《降魔品》描述了魔女诱惑佛陀时"恩爱戏笑,眠寝之事,而示欲相"在内的三十余种媚相。此类手法对齐梁文学产生了巨大的影响,如梁武帝的《欢闻歌》"艳艳金楼女,心如玉池莲。持底报郎恩,俱期游梵天",受佛经的影响显而易见。除了情思外,佛经瑰丽的想象对"靡"也产生了诸多的影响。如范晔说:"好大不经,奇谲无已,虽邹衍谈天之辩,庄周蜗角之论,尚未足以概莫能外。"[2]

第三,明人看到佛学对刘勰文风的影响符合实际,但将刘勰文风的靡艳归之于"佛学昌炽"却并不客观。卡冈认为:"风格的结构直接取决于时代的处世态度,时代社会意识的深刻需求,从而成为该文化精神内容的符号。"[3] 与汉代和盛唐相比,六朝虽然政治上卑弱,但对美的追求却达到了极致。佛经中的"靡"固然影响了当时文风,但说"文随其靡"却稍嫌夸大其词,因为佛经的"靡"与六朝文风是相互影响的,如道安在《摩诃钵罗若波罗蜜经钞序》提出了"五失本三不易"之说:其中第二条讲"胡经尚质,秦人好文,传可众心,非文不合,斯二失本也",即与梵

---

[1] (南朝梁)释僧祐:《出三藏记集》,苏晋仁校,中华书局1995年版,第15页。
[2] (南朝宋)范晔:《后汉书》卷88,中华书局1972年版。
[3] [苏]卡冈:《文化系统中的艺术》,载《世界艺术与美学》第六辑,文化艺术出版社1983年版。

经的质朴相比,时人更喜欢具有华美文风的辞采,要想让读者满意,须对译文加以修饰。反之,译文的注重修辞文饰又促进此种文风的深化。

明人关注《文心雕龙》涉佛问题同明代佛教繁荣关系密切。法国批评家丹纳曾指出:"任何一件文学艺术的作品,它的存在都不是孤立的、偶然的,而应该以一种总体思想结构来解释和发现一种艺术样式产生、兴起、衰落和消失的社会环境和历史时代。"① 明代佛教兴盛,尤其是在明中期,正统以后出现了"僧尼道士逾万"的局面,据官方统计,僧人数量高达40万,当时"虽然已经看不到像隋唐那样光辉灿烂的佛教教理,但是通过对观音的信仰、念佛会、放生会、受戒会、素食等实践活动,使佛教深深地渗透到人民之中,而且佛教还满足了人民'有求必应'这个现世利益,佛教信仰同道教和民间信仰很协调,与人民生活密切联系起来了"②。明代文人与僧人交往更为密切且深刻,与僧人的禅交成为当时的一种时尚。谢肇淛对佛教的普遍性社会影响曾记载道:"今之释教,殆遍天下,琳宇梵宫,盛于黉舍,哗诵咒呗,嚣于弦歌。上自王公贵人,下至妇人女子,每谈禅拜佛,无不洒然色喜矣。"③ 文人喜好游走寺庙、交游名僧,这在张岱文中有所体现:"戊寅冬,余携竹兜一、苍头一,游栖霞,三宿之……与余谈。"(《陶庵梦忆》)都穆在跋文中提出了佛教与文风的关系,这也并非偶然。都穆曾作《学诗诗》:"学诗浑似学参禅,不悟真乘枉百年。切莫呕心并剔肺,须知妙语出天然。学诗浑似学参禅,笔下随人世岂传。好句眼前吟不尽,痴人犹自管窥天。学诗浑似学参禅,语要惊人不在联。但写真情并实景,任它埋没与流传。"④ 将作诗之法以参禅喻之,足见佛学对他的影响之深。

总之,佛学主要以其理性境界、思维方法等内在途径对文学产生影响,其对《文心雕龙》的影响也是如此。但明人对于这种深层次的影响并不提及,而是仅仅从其对文风的影响入手,所以说明代对《文心雕龙》

---

① [法] 丹纳:《艺术哲学》,傅雷译,人民文学出版社1963年版,第173页。
② [日] 镰田茂雄:《简明中国佛教史》,载蓝吉富主编《世界佛学名著译丛》第42期,台北,第310页。
③ (明) 谢肇淛:《五杂俎》,辽宁教育出版社2001年版,第164页。
④ (明) 都穆:《南濠诗话》,载周维德集校《全明诗话》,齐鲁书社2006年版,第509页。

佛教问题的关注处于初级阶段是符合实际的。①

作为一名深受儒学濡染的文人，刘勰服膺儒家经学，其人生目标的设定和轨迹也遵循着儒家的价值观，《文心雕龙》的创作既是刘勰对"立言"的践行，也是其迈向"立功"的一个步骤。刘勰作《文心雕龙》的目的在《序志》中已经说得很清楚："形同草木之脆，名逾金石之坚；是以君子处世，树德建言，岂好辩哉？不得已也。"在其他篇章如《诸子》中亦有："唯英才特达，则炳曜垂文，腾其姓氏，悬诸日月焉。"然在当时环境下，道家、佛家都无法使他完成这样的历史使命，刘勰对此也有清醒的认识，为文也只有符合正统的文学观念和官方的意识形态才会被认可，因此刘勰针对当时文坛之弊端，以正本清源为目标，创作了《文心雕龙》。在朝着仕途前进的路上，刘勰以佛门中人的身份来追随僧祐是否具有政治上的意图，旁观者或许不该妄加揣测，但僧祐当时在萧氏政权中的地位既特殊又显赫却是确凿无疑。不论是作为文人还是佛门中人，刘勰都有着明确的现实目的：实现以"三立"为旨归的人生目标。在这一追求过程中，刘勰以"为文"的方式进行努力。所以在他的作品中既有《文心雕龙》这样以儒家思想为主的著作，也有《灭惑论》这类佛家作品就不难理解了，因此，刘勰的思想中兼具儒、佛甚至道家思想，这些思想有意或无意地表现于具体的作品中，如以词汇、句式等形式表现在文本中。但无论是刘勰的初衷还是文本最终呈现出来的却是：《文心雕龙》是以儒家"宗经"思想为纲，宗经的落脚点在"文"上，宗经自始至终贯穿于全书各个章节，除了文原论之外，创作论、文体论也始终以"宗经"为原则，对此台湾学者蔡宗阳的《刘勰〈文心雕龙〉与经学》有详尽的论述。如果由刘勰存在佛家思想就推断出《文心雕龙》的主导思想是释家，显而易见是不合理的。因此，在探讨《文心雕龙》

---

① 今人研究《文心雕龙》涉佛问题具有代表性的著述主要有：饶宗颐《刘勰文艺思想与佛教》认为"佛学者乃刘勰思想之骨干，故其文艺思想亦以此为根柢。必于刘勰与佛家关系有所了解，而后文心雕龙之旨意，斯能豁然贯通也"；张少康、笠征《刘勰〈文心雕龙〉和佛教思想的关系》，提出龙树的中道观对刘勰的影响，提出不执一端的批评方法；石垒《〈文心雕龙〉原道与佛儒二教义理论集》提出应对南北朝至唐代时期佛学对文学理论的影响做深入的研究。此外还有潘重规《刘勰文艺思想以佛学为根柢辩》、朱文民《刘勰的佛学思想》、台湾佛光大学陈建郎硕士论文《〈文心雕龙〉佛论辞源研究》、陶礼天《僧祐〈释迦谱〉考论——兼论佛学与〈文心雕龙〉方法论之关系》等。

主导思想的时候必须有明确的认识：即刘勰的思想与《文心雕龙》的思想不能等同视之。

## 第二节 明代科举与《文心雕龙》

科举制度始于隋、成于唐，宋元时期逐渐完备，它不仅是一种文化、教育制度，也是专治集权的统治工具。明代是中国科举制度的鼎盛时期，明代科举对全社会尤其是文人群体的价值观念、思维方式都产生了不可估量的影响，对《文心雕龙》接受主体、接受形式、接受内容也产生了直接或间接的影响。明代《文心雕龙》的接受主体多是具有科举背景的文臣，这一群体关注《文心雕龙》的主要原因在于，《文心雕龙》的宗经观念和它为八股文写作提供了全面有效的技法指导。明代八股文评的繁荣又反过来促进了《文心雕龙》点评的发展，扩大了《文心雕龙》在明代的传播。

### 一 接受主体的身份特征

"文学是人学"，文学创作和研究归根到底是由人来完成和实现的，从某种意义上讲研究者的学术背景、知识结构乃至社会地位、家庭出身都可能对其研究产生影响，而对接受主体的关注也是接受学中重要的一部分。明代《文心雕龙》的接受主体较之前代更为广泛，不仅包括文学界的知识分子，还涉及戏曲界、藏书界的一些成员，这部分人毋庸置疑可归入文人的行列，但将《文心雕龙》的接受者统称为"文人"却并不准确。"文人"的概念正式提出于汉代，其主体在一开始并没有固定、统一的标准，即便在同一朝代，人们对"文人"的理解也不尽相同。从广义的角度看，"文人"是与"非文人"相对应的一个概念，"文"既包括文化范畴，也涵盖文学领域，凡是与上述行业相关的人员都可以称之为文人；狭义的文人则是指知识阶层中从事文学创作的群体，如诗歌、散文、小说、戏曲的作者，甚至可以细化为与诗人相区别的作家，如江盈科言："从古以来，诗有诗人，文有文人。譬如斫琴者不能制笛，刻玉者不能镂金。专擅则独诣，双骛则两废。"（《雪涛诗评》）明代的情况尤其复杂。由于戏曲、小说相继出现，遂形成写作戏曲、小说的专业文人群体，这类文人在晚明时期数量众多，影响不容小觑，甚至出现了"隆庆、万历以后，布衣几抗簪缨"① 的情形。

通观《文心雕龙》在明代的接受状况，可知明代的《文心雕龙》接受者多具有"文臣"的身份。"夫穷曰文士，达曰文臣"②，文臣是官，具有明确的政府公职身份；无职文人则是民，属于布衣阶层，两者的社会地位及其对文学发展的影响势分悬绝。《后汉书》开史书设《文苑列传》之先河，将那些无法做到立德立功却以文章扬名的文人进行归类，他们"或学优而不切，或才高而无贵仕，其位可得而卑，其名不可湮没"（《隋书·文学》序言）。"学而优则仕"是历代文人在现实世界践行儒家之道的不二选择，文人的名望虽与其文学成就相关，但其社会地位和社会影响力根本上取决于他的门第与官位。明代与魏晋的选官制度不同，官位是决定文人地位最重要的因素。"一个作者无论他出身华素，到他成为文人时，他必须已经有了实际的官位，这政治地位实在就是他文人地位的重要决定因素。"③ 而很多文臣耻于归入"文人"序列，力求"养其器识而不堕于文人也"④。明代承袭宋代之风，文人与儒者的差异更加明显。如明人何良俊所言："今世谈理性者，耻言文辞；工文辞者，厌谈理性。"最有代表性的例子就是宋濂和杨士奇，两人均为各自时代的"文臣之首"，在当时文坛影响巨大，然宋濂曰："或以文人称之，则又艴然怒，曰：吾文人乎哉？天地之理，欲穷之而未尽也；圣贤之道，欲凝之而未成也。吾文人乎哉？"⑤ 杨士奇亦曰："儒者鲜不作诗，然儒之品有高下，高者道德之儒；若记诵词章，前辈君子谓之俗儒。"⑥ 可见他们将自身定位为儒者，而非文人。

在对待文学创作的态度上，儒者主张为文目的应是经世载道而非炫耀雕虫技艺。以诗歌为例，明人认为儒者之诗与文人之诗有着明显的差异。如钱谦益言："余惟世之论诗者，知有诗人之诗，而不知有儒者之诗。

---

① 陈广宏：《晚明福建地区的城市诗人》，载《中西学术》（二），复旦大学出版社1996年版，第140—155页。

② （明）薛冈：《天爵堂文集笔余》，载《明史研究论丛》第三辑，江苏人民出版社985年版，第328页。

③ 王瑶：《政治社会情况与文士地位》，《中古文学史论》，商务印书馆2011年版，第6页。

④ （明）顾炎武：《顾亭林诗文集》，中华书局1983年版，第96页。

⑤ （明）宋濂：《白牛生传》，载罗月霞主编《宋濂全集》，浙江古籍出版社1999年版，第80页。

⑥ （明）杨士奇：《圣谕录》卷中，中华书局1998年版，第394页

《诗》三百篇,曰《雅》,曰《颂》,言王政而美盛德者,莫不肇制典谟,本于经术。炎汉以降,韦孟之《讽谏》,束广微之《补亡》,皆所谓儒者之诗也。唐之诗人,皆精于经学,韩之《元和圣德》,柳之《平淮夷》,《雅》之正也。玉川子之《月蚀》,《雅》之变也。"① 可见,在儒者眼中,为文要有经学根基,应"载道""致用",而"抒情言志"的功能不可喧宾夺主。"文以阐道,道阐而文实,《六经》所载皆然也……今之言者曰华而无文。嗟乎!夫人有蹈道之言,有见道之言,安论性行一轨?言而不欲合道传志,将何为邪?故知文士之言靡而寡用。"这正与《文心雕龙》的指导思想相契合。

## 二 接受者的科举背景

文人的科举背景可概括为两种,一种是具有科举的背景,如贡生;另一种是通过科举而晋身,本书所指的主要是后者。明代文臣须经科举,进士②在明代的政权结构中占有绝对的优势,"有明一代,最重进士,凡京朝官清要之职,举人皆不得与;即同一外选也,繁要之缺,必待甲科,而乙科仅得遥远简小之缺,其升调之法亦多不同。甲科为县令者,抚、按之卓荐,部院之行取,必首及焉,不数年,即得御史、部曹之职。而乙科沉沦外僚,但就常调而已"③。《明史》载:"自天顺二年,李贤奏定纂修专选进士,由是非进士不入翰林,非翰林不入内阁……通计明一代宰辅一百七十余人,由翰林者十九。盖科举视前代为盛,翰林之盛,则前代所绝无也。"④ 这种"非进士不入翰林,非翰林不入内阁"的局面对文化专制、官方意识形态浓重的明代文学影响巨大。明初宋濂的文学观,以及后来以三杨为代表的台阁体的出现无不印证了这一点。因此,这种由进士组成的接受群体对《文心雕龙》在当时的传播和影响有着不容忽视的作用。

具有科举背景的文人多有较高的文化素养和文学功底。明代的科举要

---

① (清)钱谦益:《牧斋有学集》,上海古籍出版社1996年版,第823页。
② 进士原意为贡举人才,始见《礼记王制》,隋炀帝设置进士科,作为科举科目之一,唐代以进士科最为重要,及第者皆称进士。明清时,贡士经殿试录取者皆称进士。
③ (清)赵翼:《陔余丛考》卷18,河北人民出版社2007年版。
④ (清)张廷玉等:《明史》,中华书局1974年版,第1679页。

求应试者具有综合性的文化修养。据统计，明代状元别集涉及近七十种文体①，明太祖曾明确提出："其应文举者，察其言行，以观其德；考之经术，以观其业；试之书算、骑射，以观其能；策之经史时务，以观其政事。"② 士子们大都接受过系统的学校教育，《明史·选举志》载："明制，科目为盛，卿相皆由此出，学校则储才以应科目者也……科举必由学校，而学校起家，可不由科举。"③ 学校所开设的科目乃至教员的选举都有着严格的制度，"学校礼义相先之地，宜推贤让能……各该学教官，通质长短及其进修功夫，仍令诸生各录经义所得所疑及治事业次，以凭按临查考。儒士有善，一体访求。其有过恶者，不许冒送科举。"④ 这就使得学业不佳的士子被排除出了参加科举的行列。因此科举群体的整体素质很高，这无论对《文心雕龙》的接受、研究还是传播都具有积极的意义。

第一，《文心雕龙》崇儒宗经的思想与明代科举理念一致。"文化政策是统治阶级实施文化管理和意识形态统治所采取的规章制度、原则要求、战略策略的总称，直接表现了统治阶级在特定历史时期的文化自觉、文化意志与政治利益。"⑤ 与前代相比，明代科举尤重儒家经学和程朱理学。明代"崇尚儒术，春秋祭享先师，内外费至巨万，尊师之道可谓隆矣"。洪武十四年（1381）"颁《五经》、《四书》于北方学校。上谓廷臣曰：'道之不明由教之不行也。夫《五经》载圣人之道者也，譬之菽粟布帛家不可无，人非菽粟布帛则无以为衣食，非《五经》、《四书》则无由知道理"⑥。明代中后期更是"国朝尊尚儒教，科目日重，百余年来非从此出者，辄以为异路，不得登庸显矣"⑦。

儒家经学在明代科举中占据绝对的主导地位。《明史》卷69载："国家明经取士……务将颁降四书五经、《性理大全》、《资治通鉴纲目》、《大学衍义》、《历代名臣奏议》、《文章正宗》及当代诰、律、典、制等书，

---

① 参见陈文新、郭皓政《明代状元别集文体分布情形考论》，《文艺研究》2010年第5期。
② 《明太祖实录》卷22，台湾中研院历史语言研究所校印本。
③ （清）张廷玉等：《明史》，中华书局1974年版，第1675页。
④ （明）魏校：《庄渠遗书》卷9。
⑤ 钱国旗：《历代文化政策及其得失》，《青岛大学师范学院学报》2007年第12期。
⑥ 《明太祖实录》卷152，台湾中研院历史语言研究所校印本。
⑦ （明）王世贞：《凤洲杂编》卷4，艺文印书馆1966年版。

课令生员诵习讲解,俾其通晓古今,适于世用。"① 科举对经的重视在社会上产生了不可估量的影响,在明末甚至出现了"学校虽设,读书者少。自设县至今,科第所然,经书而外,典籍寥寥,书贾亦绝无至者"的现象。以"原道""征圣""宗经"为核心思想的《文心雕龙》在意识形态和具体应用上都与明代科举的要求相契合。

第二,《文心雕龙》虽非直接针对科举考试的写作指导,但却涉及包括公文在内的诸多文体。而在明代科举的巨大影响下,人们对《文心雕龙》的接受也反映在八股文的写作上。作为一种应试文体,明代的八股文在结构和各部分作法上有着固定的模式,写作者有规律可循。商衍鎏将明代八股文分成四个时期,分别是成化、弘治之前,嘉靖时期,隆庆、万历时期,天启、崇祯时期。不同时期的八股文具有不同的特点,方苞在《钦定四书文凡例》中说:"正、嘉作者,始能以古文为时文,融液经史,使题之义蕴隐显曲畅,是为明文极盛之时。隆、万间兼讲机法,专事凌驾,轻剽促溢,务为灵便,虽巧密有加,而气体颓然矣。天、崇之间,或失于苦,或失于浮,自后诸家力移风气,则有穷思毕精,务为奇特;包罗载籍,雕刻物情,凡胸所欲言者,皆就题以发挥之。"② 清人戴名世曾论及八股文的评判标准:"道也、法也、辞也,三者有一之不备焉而不可谓之文。"③ 而《文心雕龙》对此有具体的论述。

首先,科举的目的在于选拔经世致用之才。因此,它要求为文者能作出"于国家化民俗之意,学者修己治人之方"的载道之文。如"洪武三年五月初一,初设科举条格,诏内开第一场,《五经》义各试本经一道,限五百字以上,《易》程、朱氏《注》,《书》蔡氏《传》,《诗》朱氏《传》,俱兼用古注疏。《春秋》左氏、公羊、谷梁、张洽《传》。《礼记》专用古注疏。《四书》义一道"④。《文心雕龙》首篇即论"道",以道为文之本原,诚如纪昀所言:"自汉以来,论文者罕能及此。彦和以此发端,所见在六朝文士之上。"又说:"文以载道,明其当然;文原于道,明其本然,识其本乃不逐其末。首揭文体之尊,所以截断众流。"《文心

---

① (明)张居正:《张太岳集》,上海古籍出版社1984年版,第496页。
② 商衍鎏:《清代科举考试述录及有关著作》,百花文艺出版社2004年版,第253页。
③ (清)戴名世:《戴名世集》,王树民编校,中华书局版1986年版,第109页。
④ (明)顾起元:《客座赘语》卷1,凤凰出版社2009年版。

雕龙》明确提出了作文的前提是"道心"和"神理"①。"道"在《文心雕龙》中是一个抽象的概念,从《原道》一篇的总体逻辑结构看,它是在天人合一之下的一种天人感应思想,人文必须在道的统照之下进行,"鼓天下之动者存乎辞",辞从属于人文,人文源于道,人文也是道之文。圣人以文为媒介将"道心"和"神理"具体化,圣人之文曰经,经之所以是为文的宗旨也正由于它是天理的体现。故刘勰强调"道沿圣以垂文,圣因文而明道"。至明代,六朝时期的诸多文论性质的著作都已亡佚,而《文心雕龙》却得以留存并备受关注,这与它的宗经思想是有关系的。明代的科举宗旨与《文心雕龙》的指导思想一致,这既为举子接受它提供了可能,也使得它对八股文的写作产生了切实的指导作用。

其次,就"法"和"辞"来说,《文心雕龙》在明代尤其是明代中后期被视为文之司南。李维桢言:"六朝人论文莫如《文心雕龙》,虽有作者,莫之能易"②,视《文心雕龙》为六朝文论的巅峰。何良俊也说:"古之论文者,有……刘勰《文心雕龙》……诸篇。作文之法,盖无不备矣。苟有志于文章者,能于此求之,欲使体备质文,辞兼丽则,则去古人不远矣。"③ 此外,吴讷《文章辨体》、徐师曾《文体明辨》、陈懋仁《文章缘起注》、唐之淳《文断》、朱荃宰《文通》等也都多处征引刘勰的为文之法。《文心雕龙》的这种影响也波及八股文创作,上述文人皆具有科举身份,而上述言论出自他们,也足以看出《文心雕龙》对时人具体创作的影响。八股之法有很多机变,"一文必有一体,一体必有一机、一局,非漫然落笔遂能为也"④。作文者须"统首尾,定与夺,合涯际,弥纶一篇,使杂而不越者也",才能"去熔经意,自铸伟辞",而《文心雕龙》恰恰符合了此种要求。八股文重视谋篇布局且在结构上有严格的要求,"度谋篇之最胜者"。《文心雕龙》也注重文章结构,强调作文要首先谋篇,谋篇宜从大处着手,"是以规略文统,宜宏大体。先博览以精阅,总纲纪而摄契"。

最后,《文心雕龙》与当时那些纯粹应试型的投机性质的八股模板范

---

① 上述对"道"的理解参见汪耀楠《〈文心雕龙〉原道辩解》。
② 叶庆炳、邵红编辑:《明代文学批评资料汇编》,台湾成立出版社1979年版,第191页。
③ 杨明照:《〈文心雕龙〉校注拾遗》,上海古籍出版社1982年版,第435页。
④ (清)魏际瑞:《魏伯子文集》卷2,《四库禁毁书丛刊集部》(第四册),北京出版社2000年版。

文有着本质的区别。一方面,《文心雕龙》以宗经作为指导思想来统驭全书,明代"以经学取人,士子自一经之外,罕所通贯。近日稍知务博,以哗名苟进,而不穷本原,徒事末节。《五经》诸子则割取其碎语而诵之,谓之蠡测,历代诸史,则抄节其碎事而缀之,谓之策套……士习至此卑下极矣"①。当时在士子中存在一种现象,就是以经学为科举之"器",犹如科举应试的敲门砖,诚如王祖嫡所言:"皆以书坊所刊时文竞相传诵,师弟朋友自为捷径,经传注疏不复假目。"②另一方面,《文心雕龙》主张写作是一个内外兼修的整体过程,这与朱元璋的设科举"以取怀材抱德之士,务在经明行修,博古通今,文质得中,名实相称"的初衷一致。这对当时"学举子业,并无刊本窗稿……今满目皆坊刻矣"③,"明刻非程文类书,则士不读,而市不鬻"④的情景无疑具有拨乱反正的作用。可以说,《文心雕龙》一书中的写作方法对八股文的为文技法有切实的指导作用,使得明代举子对它格外关注。

第三,科举对于文学风潮有着导向性的影响。以唐代为例,唐科举中最重要的进士科主要考诗赋,"开元间始以赋居其一,或以诗居其一,亦有全用诗赋者,非定制也。杂文之专用诗赋,当在天宝之间"⑤。这对唐代诗赋的繁荣起到了间接的促进作用,诚如宋人严羽所言:"唐以诗取士,故多专门之学,我朝之诗所以不及也。"同样的情形在明代也出现,只不过此时的八股文代替了唐代的诗赋,"唐世功名富贵在诗,故唐世人用心而有变……明代功名富贵在时文,全段精神俱在时文用尽,诗其暮气为之耳"(《答万季野诗问》)。科举对士人思维方式的影响在文学创作和文学评论上均有体现。明代的一些作品有明显的八股文痕迹,对此清人潘德舆指出:"汉魏诗似赋;晋诗似道德论……元诗似词;明诗似八股时文。风气所趋,虽天地亦因乎人,而况文章之士乎?"(《养一斋诗话》)道出了明代诗歌与八股文的关系。不仅诗文如此,在明前期文人创作的戏曲中也普遍存在着八股文的腔调,徐渭曾指其为"以时文为南曲"。对此,隆庆进士于慎行指出:"著作之文,由制举而敝,同条共贯则一物

---

① (明)杨慎:《举业之陋》。
② (明)王祖嫡:《明郡学生陈惟功墓志铭》《师竹堂集》卷22,明天启刻本。
③ (明)李诩:《戒庵漫笔》,中华书局1982年版,第334页。
④ (明)徐元懋:《古今印史》,明刻本。
⑤ (明)徐松:《登科记考》,中华书局1984年版,第70页。

也。何者？士方其横经请业，操觚为文，所为殚精毕力，守为腹笥金籝者，固此物也。及其志业已酬，思以文采自现，而平时所沉酣濡戴入骨已深，即欲极力模拟，而格固不出此矣。"① 作为一名科举中人，他更能体会为文时"平时沉酣濡戴入骨已深"的影响。这种影响在文学批评中也表现得很明显。八股评点在隆庆、万历时期迅猛发展，涌现出诸如武之望、李廷机、袁宗道、陶望龄、郭正域、周应宾、季道统等八股理论大家和众多的八股文评点本，如李尧民的《皇明四书文选》、钟惺的《四书参》、王梦简的《四书征》、刘绘的《醒泉窗稿序》等。这些书多集文选评点于一身，八股文评点的初衷在于为士子举业提供指导和技巧，但它所产生的效应却远远超出了这一目的。这种批评方式不仅扩展到散文、小说、戏曲等体裁，明人对《文心雕龙》的点评也受到八股文评的影响。以《文心雕龙》最著名的评点者杨慎为例，杨氏所采用的五色圈点法也与当时的科举制度有关。杨慎一门地位显赫，且都为科举出身，杨慎本人更是贵为状元，对科举的诸种规定可谓了然于心，也受到潜移默化的影响。洪武十七年（1384）规定：誊录所务依举人原卷字数语句誊录相同，于上附书某人誊录无差，毋致脱漏添换；一、对读所一人对红卷，一人对墨卷，须一字一句用心对同，于后附书某人对读无差，毋致脱漏；一、举人试卷用墨笔，誊录、对读、受卷、皆用红笔，考试官用青笔。其用墨处不许用红，用红处不许用墨，毋许混同。这种科举规定或许也使杨慎受到启发。

总之，科举制度对明代《文心雕龙》的接受和传播有着不容忽视的影响，这也是明代《文心雕龙》接受的重要特点之一。

## 第三节 明人对《文心雕龙》涉梦问题的研究

《文心雕龙》中记载了刘勰梦孔子的梦境。刘勰在《序志》篇中意味深长地记载了自己梦见孔子的经历：

> 予生七龄，乃梦彩云若锦，则攀而采之。齿在逾立，则尝夜梦执丹漆之礼器，随仲尼而南行。旦而寤，乃怡然而喜，大哉圣人之难见哉，乃小子之垂梦欤！自生人以来，未有如夫子者也。敷赞圣旨，莫

---

① （明）王锜：《谷山笔麈》卷8，中华书局1984年版。

若注经，而马郑诸儒，宏之已精，就有深解，未足立家。唯文章之用，实经典枝条，五礼资之以成，六典因之致用，君臣所以炳焕，军国所以昭明，详其本源，莫非经典。而去圣久远，文体解散，辞人爱奇，言贵浮诡，饰羽尚画，文绣鞶帨，离本弥甚，将遂讹滥。盖《周书》论辞，贵乎体要；尼父陈训，恶乎异端；辞训之异，宜体于要，于是搦笔和墨，乃始论文。①

明人对此梦给予了极大的关注，这种重视在明代之前和之后的《文心》研究中都不曾出现。明人肯定了刘勰所构建梦境的真实性，并刻意强调此梦的神圣性和神秘性，同时认为此梦是促成《文心雕龙》创作的主要动力，而这也是明人对《文心雕龙》宗经思想接受的反映。将曾经的梦境置于占全书纲要地位的序志中，足见此梦的不同寻常以及刘勰对其重视程度。刘勰以纪实的口吻和虔诚的态度肯定了梦的真实和奇异，并直言此梦带给自己的惊喜：自己搦笔和墨是在孔子的眷顾和授意下进行的。明代龙学研究者对刘勰的梦境表现出了极大的兴趣和关注，这集中体现在明代《文心雕龙》不同版本的序言中。"序，绪也。字亦作'叙'，言其善叙事理，次第有序，若丝之绪也。"（《文体明辨》）其目的在于陈述为文的、宗旨、动机，以及对文章的内容、体例作扼要的概括和评价。序可分为自序和他序，后者多出于相关领域的专家之手，兼具客观性和时代性，是古代文论研究重要的文献与理论资源。正如汉学家宇文所安在《中国文论·英译与评论》中所说："中国文学思想有几个比较大的资料来源，'序'就是其中的一个。"② 作为《文心雕龙》传播与接受的繁荣时期，明代《文心雕龙》版本数量之多空前绝后，而其中的序言也构成《文心雕龙》研究的重要资料。明代《文心雕龙》序言约12篇，其中明确提及此梦的有6篇，分别是：嘉靖庚子新安本方元祯序、嘉靖辛丑建安本程宽序、嘉靖癸卯新安本佘诲序、嘉靖乙巳沙阳本乐应奎序、万历已卯张之象本张之象序、明万历辛卯伍让本伍让序。③ 此外，明代的一些著

---

① 周振甫：《〈文心雕龙〉今译》，中华书局2005年版，第453页。
② [美]宇文所安：《中国文论：英译与评论》，王柏华、陶庆梅译，上海社会科学院出版社2003年版，第8页。
③ 参见杨明照《〈文心雕龙〉校注拾遗》，上海古籍出版社1979年版，第724—759页。

作，如朱荃宰《文通》中的《诠梦》篇颇似《文心雕龙》的《自序》，对此，《四库总目》直言："文通独先刻成其书，古今文章流别及诗文格律——为之析。盖欲仿刘勰《雕龙》而作。末诠梦一篇，酷摹勰之自序。"上述材料对刘勰的梦境或直引，或转述，或引申，表现出对刘勰梦境的极大兴趣和关注。

**一　对梦境真实性和神秘性的建构**

明人从传统文化角度出发对刘勰梦境真实性的构建予以接受，且进一步强化此梦的神秘性。

乐应奎序：

> 刘彦和故自言尝梦从仲尼游，寤而思敷赞圣言，莫若注经，乃搦笔和墨，论著古今文体，以成此书……然则是书开先于神助，而括尽乎人能者也。①

刘勰之梦的真伪姑且不论，但刘勰本人对此梦所进行的真实性构建和其主观上对其神秘性、奇异性的宣扬却毋庸置疑。此梦可分为两个环节。

梦境的第一个环节是年幼时攀采彩云。一方面，云在中国传统文化中具有象征意义，《周礼》言："云有五色，可辨吉凶，郑氏曰以二分二至观云色。青为虫、白为丧、赤为兵、黑为水、黄为丰年。"《汉书·天文志》载："若烟非烟，若云非云，郁郁纷纷，萧索轮囷，是谓庆云。庆云见，喜气也。"至魏晋，祥云的象征意义已被民众普遍接受，彩云即是庆云，也称为景云、卿云，与刘勰同时代的沈约在《宋书》中说："云有五色，太平之应也，曰庆云。若云非云，若烟非烟，五色纷缊，谓之庆云。"另一方面，云还具有神性，《论衡》曰："神灵之气，云雨之类。"李砚祖提出："当人们把这种具有神秘属性的感知用'纹样'的符号或形态表现出来时，这些'纹样'的符号、图式，必然带着各种神圣、神秘的灵验意味，甚至认为具有与原有物象同样的功能与神性。"② "彩云若锦，则攀而采之"对刘勰的意义类似于"贞枝柳兮枯槁，枉车登兮庆

---

① 参见杨明照《〈文心雕龙〉校注拾遗》，上海古籍出版社1979年版，第730页。
② 李砚祖：《装饰之道》，中国人民大学出版社1993年版，第10页。

云"。而这很容易让人联想到蒙学名著《幼学琼林》中的"攀仙桂,步青云,皆言荣发"。刘勰似乎在告诉世人,自己仕途荣发具有必然性,因为种种端倪在其年幼时就已显现出来。明代也视彩云为吉象,如方孝儒《御书赞》云:"惟天不言,以象示人,锡羡垂光,景星庆云。"明初孔尚任则在《桃花扇》中说:"祥瑞一十二种……河出图,洛出书,景星明,庆云现",将庆云与祥瑞联系在了一起。

梦境的第二个环节是成年后"梦执丹漆之礼器,随仲尼而南行",这是彩云之梦的继续和发展,为刘勰青云之路指出具体的实现途径。唐代李延寿《南史》中对刘勰的记载仅有三百余字,其中对梦境中这一环节却用了109字,足见以李延寿为代表的唐代史学家对刘勰梦境以及《文心雕龙》一书宗经观的重视,而这一记载或许对明人有一定程度的启发。"随仲尼而南行"表明刘勰追随孔子的愿望。追随圣人最直接的途径是注经,但前人对此已有深解,再重复也不足以立命,所以刘勰选择了论文。那么,刘勰为什么在追随孔子之时是"执丹漆之礼器"呢?这与刘勰最终选择论文之路有什么关系呢?黄侃认为刘勰梦中的"礼器"是笾豆。郑玄注《周礼·天官·笾人》云"笾,竹器,如豆者"。笾是竹制的,祭祀时盛放枣、粟、果脯之类干物的器皿。刘勰此处的礼器是否就是笾,尚不能凿实,但可断定这种礼器是儒家文化的象征。在儒家典礼仪式中,礼器是必不可少的要素之一,"不仅具有象征王权的政治特征,而且具有象征圣德的伦理特征"[①]。"在古代器物中,礼器与非礼器有其严格的区分,这种区分,既是礼器的象征作用及其神圣性决定的,同时,也是礼器所具有的原始性与非功用性决定的。"[②] 而对礼器用丹漆加以修饰就是要凸显其神圣性,"祭祀用器表现为持器者与神灵的联系,其特征一般表现为对神的隆与敬,特殊的祭器则体现为沟通人神的特权;权力象征物表现为持器者非同凡人的至尊至上的权威,并表现为持器者在社会组织中所享有的定支受天有大命与生杀予夺之大权"[③]。据此推断,刘勰强调在梦中随仲尼而南行时"执丹漆之礼器"并非无意之举,其目的是要凸显梦的神圣

---

[①] 吴十洲:《礼器的古典哲学话题研究》,《中国社会科学院研究生院学报》2006年第6期。

[②] 梅珍生:《论礼器的文化意义与哲学意义》,《湖南大学学报》2005年第5期。

[③] 同上。

性，从而推演出其搦笔和墨、论文著述的神圣性。《礼记·郊特牲》云："丹漆雕几之美，素车之乘，尊其朴也，贵其质而已矣。"孔子曾言："吾闻丹漆不文，白玉不凋，质有余不受饰。"丹漆之礼器是刘勰在标示欲以"原道""征圣""宗经"为纲领，改变当时"去圣久远""文体解散""言贵浮诡""离本弥甚，将遂讹滥"形式主义文风，达到正末归本的目的，而这一使命正是孔子赋予刘勰的。这样刘勰的《文心雕龙》就具有了一种近乎"神授"的意味。刘勰对其梦境两个环节的构建，明人颇为认同。他们相信此梦的真实性，因为"一个很重要的显示梦境真实的方面，就是梦对于日常生活的影响。梦兆的应验、梦中行为在日常世界所发生的实际效果等是可以证明梦的真实性的"[①]。刘勰的梦虽是某种异己的东西，但这种奇异却被验证。明人认为《文心雕龙》与刘勰在梦中受到的暗示有着密切的关系，是"书开先于神助，而括尽乎人能者也"。更"言梦之所寄，文亦寄焉"，将做梦和为文直接联系在一起。实际上受神灵感应之梦而创造出著作的事例在中国古代并不少见，如"董仲舒梦蛟龙入怀，乃作《春秋繁露》"(《西京杂记》卷2)，"相如将献赋，未知所为，梦一黄翁谓之曰：'可为《大人赋》'，遂作《大人赋》"(《西京杂记》卷3)。乐应奎甚至直言刘勰借助神力在圣人"神谕"下创作了鸿著。

事实上，明人对刘勰梦境神秘性的关注也折射出一个问题，即《文心雕龙》一书在明代地位的提高和明人对《文心雕龙》的重视。因为对一部平庸的作品，人们肯定不会称其为"文苑独照之鸿匠，词坛自得之天机"，更不会认为它是受圣人感应而作。

## 二 梦与创作动机的关系

明人从个人体验的角度，认为孔子的示梦是刘勰创作最重要的动力。[②] 如佘诲序：

---

[①] 王文戈：《文学作品中梦的真实性建构》，《华中师范大学学报》2006年第3期。
[②] 参见郭章裕《明代〈文心雕龙〉学研究——以明人序跋与杨慎、曹学佺评注为范围》，硕士学位论文，淡江大学，第37—40页。郭章裕也指出明人对刘勰之梦的兴趣，并将此梦与《文心雕龙》的创作动机相联系。

(刘勰）尝夜梦持丹漆之礼器，随仲尼而南行；寤而喜，曰："大哉，圣人之难见也，小子之垂梦与？"乃始论文，以成此籍。虽弘经之志未竟，庶乎圣典之英蕤矣。①

张之象序：

勰生而颖慧，甫七龄，乃梦彩云若锦，则攀而采之。齿在逾立，则又尝梦持丹漆礼器，随孔子南行；寤而喜焉。是引笔行墨，论著古今文体，以成此书。②

方元祯序：

勰，东莞人。自言尝夜梦持丹漆之器，随仲尼而南行；寤而思，敷赞圣旨，莫若注经，而马郑诸儒，弘之已精，就有深解，未足立家，唯文章之用，有神经典。于是搦笔和墨，论著古今文体，以成此书。③

对处在文明发展初期的人们而言，梦的神圣性在于做梦的人相信梦是神将意志传达给他们的一种方法。刘勰对梦中的"神谕"深信不疑，而明人进一步认定此梦是刘勰创作《文心雕龙》的最初的和最大的动力。上述佘诲、张之象、方元祯都持此论调，强调刘勰是在梦遇孔子之后才开始论文。除上述唯心的理解之外，明代也有人从唯物的角度看待此梦对刘勰创作的影响，如程宽序：

盖勰也，彩云已兆七龄之初，丹漆独随大成之圣，梦之所寄，心亦寄焉，心之所寄，文亦寄焉。其志固，其幽芳，其历时久，是故焕然成一家，法垂百祀云。④

---

① 杨明照：《〈文心雕龙〉校注拾遗》，上海古籍出版社1979年版，第728页。
② 同上书，第731页。
③ 同上书，第726页。
④ 同上书，第727页。

在梦境和为文之间加入了"心",其关系如下:

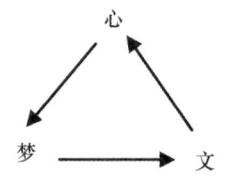

```
        心
       ↑↓
      ╱   ╲
    梦  →  文
```

正是日有所思,夜有所梦。对于古代知识分子来说,孔子与"道"不可分割。"道"是一种终身的追求,儒家的道统观既包含了以尧舜禹为中心的圣王系统,也涵盖了以孔子为中心的圣人系统,孔子代表着理想世界中最高的人格价值,圣人意识的建立、践行使士人追求效法。在梦的暗示下,刘勰发奋为文,创作《文心雕龙》一书也正是其"三立"价值观的集中反映。伍让说得更为直接:"勰尝梦彩云若锦,则攀而折之,又尝夜梦持丹漆之器,随仲尼而南行,盖致精久习,形诸梦寐,宜其品藻玄黄,若斯之谛也。其自序曰:文果载心,余心有寄,古人之立言于世,岂直目睫也哉。"他认为两个梦"盖致精久习,形诸梦寐",而刘勰心之所系,仍是立言价值的实现。

明人之将此梦视为《文心》最重要的创作动机并非偶然,这既是我国传统文化的作用,也是受到了当时文风的影响。诚如袁志鸿所说:"人生梦想是感性而与生俱来发自初衷的思想萌动,这是人不为理性控制之初始的理想,是心灵的神圣律动,若能够将这种思想萌动的梦想启示,奉行为终之一生的追求,便可成就一生的伟业,这便就是人生寻梦、追梦和圆梦的过程。"①

首先,作为一种个人体验,梦具有潜意识的非理性特点,但当梦凝结了民族的文化沉淀,并被梦者记录、传播且对他人的思想、社会的诸多方面产生影响时,这个梦就具有了"集体无意识"的色彩。明人对此梦奇异性的肯定本质上是对儒家思想的服膺,即对孔子的尊崇和对天命观的认同。英国学者查尔斯·莱格夫特曾经指出:"从广义上来说,一切梦都是'文化梦',因为梦的意象只能来源于做梦者自身的人体和他所处的文化;

---

① 盖建民、卢笑迎:《梦文化的多维之思——"梦与中西文化学术研讨会"综述》,《哲学动态》2009 年第 5 期。

梦的释义也总逃不出他所处的文化中所包含的思想、思潮和观念。"① 东汉王符在《潜夫论》中对梦进行了分类，其中精梦指用思想、意念意集中，情深甚于一般情感的梦，"凝念注神谓之精"，并举例"孔子生于乱世，日思周公之德，夜即梦之，此谓意精之梦也"，若以此为标准，刘勰之梦当属精梦。实际上，刘勰梦孔子与孔子梦周公存在着文化意义上的延续，而明人对此梦的接受除了尊崇孔子意义外，也是从天人感应的角度来理解的。"天人感应"是中国古代哲学的核心思想，也是中国文化的重要思维模式，曾有学者将天人感应分为四种类型②。汉代董仲舒以儒家学说为基础，结合各派学说，建立了"天人感应"模式。"天"为万物之本原，"天者，群物之祖也，故遍覆包涵而无所殊，建日月风雨以和之，经阴阳寒暑以成之"（《汉书·董仲舒传》）。"天"不仅产生物质世界，而且产生与道德伦理相对应的精神世界，恰如冯友兰所言："宇宙间事物，古人多认为多与人事互相影响。故古人有所谓术数之法，以种种法术，观察宇宙间可令人注意之现象，以预测人之祸福。"③ 在董仲舒的天人感应论中，"天"具有神的性质，梦的价值在于人们对它的解释，对梦的理解本质上是对某种文化的曲折反映。孔子认为梦到周公是周公对自己的青睐，而这对孔子自我价值的实现具有非比寻常的意义。"刘勰对其梦见孔子的解读和心情，在一定意义上可以作为孔子当年梦见周公的一个注脚，后者实际上是前者的某种再现或重演。而其客观的历史意义，都在文化的传承。梦见孔子和梦见周公一样，实际上都可以看做文化传承的一种精神符号。"④

其次，明人对刘勰梦的理解与当时梦的理论也有一定的联系。据明代焦竑《国史经籍志》及《明史·艺文志》存目著录载，明代关于梦的书主要有《古今应梦异梦全书》《纪梦要览》《梦占类考》《梦林元解》《梦占逸旨》五部，其中前四部今已亡佚，无从考证。但我们仍能从《梦占逸旨》中了解明人对梦的认识。《梦占逸旨》分为梦占 26 卷、梦禳 2 卷、梦原 1 卷、梦征 5 卷，收集了诸多占梦的记载和传说。书中占梦依据的哲

---

① ［美］查尔斯·莱格夫特：《梦的真谛》，斯榕译，学林出版社 1987 年版，第 146 页。
② 冯禹：《论天人感应思想的四个类型》，《孔子研究》1989 年第 1 期。
③ 冯友兰：《中国哲学史》（上册），华东师范大学出版社 2000 年版，第 31 页。
④ 刘文英：《关于孔子梦见周公的几个问题》，《孔子研究》2004 年第 4 期。

学基础主要是"天人感应"说:"人藻冲和,肖乎天地,精神融贯,无相族也。"即由于人禀天地阴阳之气,所以与天地存在某种交融贯通。人从其梦中可以预知天地之意,通过某种中介得到上天的暗示。中国古代的圣明帝王很多都通过天所降临的某种祥瑞,得到暗示,完成使命,如伏羲、黄帝、尧、舜、禹,乃至商汤、周武都曾接受河图洛书。对此,刘勰也深信不疑,如他在《文心雕龙》中言:"若乃河图孕乎八卦,洛书韫乎九畴,玉版金镂之实,丹文绿牒之华,谁其尸之,亦神理而已。"文人坚信上天赋予自己的某种特定使命,而孔子则是传达这种旨意的媒介。孔子不仅是圣人,他还具有神性的色彩,《春秋纬演孔图》载:"孔子母颜氏征在,游于大泽之陂,睡,梦黑帝使请己,往,梦交,语曰:'汝乳必于宫桑之中。'觉则若感,生丘于宫桑之中,故曰玄圣。"在明人看来,刘勰创作《文心雕龙》是在完成孔子赐予的使命,正如陈士元所云:"亦有往代之英,远寓后人之梦,如齐景公梦伊尹、汉桓帝梦老聃。"

最后,明人关注刘勰的梦境与当时大的文学环境也密切相关。明代通俗文学繁荣,戏曲、小说等作品中对梦描述的情节比比皆是,形成了独具特色的文学梦文化,这也对当时《文心》的接受产生影响。以戏剧为例,中国古代戏剧尤重梦境描写,元杂剧诞生又使梦文学发展到一个新的高峰。据查月贞统计,"《元曲选》100部作品,涉及梦境描写的达27部,占全部作品四分之一强,《元曲选外编》62部杂剧,涉及梦境描写的20部,更占了全部作品几乎三分之一"[①]。明代承接此风,其杂剧、传奇中的梦戏作品大约150种,[②] 而汤显祖的"临川四梦"更是达到梦戏作品的巅峰。小说也是如此。清代学者王希廉在《红楼梦总评》中说:"从来传奇小说,多托言于梦。"而且小说中的"梦"在文本中起着预示情节发展、暗示人物命运、隐喻等作用。以戏曲、小说为代表的通俗文学不仅在市民阶层流传广泛,其影响也辐射到当时的知识分子阶层,而这是明人对《文心》涉梦问题感兴趣的原因之一。

刘勰的梦境虽寥寥数字,但却蕴含深刻的含义,涉及《文心雕龙》创作缘起、思想倾向、价值指向等诸多深层次的问题,是后人正确理解刘勰"言为文之用心"的关键。明人对刘勰二梦的研究虽然深度尚浅,但

---

① 查月贞:《元代"涉梦戏"研究》,硕士学位论文,江西师范大学,2007年。
② 王美花:《中国古代戏曲中梦意象的文化解读》,硕士学位论文,山西大学,2008年。

这一问题本身和这种思维方式无疑对后世《文心雕龙》的研究有着巨大的影响，而这也从侧面折射了《文心雕龙》在明代研究的逐步深入和影响力的逐步扩大。

# 余 论

明代诗学在复古与反复古、宗唐与宗宋、师古与师心的更迭与斗争中探寻着属于自己的出路,《文心雕龙》以其"唯务折衷,不执一端"得到时人的青睐,参与到了明代诗学发展的纷争和矛盾之中。明人在《文心雕龙》接受过程中惯用的思维模式和关注重心都对后世龙学发展产生了深远的影响,清人在此基础上将《文心雕龙》的研究进一步推进。

## 一

如果说明代之前的《文心雕龙》接受处于种暗流涌动的状态,那么,至明代这一状况得到根本改变,明人以评点、序跋、文论等形式从多个角度对这部著作深度挖掘。《文心雕龙》之所以能够引起明人的广泛关注,除了自身的理论价值外,当时的文化政策、文学思潮、诗学状况等外部环境也是不容忽视的原因。

第一,"文化政策是统治阶级实施文化管理和意识形态统治所采取的规章制度、原则要求、战略策略的总称,直接表现了统治阶级在特定历史时期的文化自觉、文化意志与政治利益"①。明代是中国历史上君主专制主义高度强化的时期,政治上的皇权独裁直接影响着文学的发展。洪武十三年(1380),明太祖以胡惟庸一案为借口,废除宰相制度,设立锦衣卫等特务机构,从此之后,臣子的言行均处在皇权的监视之下。明王朝的文化政策同样以严酷著称,明《大诰》规定:"寰中士夫不为君用"者"罪至抄劄"。凡是不能为君所用者就不再是"贤士大夫",文人连隐退的权利也被剥夺。即便入仕,那些身为人臣的文人也难以逃脱遭受政治屠杀的

---

① 钱国旗:《历代文化政策及其得失》,《青岛大学师范学院学报》2007年第4期。

命运，高启、宋濂无不如此。与此同时，触目惊心的文字狱更让知识分子战战兢兢，如履薄冰，元末自由活跃的文学风气戛然而止。明初文学的官方意识形态意味浓重，刘基、宋濂、王祎、胡翰、陶凯、朱右等人在传统儒家思想中融入理学家、古文家的观点，视文章为"载道""用世"之工具，他们以"宗经"思想为新建王朝提供官方文学理论，而《文心雕龙》的宗经思想契合了这一需求，对《文心雕龙》宗经观部分的高度关注也因此成为明初《文心雕龙》接受的突出特点。同时，与思想文化的高压措施并存的是八股取士对文人命运的操纵。中国的科举制度在明代达到鼎盛，作为专制集权的统治工具之一，它对士人的价值观念、思维方式有着不可估量的影响，这种影响也体现在文学创作和文学批评上。就明代《文心雕龙》的传播和接受情况来看，科举制度对《文心雕龙》接受主体、接受形式、接受内容都有直接或间接的影响：《文心雕龙》宗经崇儒的思想总纲与科举政策一致，其丰富完善的创作论为士子八股文写作提供了全面有效的技法指导，八股文评的兴起与繁荣也促进了《文心雕龙》点评的发展。在明代文化的高压政策之下，文人诚惶诚恐，思想卑顺，他们更愿意将精力投入到前代典籍整理工作中，总结前代的文化成果，由此也取得了不菲的成绩，如《永乐大典》《性理大全》的编撰都是前无古人之举。在此种风气之下，明人尤重古籍文献的考订整理，《文心雕龙》也成为其中之一。

第二，复古是明代文学最显著的特点之一。明代复古思潮中的"古"并不单纯指"古文"，它是一个广义的、复合型的概念，还包括古道、古制等内容。作为一种文学思潮，它有明确的针对性，其矛头指向的是文坛流弊。明代复古之风肇自立国之初，政府在政治上倡导复古，希冀"顿回太古之淳风，一洗相沿之陋习"，为此竭力树立儒学之权威，"讲论道德，修明治术，兴起教化"（《明史·儒林传序》）。明初文坛代表如宋濂、高启等人已初步显现出了复古的端倪，高启"凡古人所长，无不兼之。振元末纤秾缛丽之习，而返之于古"，宋濂是明初文坛倡言复古最有力之人，对于他的复古理念，前文中已有详述，此处不再赘言。明初复古理论注重文学教化，其目的在于振兴文坛之儒家道统。而《文心雕龙》以"明道""宗经""重文"之思想统御全文，与明初复古要求完全吻合。明成祖时修《五经大全》《四书大全》《性理大全》，以"恢弘道统之源流，大振斯文之萎靡"。弘治、正德年间，李东阳反对"台阁体"，首倡复古，前七子随之而起。他们的复古都强调文以载道，李东阳认为："诗所谓有异于文者，以其有声律讽咏，能使人反复讽咏，以畅达情思，感发志气，取类于鸟兽草木之微，而有益于名教政事之大。"(《沧洲诗集序》)至嘉靖年间，以李攀龙、王世贞为首的后七子再倡复古，把明代文学复古推向新的阶段。不同学派的复古理念并不相同，如唐宋复古主要出于道学上的考虑，而七子复古主要致力于文学的内在研究，但其"深度思维模式却仍是传统理学的，不仅不曾放弃，而且还依次表现为强烈的对客体、文本、历史、社会、理性等的崇拜心理"①。这也是不同时代的复古运动关注《文心雕龙》的原因之一。

第三，明人对六朝文学的关注也是促使人们重视《文心雕龙》的原因之一。明代文学承接宋元文学，滥觞于南宋中后期的唐宋之争至明代不仅没有定论，其争论较之从前反而更为激烈。明初诗坛，宗唐诗风盛行，整个文坛处于尊唐之风的笼罩下，叶盛《水东日记》卷26云："我朝诗道之昌，追复古昔，而闽、浙、吴中尤盛。"② 闽、浙、吴三大文人集团在诗学观念上主张宗唐抑宋，对六朝文风颇为不屑。《明史·林鸿传》云："鸿论诗，大指为汉魏骨气虽雄，而精华不足；晋祖玄虚，宋尚条畅，齐梁以下但务春华，少秋实。唯唐作者可谓大成，然贞观尚习固陋，神龙渐变常调，开元天宝间声律大备，学者当以是为楷式。闽人言诗者率本于鸿。"③ 明代中期，茶陵派、前后七子统御文坛，作为茶陵派的领袖，李东阳论诗力推李杜，主张以盛唐为法，而贬斥六朝诗，认为："六朝宋元诗，就有佳者，亦各有兴致，但非本色，只是禅家所谓'小乘'，道家所谓'尸解仙'耳。"④ 至嘉靖、万历年间，前后七子倡导"文必秦汉，诗必盛唐"，唐宋之争在门户派别下日益意气化和绝对化，偏离了文学发展的正常轨道，让时人无所适从，难以抉择。出于对七子的纠拨，文坛出现了一股与弘治、正德年间主张古体学习汉魏，近体效仿盛唐的诗学观念分庭抗礼的诗学思潮，即以杨慎等人为代表的"六朝派"，将明人对六朝文学的关注推向高潮。如孙矿在《与君房论诗文书》中认为，明代文学

---

① 黄卓越：《佛教与晚明文学思潮》，东方出版社1997年版，第16页。
② （明）叶盛：《水东日记》，中华书局1980年版，第255页。
③ （清）张廷玉等：《明史》，中华书局1974年版，第7336页。
④ 丁福保辑：《历代诗话续编》，中华书局1983年版，第138页。

在汉魏盛唐之风的笼罩下,"久之,觉束缚不堪,则逃而之初唐,已又进六朝,在嘉靖中最盛"①;谢肇淛在《王百谷传》中论及明代诗风变化时道:"江左诸君,远学六朝,模拟鲍谢,靡靡之音不复凌竞,而诗又一变。"宋代大儒朱熹在《答巩仲至》中曾云:"古今之诗,凡有三变:盖自书传所记,虞夏以来,下及魏晋,自为一等;自晋宋间颜、谢以后,下及初唐,自为一等;自沈、宋以后,定著律诗,下及今日,又为一等。然自唐初以前,其为诗者,固有高下,而法犹未变。至律诗出,而后诗之与法,始皆大变。以至今日,益巧益密,而无复古人之风矣。故尝妄欲抄取经史诸书所载韵语,下及《文选》、汉魏古词,以尽乎郭景纯、陶渊明之所作,自为一编,而附于《三百篇》、《楚辞》之后,以为诗之根本准则。又于其下二等之中,择其近于古者,各为一编,以为之羽翼舆卫。其不合者则悉去之,不使其接于吾之耳目,而入于吾之胸次。要使方寸之中,无一字世俗言语意思,则其为诗不期于高远,而自高远矣。"朱熹将诗歌发展分为三个阶段,魏晋以前和晋宋至初唐为前两个阶段,这一时段的文学仍存古人法度和风貌,甚至可以选取部分汉魏六朝诗歌来接续《诗经》和《楚辞》,供后人学习和效仿。朱子之说到明代而臻于极盛,对明代士人产生了极大的影响。尤其是以杨慎、张含、徐祯卿等为代表的六朝派兴起,掀起了明人研究六朝文学的风潮。明代并没有"六朝派"之称谓,但是兴盛于嘉靖初期、作为七子派的纠偏力量出现的六朝派却是当时诗坛的一股重要力量,他们不同于七子论诗以"风骨为尚",而是"沿六季华靡之好",以鲍照、谢灵运为师法对象。"六朝派从效习、编选到批评,全面开发与研究六朝传统,如此旗帜鲜明,并在诗坛形成一定的规模与影响,这在整个诗学批评史上,尚属首次。"② 六朝派的活动对《文心雕龙》在明代的接受与传播起到了积极的作用,杨慎对《文心雕龙》的圈点也是明代六朝派诗学活动的一部分。

接受主体是接受研究中最重要的因素,明代《文心雕龙》的接受主体具有以下特点:其一,分量重。接受者无论是政治地位还是文学地位,无论在当时还是后世,都不乏声名显赫者,这对《文心雕龙》传播的意义不言而喻。其二,层次广。接受者除了正统文学的代表外,还包括通俗

---

① 《姚江孙月峰先生全集》卷9,明刻本。
② 陈斌:《明代中古诗歌接受与批评研究》,上海三联书店2009年版,第129页。

文学的创作者和评论家，他们将《文心雕龙》中的理论应用于小说、戏剧的创作和评点中。其三，范围大。接受者包括了南北各地的文人学者。他们或是至交友人、同一社团成员，或通过书信交流研读心得。其四，学养深。接受者多学养深厚，多具有科举背景；他们或为藏书家，或为评论家，或为作家，甚至兼具数种身份。明代研究者具有主动性和问题意识，对《文心雕龙》的接受也有明确的目的性和针对性，并将接受活动与自身的文论构建相结合，提出了一系列针砭时弊的观点。

明代诗学的前期是指洪武年间到成化年间，中后期则是自弘治经嘉靖至崇祯年间。明初承袭朱熹旧说，在儒家文学思想的基础上融入道学家的观点，提供了新王朝所需要的文学理论，理学与文学的结合紧密使这一时期的文学批评具有浓厚的理学色彩。宋濂以理学大师和"开国文臣之首"的身份成为这一时期诗学批评的代表。他论诗主张"载道宗经"，宗经观作为一种正统的教化理论虽不源于《文心雕龙》，却与其有着重要的关系，刘勰从本体论的角度将"经"定为亘古不变的终极真理，赋予了"文以载道"不可逾越的价值。经过刘勰系统化的建构，"经"在其长期以来形成的理论观点与价值体系上静态发展的同时，又具备了兼容并蓄的能力。宋濂对"道""经""文"的理解与刘勰一脉相承，并将其融入自己的诗学观，形成了明初最典型的儒家诗学观，在当时影响巨大，文人聚其麾下，汇成了一股重道轻辞的诗学主流。方孝孺提出"凡文之为用，明道、立政二端而已"，朱右提出"显三才之道，文莫大焉"，贝琼、吴讷、苏伯衡等也受其影响。台阁派继承了宋濂和方孝孺的诗学观点，注重文学的政治功用，他们的诗学观点和文学创作被称为台阁体。这股思潮与明代后期的文学思潮和文学流变相比，虽然缺乏新意，但当时主导了整个文坛，并影响了明代中期的文学批评。

传统的儒家思想至宋代发展成为道学思想，教化主义被推向了极端，这引起了人们的不满甚至反感。在复古与反复古、宗唐与宗宋、师古与师心的更迭与斗争中，明代的诗学理论在探寻自己的出路。"宋濂熔道学家、古文家与传统儒家文学思想于一炉，预示了明清时期正统文学理论走向综合的发展趋势"[①]，这种整合是儒家教化思想和文学审美理论的一种综合，体现了新的诗学发展方向。明人提出的"《诗》在六经中别是一

---

① 成复旺、蔡钟翔、黄保真：《中国文学理论史》（三），北京出版社1987年版，第47页。

教"就是一个例证。实际上，明代重要的文学流派都与《文心雕龙》有着千丝万缕的关系。明代文坛在"三杨"之后，李东阳拉开了新的大幕，形成了盛极一时的茶陵派。李东阳的格调论注重诗歌的音声格律，试图从汉魏盛唐之诗和秦汉之文中归纳出为文之法，主张从格律求声调，再从声调来辨体格，也就是辨作家风格和时代风格。而明代格调理论则本于《文心雕龙》中的《隐秀》篇和《才略》篇，刘勰以"格"和"调"论诗，实开以格、调论诗的先声；明代格调理论在经历李东阳之后，在前后七子时期继续发展，影响达百年之久。如果说格调论多以宏观的视角来看待诗歌的本质特征，那么本色论则从微观的层面完善了"体制之辨"。"本色"最早由刘勰在《通变》篇中提出，强调"质"的重要性；南宋严羽对这一理论丰富深化，至明代蔚为大观。本色论最核心的内容是"尊体"。七子将其应用于具体的文学批评之中，成为他们衡量作品优劣的重要依据，如王世贞以此来论"三曹"的作品。本色说至胡应麟发展完备，他明确指出："文章自有体裁，凡为某体，务须寻其本色，庶几当行。"胡应麟对于《文心雕龙》赞誉有加，直言"刘勰之评，议论精凿"、"评诗者，刘勰雕龙，钟嵘诗品"，认为刘勰见识"妙有精理"。实际上，仅格调说和本色说就反映了明代文学发展中的重要问题：诗体之辩、师古之风等，而《文心雕龙》也伴随着它在明代的接受者参与到明代诗学发展中，体现出其超时代的价值。

如果说以李东阳、胡应麟为代表的接受者对待《文心雕龙》是"弱水三千，只取一瓢"，到了杨慎、李维桢，《文心雕龙》则具有了整合诗学发展的意义。面对明代文坛"除一弊而复生一弊"的文学现状，文人特别是那些学养深厚、声誉隆重的文坛大家，将视线转向了《文心雕龙》，希望借此来寻求文学发展的突破。其中李维桢较具代表性。李维桢诗学思想最显著的特征是"唯务折衷，不执一端"。面对当时"师古"和"师心"、学养与才情矛盾的循环斗争，李氏无论是论才、论法还是论文章的审美标准都践行"折衷"思想。李维桢的折衷无疑是客观公允的。"折衷"一词在《文心雕龙》的《奏启》和《序志》中出现，"擘肌分理，唯务折衷"。"折衷"是中国古代以中庸为特征的思维方式之一，刘勰的目的是纠正当时文坛的"各执一隅之解，欲拟万端之变"（《知音》），"徒锐偏解，莫诣正理"（《论说》）。在明代反复更迭的诗学纷争中，折衷思想的出现是必然的，也是必须的。他在《董元仲集序》中指出了明代百余年来文学上师古与师心的弊端，接着讲董元仲"折其衷而矫其偏"。在作品的审美特征上，李维桢也主张"丰而洁，约而舒，雄而沉，典则平淡，宏肆而谨严，朴茂而韶令，跌宕而慎重，使浅者深，近者远，鄙者都雅"的风格。总之，李维桢在《祁尔光集序》中所言的"子曰：'夫言岂一端而已夫？各有所当也。'言至于成文章而可以一端尽乎"，正是对其折衷思想的精要概括。

## 二

清人在汲取前代尤其是明人研究成果的基础上，将《文心雕龙》研究进一步推进。清代《文心雕龙》的研究仍以评点和序跋为主，较著名的评点者有黄叔琳、纪昀、李安民及清谨轩等。"总体上看，它们的这些评点少有警策之处，又加上其人不显达，故其书流传不广"。[①] 清代龙学研究成果首推黄注纪评。黄注是指黄叔琳所作的《文心雕龙》注，据《黄昆圃先生年谱》所载，黄叔琳（1672—1756），字昆圃，又字宏献，号金墩、北砚斋，晚号守魁，顺天府大兴县（今北京）人。康熙时进士，历经康熙、雍正、乾隆三朝。官至詹事，内阁学士，礼部、刑部、吏部侍郎。时推为巨儒，世称北平先生。自明代杨慎批点《文心雕龙》之后，明代《文心雕龙》的校注者超过十家。黄氏注本在梅庆生、王惟俭校注的基础上，"旁稽博考，益以有朋见闻，兼用众本比对，正其句字"，历经十余年，于乾隆六年（1741）正式刊行。黄注长于考证，对《文心雕龙》中谈到的史实及征引的经典文献一一指明出处，不作个人解释和臆测。值得注意的是，黄注并非黄叔琳一人所辑，而是集众人之力所作。参照《辑注》之"养素堂原刊本"，可知参与这项工作的二十余人的姓名。其中顾进、陈祖范、王永祺、张奕枢等人贡献尤多。纪昀以黄叔琳注本为底本，在黄注基础上进行点评，共210余条，其中总评21条。[②] 纪昀不仅考订其文字之误，而且对其文本理论加以阐发，张文勋指出："纪昀的贡献，在于集文字考证与理论批评为一体，使《文心雕龙》研究上了一

---

[①] 黄霖：《〈文心雕龙〉汇评》，上海古籍出版社2005年版，第34页。
[②] 参见孔祥丽、李金秋《明清两代〈文心雕龙〉评点综述》，《内蒙古师范大学学报》2009年第2期。

个新台阶,对后世'龙学'的形成,起了开风气之先的作用。"① 黄霖亦称纪昀是我国古代最具文学批评史学思想的人。《文心雕龙》虽自唐至清版本众多,但黄注纪评问世后,就成为流传最广、最具影响力的版本,也是范文澜《文心雕龙注》之前最为通行的版本。

清代《文心雕龙》的评论者以孙梅和章学诚最著。孙梅在其所编的《四六丛话》中对《文心雕龙》作了评价。章学诚的评论在《文心雕龙》研究史上意义特殊,"可以说陆机、刘勰等人的文学理论的价值和贡献,到章学诚才得到准确的定评,标志着《文心雕龙》研究进入一个新的时期"②。刘开在《孟涂骈体文》中作《书〈文心雕龙〉后》,把《文心雕龙》置于当时的时代背景中去评论,凸显出了这一著作的时代意义。刘毓崧在《通义堂文集》中作《书〈文心雕龙〉后》,考证出此书的成书年代不是梁,而是南齐末。此外,以赋的形式对《文心雕龙》进行评论也是清代龙学研究中较具特色的一项。如沈叔埏和李执中作有《〈文心雕龙〉赋》,管廷鹗作有《刘彦和撰〈文心雕龙〉赋》,纵观清代《文心雕龙》研究,其在深度和广度上都超越了前代,但是这离不开前人尤其是明人的《文心雕龙》研究,以下就此来作说明。

第一,从接受方式来看,黄叔琳的评点直接受到了杨慎的影响,诚如他所言:"升庵批点,但标辞藻,而略其论文之大旨。今于其论文之大旨处,提要钩玄,用〇〇;于其辞藻纤浓新隽处,或全句,或连字用、、;于其区别名目处,用ㄙㄙ。以志精择。"③张松孙辑注本的凡例云:"是书四十九篇,杨用修间有评语,今照梅本全录,总批附本篇之后,另批人本段之中。俱双行小字,而加'杨批'二字以识之。"④ 在谈及《文心雕龙》的历代版本时,张氏说:"杨升庵阐发精微,厥伟功矣;梅子庚疏通训诂,其旨深焉。"可见,张松孙是在杨慎和梅庆生的评注基础之上另出刻本。

第二,对于宗经思想的关注。"本乎道,师乎圣,体乎经,酌乎纬,变乎骚"是刘勰构建《文心雕龙》体系的基础,其核心在于"道沿圣以

---

① 张文勋:《〈文心雕龙〉研究史》,云南大学出版社2001年版,第99页。
② 同上书,第89页。
③ 黄霖:《〈文心雕龙〉汇评》,上海古籍出版社2005年版,第8页。
④ 同上。

垂文，圣因文而明道"。明人对此着力较多，如钟惺所言"五经肯綮俱为道出"。叶绍泰评曰："魏晋以后，歌咏杂兴，其体非一。唐世述作，犹有风雅之遗。一变而宋词，再变而元曲，古乐府尽亡矣。"① 乐府之亡，在于风雅之音难继。清谨轩对刘氏原道思想亦非常肯定，认为"原文之由于道，振固对绪，独见其源"。对此纪昀批道："自汉以来，论文者罕能及此。彦和以此发端，所见在六朝文士之上。文以载道，明其当然；文原于道，明其本然，识其本乃不逐其末。首揭文体之尊，所以截断众流。"并在"故知道沿圣以垂文，圣因文以明道，旁通而无滞，日用而不匮"处旁批："此即载道之说"。黄叔琳则评"风骨又必从经典子史中出"，进一步强调文必宗经的观点。章学诚的《文史通义》不仅篇章结构效仿《文心雕龙》，其基本精神也与《文心雕龙》颇为一致，在此基础上，章学诚给予刘勰及其著作"体大虑周""笼罩群言"的评价，认为刘勰把六朝文论推向了高峰，这对《文心雕龙》在之后的研究意义重大，可以说"《文心雕龙》的理论价值，逐渐被人们所认识，和章学诚的具有权威性的评论是有关系的"②。

第三，论六朝创作风气与《文心雕龙》的关系。关于《文心雕龙》与六朝文风之间的关系，明代序跋文中已有涉及，但多是为《文心雕龙》作辩护，认为《文心雕龙》的华靡之风是受六朝文学大风气的影响。清人李执中《〈文心雕龙〉赋》也涉及这一问题。李氏首先指出人们因为"词纤体缛，气靡骨柔，匆变于齐梁之习"而讥笑《文心雕龙》"文体之俳优"，然后表明自己的立场，认为刘勰之所以用骈文文体是时代风气所致，不能以之否定《文心雕龙》的理论价值。刘开认为："自永嘉以降，文格渐弱，体密而近缛，言丽而斗新；藻绘沸腾，朱紫夸耀"，然而刘勰却做到了"宏文雅裁，精理密意"。至清代，研究者们开始直接论及六朝创作之风气。如纪昀评《明诗》篇："齐梁以后，此风又变，惟以涂饰相尚，侧艳相矜，而诗弊极焉"；评《情采》篇："齐梁文胜而质亡"；评《原道》篇："齐梁文藻，日竞雕华"。

第四，除了上述问题外，清人在研究《文心雕龙》其他问题时也受到了明人的影响。其一，关于《文心雕龙》结构，明人普遍主张二分说，

---

① 黄霖：《〈文心雕龙〉汇评》，上海古籍出版社2005年版，第34页。
② 张文勋：《〈文心雕龙〉研究史》，云南大学出版社2001年版，第89页。

即以《书记》为界，以上的二十五篇为上部分，"诠次文体"；以下的二十五篇为下部分，"驱引笔数"。至清代，刘开在此基础上提出了三分法：《原道》至《辨骚》为第一部分，是开宗明义的纲领性文章；《明诗》至《书记》为第二部分，刘开对每篇的特征作了简要的概括；《神思》之下为第三部分。这种划分也是今人颇为认同的划分方法。其二，关于刘勰的梦境，明人多有论及。孙梅在《四六丛话》中将刘勰的梦和其《序志》篇联系在了一起："子云、相如，因自序而为传；灵均、敬通，即骚赋以叙怀；彦和序志，梦执丹漆以南行……修名不立，没世不称，哲人君子，所兢兢而。"[①] 明确地提出刘勰梦境在序志中的意义，并将其与扬雄、司马相如以及屈原等人并举，显然孙梅对刘勰作《序志》之深意是有所领会的。其三，强调为文之法。作文之法是明代《文心雕龙》接受的核心，清代承接此风，对之也重视有加。尤其是纪昀，对刘勰为文的观念、方法益发强调。如在《事类》篇中有多处评点，指出学欲博，择欲精，这在《体性》《物色》《养气》等篇中都有体现。

  清代《文心雕龙》研究受当时考据之风盛行的影响，主要成就集中在考证、征引和校注之上，明代众多的版本、序跋、品评和文论对清代乃至今天的《文心雕龙》研究仍具有不可替代的意义和价值。

---

[①] 杨明照：《〈文心雕龙〉校注拾遗》，上海古籍出版社1982年版，第438页。

附 表

| 姓名 | 科举背景与任职状况 | 人物介绍 | 接受概况 | 表现 |
|---|---|---|---|---|
| 宋濂<br>(1310—1381) | 官至翰林院学士承旨，知制诰。 | 字景濂，号潜溪。明初开国文臣之首，明初代表人物。创作和文论皆有建树，明初诗文三大家之一，明初复古型学者的代表人物。创作和文论皆有建树。文论今存五十余篇，主要集中在为他人诗文集所作序文。《明史·文苑传序》《明史·文苑传》有载。 | 宋濂对《文心》的接受主要体现在"宗经"上，在对待"经"的立场上，宋濂与刘勰都从本体论的角度设定经为亘古不变的终极真理；《文心雕龙》是其文道观点的来源之一；宋濂接受了刘勰对文"通经致用"的观点，赋予了"文以载道"不可逾越的价值；宋濂"文"的观念与《文心雕龙》中的"文"有明显的承接关系。他们两人对"文"的旨归又上来看待"文"，但两人对"文"的旨归的看法存在差别。 | 《朱右白云稿序》《刘子辨》《徐教授文集序》《原道》《讷斋集序》等。 |

续表

| 姓名 | 科举背景与任职状况 | 人物介绍 | 接受概况 | 表现 |
|---|---|---|---|---|
| 曹学佺（1574—1646） | 万历二十三年（1595）进士。任四川右参政,按察使、广西右参议,广西参议,唐王在闽中称帝,授礼部尚书,清兵入闽自缢殉节。 | 字能始,号雁泽,又号石仓居士,西峰居士,福建侯官（今福州）人。学养深厚,涉猎领域广泛,一生著书30多种,辑有《石仓十二代诗选》。《明史·文苑四》有传。未福建文苑的复兴者。 | 明代诸家的评点中,曹氏的评点理论性最强,他的评点批评具有文学批评史的眼光。1.曹学佺对刘勰其人其文予以高度评价："宗经诎纬,存乎风雅;诠赋及余,劳乎变通"。2.全面的述及刘勰《文心雕龙》五十篇章结构,将全书内容分为上下两部分。上二十五篇,诠次文体;下二十五篇,驱引笔术。而以枢纽论为出发点沟通下篇《神思》诸篇,找出了各篇章间的脉络关联。3.以"心"来把握《文心雕龙》,提出"以心为主"、"以风为用"。4.强调"自然"的文学观。5.提出宗尚自然的诗学观念。6.提出了《文心雕龙》为子类的看法。关注"赞",不同意杨慎"诸赞例皆蛇足"的观点。 | 曹学佺成就集中在凌云刻本首页的序言和对《文心雕龙》的评点上。 |

续表

| 姓名 | 科举背景与任职状况 | 人物介绍 | 接受概况 | 表现 |
|---|---|---|---|---|
| 张之象<br>(1496—1577) | 参加科举考试数次，却屡试不第，然其门子张云门，隆庆庚午科举人；张云门子张齐颜，万历己卯科举人；张齐颜子张萼臣，万历乙卯科举人，官南京工部郎中。其本人官场不遇，以著述终老。 | 字月麓，又字玄超，上海县龙华里(今龙华乡)人。《明史》卷287对其有记载。明代中后期东南文坛上一位著名的诗人、学者。他出身世家，博综群籍，诗文高绝，编纂了现存最早、规模最大的分类唐诗总集《唐诗类苑》一百卷，编选《楚范》《楚骚绮语》二十六卷等。 | 看到了《文心雕龙》对前人思想的融会贯通。从个人体验的角度，认为孔子的示梦是促成刘勰创作最为重要的动力之一。 | 张之象本的序言。 |
| 方元桢<br>(生卒年不详) | | | 1. 强调《文心雕龙》的宗经性质及其对写作的指导作用。2. 关注刘勰的梦境。 | 方元桢序。 |
| 叶联芳<br>(生卒年不详) | | | 1. 对《书记》为界划分，《文心雕龙》五十篇篇章结构以《书记》为界划分。2. 从《文心雕龙》的篇名入手，肯定了《文心雕龙》的辞采。 | 叶联芳序。 |

续表

| 姓名 | 科举背景与任职状况 | 人物介绍 | 接受概况 | 表现 |
|---|---|---|---|---|
| 伍让（生卒年不详） | 万历二年（1574）进士。累迁河南参议，后迁南赣道副使。 | 字子谦，号益斋，湖广衡阳（今属湖南）人。 | 伍让对前二十四篇脉络进行说明，特别提起《才略》、《知音》这两篇，且谓《程器》是"謷乎夸华而弃实者"，可见伍氏对《文心雕龙》下篇部分的理解颇有独到的见解。 | 伍让序。 |
| 陈耀文（生卒年不详） | 嘉靖二十九年（1550）进士。授中书舍人，累官至陕西行太仆卿。 | 字晦伯，号笔山，朗陵（今河南确山）人。致力于钩沉纂辑、辨正稽疑，编著宏富，有《经典稽疑》《正扬》《学林就正》《学圃管苏》《嘉靖确山县志》《天中记》等。 | 关注刘勰的宗经思想。 | 《天中记》引用繁富而皆能一着所由来，于体裁较善。卷三十七对"经"的论述。 |
| 乐应奎（生卒年不详） |  |  | 关注全书内在篇章结构，对"赞"进行了强调。对刘勰梦境真实性的构建予以接受，认为《文心雕龙》进一步强化此梦的神秘性，是当时大的文学环境影响所致。 | 乐应奎序。 |

续表

| 姓名 | 科举背景与任职状况 | 人物介绍 | 接受概况 | 表现 |
|------|------|------|------|------|
| 杨慎（1488—1559） | 正德六年（1511）进士，一甲第一名。 | 字用修，号升庵，四川新都（今成都）人。明代文学家，明代三十七才子之一。能文、词及散曲，论古及考证之作范围颇广。著作达百余种。后人辑为《升庵集》。《明史》卷192有传。 | 标志着明代较为系统地研究刘勰文学理论的开端，也标志着明代文学创作论的开端。他首次用五色圈点批点《文心雕龙》，对《文心雕龙》的研究在龙学研究史上具有里程碑式的作用。后来的诸多评注如徐惟起、梅庆生笔注及曹学佺以杨氏的评点为底本，后世一些评论亦是直接杨氏的评语。有圈点的地方大约180余处，而评语仅20多处，圈点多初多强调文章名句之妙，以及人物名字的时代、词语的出处。杨慎的评点的处处体现了对"艺"的强调，对"艳"的批点比例之高，引人注目。以杨慎为代表的明代明文人将文采与情感直接联系起来。杨慎强调博学，认为文与学问有关系，还将文论与内容结合。此外，他的评点当针对创作品质有关系，还将文论与内容结合。此外，他的评点当针对当时文坛的弊端而发，有一些是针对当时文坛的弊端而发，同时反映了个人对创作的态度，如对"情""艳"的重视。 | 其批点在徐惟起本以及万历三十七年和汪一元私淑轩刻本、天启二年梅庆生注音本以及凌云刻本可见。此外在《升庵诗话》中如《论刘勰文》《与张含书》等小节也有涉及。 |

续表

| 姓名 | 科举背景与任职状况 | 人物介绍 | 接受概况 | 表现 |
|---|---|---|---|---|
| 陈仁锡（1581—1636） | 天启二年（1622）进士，一甲第三名。官至南京国子监祭酒。 | 长洲（今江苏苏州）人，字明卿，号芝台。讲求经济，著有《系辞》《古文奇赏》等。 | 所评角度广，但缺乏深度，对《文心雕龙》以六经为指导写作的思想宗旨有明确的认识。对《神思》篇尤为关注。 | 对《文心雕龙》的评点，全书各篇几乎皆有评点。 |
| 王惟俭（生卒年不详） | 万历二十三年（1595）进士，三甲第二十九名。历官潍县知县，大理少卿、山东巡抚、工部右侍郎。 | 祥符（今河南开封）人，字损仲。肆力经史百家，世称"博雅君子"。其事迹见于《明史》列传第176。 | 明代研究者多重视创作论部分，王氏认为文术和文体是《文心雕龙》创作的重心，重视文体论部分，反映了他对明晚期以才气性灵为尚的纠偏。他还就《文心雕龙》与佛学的关系提出了疑问。 | 作《〈文心雕龙〉训故》并附有序言。 |

续表

| 姓名 | 科举背景与任职状况 | 人物介绍 | 接受概况 | 表现 |
|------|------|------|------|------|
| 叶绍泰（生卒年不详） | | 重订《梁元帝集》《梁简文帝集》《梁昭明太子集》《梁代帝王合集》《汉魏别解》。 | 关注《文心雕龙》对写作的指导作用。指出"五经"为群言之祖，合乎夫子之旨，刘勰论诗力为风雅，强调宗经是为文的原则和纲领，主张典雅，反对浮夸。黄霖认为这似乎与"举业"有关。 | 崇祯十一年，叶氏《汉魏别解》卷十四"梁文"下的《文心雕龙》，共选《原道》《征圣》《宗经》《正纬》《明诗》《乐府》《诠赋》《颂赞》《祝盟》《铭箴》《诔碑》《哀吊》《杂文》《诸子》《诏策》《檄移》《封禅》《奏启》《议对》《神思》《体性》《风骨》《通变》《定势》《情采》《比兴》《事类》《养气》《时序》《物色》《知音》《序志》三十二篇。崇祯十五年，叶氏刊"增定"本，《文心雕龙》列卷四十三，仅选十二篇：《宗经》《辨骚》《明诗》《乐府》《诠赋》《史传》《神思》《体性》《风骨》《情采》《夸饰》《时序》，叶氏评语在篇末。 |

续表

| 姓名 | 科举背景与任职状况 | 人物介绍 | 接受概况 | 表现 |
|---|---|---|---|---|
| 王世贞<br>(1526—1590) | 嘉靖二十六年(1547)进士，二甲三十名 | 字元美，号凤洲，又号弇州山人。江苏太仓人。"后七子"首领，倡导文学复古运动，认为"文必秦汉，诗必盛唐"。有诗文集《弇州山人四部稿》《艺苑卮言》等。 | 他的"人乎格调，出乎情采"与刘勰笔下的"情采"有着极大的关联性，承继性；王世贞还针对当时文坛的两种偏向提出了对"风骨"的看法。 | 《艺苑卮言》："诗人篇什，为情而造文；辞人赋颂，为文而造情。为文者要约而写真，为情者淫丽而烦滥……情者文之经，辞者理之纬。经正而后纬成，理定而后辞畅。" |
| 李维桢<br>(1547—1626) | 隆庆二年(1568)进士，二甲二十四名。 | 字本宁，号翼轩，湖北京山人。其记载见《明史·文苑四》，官至南京礼部尚书，"负重名垂四十年"，著有《史通评释》《大泌山房集》等。 | 李维桢的文论体系有唯务折衷，不执一端的基本特点。在对待才与法的关系上，李氏受刘勰的影响颇深，其"诗法"观也近于《文心雕龙》中的观点。 | 《楚辞集注序》《选诗补序》《张观察集序》《胡《邢子愿全集序》。 |
| 徐祯卿<br>(1479—1511) | 明弘治十八年(1505)进士，二甲九十三名。 | 字昌谷，一字昌国，"吴中四才子"之一，"前七子"之一，其诗学理论集中在《谈艺录》。 | 徐氏"因情立格"说，出刘勰《文心雕龙》"因情立体，即体成势"。 | 古诗降魏，辞人所造。虽萧统简辑，过冗而不精，刘勰《绪论》，亦略而未备。况夫人怀散帛，自足千金，篇句零落虽废，挑彩此篇，可以标准的，相方有存者，以著大文，诚不越兹，后之君子，庶可以考已。 |

续表

| 姓名 | 科举背景与任职状况 | 人物介绍 | 接受概况 | 表现 |
|---|---|---|---|---|
| 朱荃宰 | 崇祯元年（1628）进士。 | 黄冈人，字咸一，一字白石，自号评漫子，《明史》卷9有介绍。著有《文通》。 | 《文通》无论是在思想宗旨上还是内容体例上，都有模仿《文心雕龙》的明显痕迹。在创作目的上，朱荃宰与刘勰的出发点颇为相似，其《自叙》中直言："今文之弊也，患在不能正本澄源，反文归质。"《文通》卷31为《诠梦》篇，颇似《文心雕龙》的《自序》，对此，《四库总目》直言："文通独先刻成其书，古今文章流别及文格律一一为之折。盖欲仿刘勰《雕龙》，醉摹窃之自序一篇，未诠梦之自序。" | 《文心雕龙》是《文通》引用最多的书籍。《文通》在论述不同文体时多次引用了《文心雕龙》中的《诏策》《檄移》《颂赞》《章表》《奏启》《书记》《铭箴》等篇章。罗万爵在《文通序》中说："《文通》盖欲仿刘勰《雕龙》而作。" |
| 钟惺（1574—1624） | 万历三十八（1610）进士，三甲第八名。授行人，掌管诗诰及册封事宜。后迁工部主事，又由北京调住江南，任南京礼部祭祠司主事，迁南京礼部仪制司郎中。 | 字伯敬，一作景伯，号退谷、止公居士，湖广竟陵（今湖北天门）人。反对拟古，提出"势有穷而必变"的变革主张，主张抒写性灵，"引古人之精神，以接后人之心目，使其心目有所止焉"，倡导幽深孤峭的风格。著有《隐秀轩集》，编有《古诗归》《唐诗归》等。 | 评点零散，缺乏理论性，多泛论的赞赏语句，缺乏理论的逻辑。但他的评价却也把握住了全书的要旨，关注其指导写作的特点，对《文心雕龙》本身的文采也给予了肯定。 | 对全书各篇几乎都有评点，少则每篇评点一处，多则每篇评点五处。 |

续表

| 姓名 | 科举背景与任职状况 | 人物介绍 | 接受概况 | 表现 |
|---|---|---|---|---|
| 佘海（生卒年不详） | | | 佘海从个人体验的角度，认为孔子的示梦是促成刘勰创作最为重要的动力之一。 | 佘海序。 |
| 冯允中（生卒年不详） | | | 冯氏肯定了《文心雕龙》对写作的指导作用，更重要的是他强调"施庙堂之资"类的写作才是为"大"，而抒情写物只是为"小"，这种认识与长期以来只重视《文心雕龙》对诗歌创作的指导显然不同。 | 冯允中序。 |
| 屠隆（1543—1605） | 万历五年（1577）进士，三甲一百一十名。 | 字长卿，晚号鸿苞居士。鄞县（今浙江宁波）人。为明中后期复古派"末五子"之一，在诗文、戏曲上均成绩斐然，是当时文坛的领袖人物之一，与沈明臣、余寅、沈一贯并称"甬上四杰"。 | 屠隆所谓"风骨格力"与《文心雕龙》的风骨论颇为相似。《风骨》篇中云"结言端直，则文骨成焉；意气骏爽，则文风清焉"，"若风骨乏采，则骛集翰林；采乏风骨，则雉窜文囿"。屠隆也强调"刚健既实，辉光乃新"的艺术特征。屠隆还从风骨格力的角度出发对韩愈之文以及宋代文章进行了强烈的批评。 | 《文论》。 |

续表

| 姓名 | 科举背景与任职状况 | 人物介绍 | 接受概况 | 表现 |
|---|---|---|---|---|
| 黄佐（1490—1566） | 正德十六年（1521）进士，二甲十一名。选庶吉士，授编修，累擢少詹事。 | 字才伯，号泰泉居士，又号匏斋、香山（今广东中山）人，人称泰泉先生，岭南著名学者，学宗程朱。曾与王守仁辩难铜行合一之旨，为学重博约，博通典礼、乐、律、词、章。著有《论说》《东廒语录》《乐典》《泰泉集》等。还纂有《广东通志》《广西通志》及《广州府志》。 | 《六艺流别》一书以"六艺"统贯诗文，强调后世之文体由六经衍生，受《文心雕龙》的影响明显。 | 他对《文心雕龙》宗经的接受主要体现在《六艺流别》中。《四库全书总目》说："文本于经之论千古不易，特明理致用而言。至刘勰作《文心雕龙》，始以各体分配诸经，指源流所自，其说已涉于臆创。佐更推而衍之，剖析名目殊无所据，固难免于附会牵合也。" |
| 郭子章（1542—1618） | 隆庆五年（1571）进士，三甲二十四名。 | 字相奎，号青螺，泰和（今属江西）人。官至太子少保，兵部尚书。著述丰富，有《易解》《圣门人物志》等。 | 对《谐隐》篇中的隐语，谐语特别关注。对"不得不一致"，并引用刘勰的话来证实，对"有可以无隐者"，则归入俳优之作。 | 《谐语序》、《隐语序》。 |

续表

| 姓名 | 科举背景与任职状况 | 人物介绍 | 接受概况 | 表现 |
|---|---|---|---|---|
| 王骥德（？—1623） | | 明代戏曲作家、曲论家。字伯良，会稽（今浙江绍兴）人。 | 对《文心雕龙》的征引反映出戏曲界对《文心雕龙》的关注。 | 《曲律总论·南北曲第二》："曲有南北，非始今日也。关西胡鸿胪侍《珍珠船》引刘勰《文心雕龙》，谓涂山歌于候人，始为南音；有娀谣乎飞燕，始为北声，及夏甲为东，殷整为西，古四方皆有音。而今歌曲，但统为南北。" |
| 吴讷（1372—1457） | | 字敏德，号思庵。常熟（今属江苏）人。著有《小学集解》《文章辩体》《思庵集》等。 | 在形式上以《文心雕龙》为范例，内容上也大量征引《文心雕龙》中的内容论证自己的观点。 | 《文章辩体》在论述文体起源时，大量引用《文心雕龙》内容。 |
| 王文禄 | 嘉靖十年（1531）举人。 | 字世廉。著有丛书《百陵学山》等。 | 骈散兼宗。 | 《文脉》卷1引用"百龄俎影，千载心在"，卷2在谈论魏晋时期的骈文时特别提及刘勰。 |

续表

| 姓名 | 科举背景与任职状况 | 人物介绍 | 接受概况 | 表现 |
|---|---|---|---|---|
| 王志坚（1576—1633） | 万历三十八年（1610）进士，二甲五十七名。 | 字弱生，更字淑士，另字闻修（一作闻束），江苏太仓人。著有《四六法海》、《古文渎编》等，诗文法唐末，肆志读书，兼通内典。 | 《四六法海》深得《文心雕龙》骈散并重的理念，"《四六法海》一书在骈文批评方面有特殊的贡献。突出的是两个方面：一是选文上非常通达与兼容，没有严格的骈散壁垒，主要是兼容，两持其平"。王志坚骈散并重的观点在书中的选文上有明显的体现。 | 《四六法海》在第十卷选《文心雕龙》之《物色》篇，篇末附录刘勰之介绍。 |
| 董其昌（1555—1636） | 万历十七年（1589）进士，二甲第一名，授翰林院编修，天启时累官至南京礼部尚书，诏加太子太保，致仕。卒谥"文敏"。 | 字玄宰，号思白，香光居士。南直隶松江府华亭（今上海松江）人。著名书画家。与兵部尚书袁可立相友善，以阉党柄权，二公相继请告归，崇祯四年（1631）起故官，掌詹事府事。有《画禅室随笔》《容台文集》《画旨》《画眼》等。书法天成；画集末元诸家之长。 | 对刘勰崇经观十分重视，指出"刘勰文品，首揭宗经"，强调刘勰宗经理论在文学宗经思想中的重要性。 | 在《八大家序》中说："文之有家尚矣，六籍以降，作者代兴，至班固《艺文志》始诠别流类为儒家名法家纵横名杂家，彼其持之有故，言之成理，瑰玮椒诡，自立一堂，言之者之所谓家也，历远识之士，上下千载文章之变，总要黜百家而独有之，当唐末，何居乎者目为大家而行之，云不云乎，六经为群言之祖，而刘勰文品首揭宗经，经之于文也祖。" |

# 参考文献

（北齐）颜之推撰，王利器集解：《〈颜氏家训〉集解》，上海古籍出版社1982年版。
蔡钟翔、黄保真、成复旺：《中国文学理论史》，北京出版社1987年版。
曹道衡：《中古文学史论集》，中华书局1986年版。
查清华：《明代唐诗接受史》，上海古籍出版社2006年版。
陈伯海：《唐诗学史稿》，河北人民出版社2004年版。
陈国球：《明代复古派唐诗论运动》，北京大学出版社2007年版。
陈庆元：《中古文学论稿》，天津人民出版社1992年版。
陈文新：《明代诗学的逻辑演进和主要理论问题》，武汉大学出版社2007年版。
陈文新：《明代诗学》，湖北人民出版社2000年版。
陈寅恪：《金明馆丛稿初编》，生活·读书·新知三联书店2001年版。
陈兆秀：《〈文心雕龙〉术语探析》，台湾文史哲出版社1986年版。
陈正宏：《明代诗文研究史》，上海文化出版社2000年版。
陈钟凡：《中国文学批评史》，中华书局1927年版。
［德］狄尔泰：《人文科学导论》，华夏出版社2000年版。
［德］姚斯、［美］霍拉姆：《接受美学与接受理论》，周宁、金元浦译，辽宁人民出版社1987年版。
邓新华：《中国古代接受诗学》，武汉出版社2000年版。
邓跃新：《明代前中期诗学辨体理论研究》，上海古籍出版社2007年版。
丁福保辑：《历代诗话续编》，中华书局2006年版。
丁锡根：《中国历代小说序跋集》，人民文学出版社1996年版。
丁晓昌、冒志祥：《古代公文研究》，安徽文艺出版社2000年版。
［法］丹纳：《艺术哲学》，傅雷译，人民文学出版社1963年版。

樊宝英、辛刚国：《中国古代文学的创作与接受》，石油大学出版社 1997 年版。
范凤书：《中国私家藏书史》，大象出社 2001 年版。
范文澜：《〈文心雕龙〉注》，人民文学出版社 1962 年版。
方师铎：《传统文学与类书之关系》，天津古籍出版社 1986 年版。
丰家骅：《杨慎评传》，南京大学出版社 1998 年版。
傅璇琮：《唐代科举与文学》，陕西人民出版社 1986 年版。
傅正谷：《中国梦文化》，中国社会科学出版社 1993 年版。
高伯瑜等：《中华谜书集成》，人民日报出版社 1991 年版。
龚鹏程：《晚明思潮》，商务印书馆 2005 年版。
郭绍虞：《清诗话续编》，上海古籍出版社 1983 年版。
郭绍虞：《照隅室古典文学论集》，上海古籍出版社 1983 年版。
郭绍虞：《中国文学批评史》，上海古籍出版社 1979 年版。
郭英德：《中国古代文体学论稿》，北京大学出版社 2005 年版。
（汉）扬雄撰，韩敬注：《法言注》，中华书局 1992 年版。
胡道静：《中国古代的类书》，中华书局 1982 年版。
胡国瑞：《魏晋南北朝文学史》，上海文艺出版社 2004 年版。
黄霖：《〈文心雕龙〉汇评》，上海古籍出版社 2005 年版。
黄侃：《〈文心雕龙〉札记》，中国人民大学出版社 2007 年版。
贾奋然：《六朝文体批评研究》，北京大学出版社 2005 年版。
简锦松：《明代文学批评研究》，台湾学生书局 1989 年版。
姜涛：《〈管子〉新注》，齐鲁书社 2006 年版。
蒋祖怡：《〈文心雕龙〉论丛》，上海古籍出版社 1985 年版。
（晋）陈寿撰，（南朝宋）裴松之注：《三国志》，中华书局 1982 年版。
雷磊：《杨慎诗学研究》，中国社会科学出版社 2006 年版。
李圣华：《晚明诗歌研究》，人民文学出版社 2002 年版。
李砚祖：《装饰之道》，中国人民大学出版社 1993 年版。
李泽厚、刘纲纪：《中国美学史》，中国社会科学出版社 1988 年版。
李中成：《〈文心雕龙〉论析》，台湾大圣书局 1972 年版。
廖可斌：《复古派与明代文学思潮》，文津出版社 1994 年版。
刘海峰：《科举学导论》，华中师范大学出版社 2005 年版。
刘渼：《台湾近五十年〈文心雕龙〉学研究》，台北万卷楼 2001 年版。

刘师培：《中古文学论集》，中国社会科学出版社 1997 年版。
刘师培：《中古文学史讲义》，上海古籍出版社 2000 年版。
刘文英、曹玉田：《梦与中国文化》，人民出版社 2003 年版。
刘小枫：《接受美学译文集》，生活·新知·读书三联书店 1989 年版。
刘跃进：《中古文学文献学》，江苏古籍出版社 1997 年版。
罗根泽：《中国文学批评史》，中华书局 1962 年版。
罗宗强：《魏晋南北朝文学思想史》，中华书局 1966 年版。
骆鸿凯：《〈文选〉学》，中华书局 1989 年版。
［美］威尔伯·施拉姆、［美］威廉·波特：《传播学概论》，新华出版社 1984 年版。
敏泽：《中国文学理论批评史》，人民文学出版社 1982 年版。
（明）胡应麟：《少室山房笔丛》，中华书局 1958 年版。
（明）胡应麟：《诗薮》，上海古籍出版社 1979 年版。
（明）宋濂著，罗月霞主编：《宋濂全集》，浙江古籍出版社 1999 年版。
（明）王骥德：《曲律》，中国戏曲论著集成本。
（明）吴讷、（明）徐师曾：《文章辨体序说　文体明辨序说》，人民文学出版社 1962 年版。
（明）张溥著，殷孟伦注：《汉魏六朝百三家集题辞注》，人民文学出版社 1960 年版。
缪俊杰：《〈文心雕龙〉美学》，文化文艺出版社 1987 年版。
牟世金、陆侃如：《〈文心雕龙〉注》，齐鲁书社 1981 年版。
牟世金：《〈文心雕龙〉研究》，人民文学出版社 1995 年版。
（南朝梁）释慧皎撰，汤用彤校注，汤一玄整理：《高僧传》，中华书局 1992 年版。
（南朝梁）释僧祐撰，苏晋仁校：《出三藏记集》，中华书局 1995 年版。
（南朝梁）萧统编：《文选》，中华书局 1977 年版。
彭亚非：《中国正统文学观念》，社会科学文献出版社 2007 年版。
戚良德：《〈文心雕龙〉学分类索引》，上海古籍出版社 2005 年版。
钱基博：《明代文学》，商务印书馆 1933 年版。
钱志熙：《魏晋诗歌艺术原论》，北京大学出版社 1993 年版。
（清）陈田：《明诗纪事》，上海古籍出版社 1993 年版。
（清）顾炎武：《顾亭林诗文集》，中华书局 1983 年版。

（清）黄宗羲：《明儒学案》，中华书局 2008 年版。
（清）纪晓岚：《纪晓岚评〈文心雕龙〉》，广陵古籍刻印社 1998 年版。
（清）皮锡瑞：《经学历史》，中华书局 2004 年版。
（清）皮锡瑞：《经学通论》，中华书局 2011 年版。
（清）钱谦益：《列朝诗集小传》，上海古籍出版社 2008 年版。
（清）钱谦益：《钱牧斋全集》，上海古籍出版社 2003 年版。
（清）永瑢：《四库全书总目提要》，中华书局 2003 年版。
（清）张廷玉等：《明史》，中华书局 1974 年版。
邱世友：《〈文心雕龙〉探原》，岳麓书社 2007 年版。
［日］户田浩晓：《〈文心雕龙〉研究》，上海古籍出版社 1992 年版。
［日］兴膳宏：《〈文心雕龙〉论文集》，齐鲁书社 1984 年版。
容肇祖：《明代思想史》，上海书店出版社 1990 年版。
尚学锋等：《中国古典文学接受史》，山东教育出版社 2000 年版。
邵子华：《对话诗学——文学阅读与阐释的新视野》，云南大学出版社 2000 年版。
（宋）欧阳修等：《新唐书》，中华书局 1975 年版。
（宋）宋敏求编，洪丕谟等点校：《唐大诏令集》，学林出版社 1992 年版。
（宋）严羽著，郭绍虞校：《沧浪诗话校释》，人民文学出版社 1961 年版。
孙昌武：《佛教与中国文化》，上海人民出版社 2007 年版。
孙琴安：《中国评点文学史》，上海社会科学院出版社 1999 年版。
汤用彤：《汉魏两晋南北朝佛教史》，中华书局 1983 年版。
唐长孺：《魏晋南北朝史论丛》，生活·新知·读书三联书店 1995 年版。
（唐）李百药：《北齐书》，中华书局 1972 年版。
（唐）李延寿：《南史》，中华书局 2007 年版。
（唐）令狐德棻等：《周书》，中华书局 1971 年版。
（唐）魏征等：《隋书》，中华书局 1973 年版。
（唐）姚思廉：《梁书》，中华书局 2006 年版。
陶东风：《文体演变及其文化意味》，云南人民出版社 1999 年版。
童庆炳：《文体与文体的创造》，云南人民出版社 1999 年版。
汪春泓：《〈文心雕龙〉的传播和影响》，学苑出版社 2002 年版。
汪荣祖：《史传通说》，中华书局 1989 年版。
王立群：《〈文选〉成书研究》，商务印书馆 2005 年版。

王利器辑:《历代笑话集》,上海古籍出社1981年版。

王明辉:《胡应麟诗学研究》,学苑出版社2006年版。

王瑶:《中古文学史论》,商务印书馆2011年版。

王元化:《〈文心雕龙〉创作论》,上海古籍出版社1984年版。

王运熙、顾易生主编:《中国文学批评通史》,上海古籍出版社1996年版。

王志彬:《〈文心雕龙〉创作论疏鉴》,内蒙古教育出版社1997年版。

王钟陵:《中国中古诗歌史》,江苏教育出版社1988年版。

王仲荦:《魏晋南北朝史》,上海人民出版社1979年版。

邬国平:《中国古代接受文学与理论》,黑龙江人民出版社2005年版。

吴承学、李光摩:《晚明文学思潮》,湖北教育出版社2002年版。

吴承学:《中国古代文体形态研究》,中山大学出版社2000年版。

吴文治:《宋诗话全编》,江苏古籍出版社1998年版。

徐复观:《两汉思想史》,华东师范大学出版社2004年版。

徐复观:《中国文学精神》,上海书店出版社2004年版。

杨明照:《〈文心雕龙〉校注拾遗》,上海古籍出版社1982年版。

杨明照主编:《〈文心雕龙〉学综览》,上海书店出版社1995年版。

杨乃乔:《东西方比较诗学——悖立与整合》,文化艺术出版社2006年版。

杨绳信:《中国版刻综录》,陕西人民出版社1987年版。

姚明达:《中国目录学史》,上海古籍出版社2005年版。

叶庆炳、邵红编辑:《明代文学批评资料汇编》,台湾成文出版社1979年版。

袁行霈主编:《中国文学史》,高等教育出版社2001年版。

袁咏秋、曾季光主编:《中国历代国家藏书机构及名家藏读叙传选》,北京大学出版1997年版。

袁震宇、刘明今:《明代文学批评史》,上海古籍出版社1996年版。

詹锳:《〈文心雕龙〉义证》,上海古籍出版社1982年版。

张伯伟:《中国古代批评方法研究》,中华书局2002年版。

张少康:《〈文心雕龙〉研究史》,北京大学出版社2001年版。

张少康:《中国文学理论批评发展史》,北京大学出版社1995年版。

张世英:《天人之际——中国哲学的困惑与选择》,人民出版社2006

年版。

张文勋:《〈文心雕龙〉研究史》,云南大学出版社 2001 年版。

章培恒、王靖宇主编:《中国文学评点研究论集》,上海古籍出版社 2002 年版。

赵则诚主编:《中国古代文艺理论辞典》,吉林文史出版社 1984 年版。

中国《文心雕龙》学会编:《〈文心雕龙〉资料汇编》,学苑出版社 2004 年版。

钟涛:《六朝骈文形式及其文化意蕴》,东方出版社 1997 年版。

周维德集校:《全明诗话》,齐鲁书社 2005 年版。

周振甫:《〈文心雕龙〉今译》,中华书局 2007 年版。

朱立元:《接受美学》,上海人民出版社 1989 年版。

朱易安:《中国诗学史·明代卷》,鹭江出版社 2002 年版。

左东岭:《明代心学与诗学》,学苑出版社 2002 年版。

# 后　　记

　　即将步入不惑之年，回首三十余光阴真是弹指一挥间，多年的求学生涯，幸得师长亲友一路相伴，虽然辛苦，却也收获满囊，在博士论文即将付梓之际，猛然想起黄庭坚那句脍炙人口的"桃李春风一杯酒，江湖夜雨十年灯"。十年，人生能有几个十年，它意味着什么？然而，我很庆幸，自读硕士至今的十年，因有春阳的沐浴而一直绚烂。感谢山东大学，从洪家楼校区的图书馆到中心校区的小树林，留下我求学的印记。在这里，我度过学生生涯最美好的时光，人生诸多的美好在这里实现，她见证了我的学业、爱情和婚姻。校园中夏日穿过树荫的阳光是我心中最美的印记。论文终于写完的时候，最大的不舍就是这一片风景以及与这风景相关的我亲爱的老师和同学。于是工作之后的次年，又迫不及待地回到了山大做博士后。十年踪迹十年心，正是这十年之中，山东大学把我生命中的美好留了下来。

　　刘彦和曾言"搦笔和墨，乃始论文"，进入真正的写作阶段才愈发感到治学的艰辛。论文写作伊始正逢孕期，孩子出生三个月后爱人又要离开济南去威海挂职，就是在这无数的辛苦和烦恼中，论文缓慢而又艰难地推进。今天再回忆起那段日子，却又发现曾经的艰难是如此的珍贵。去年，与博士论文相关的一些文章相继发表，同时还获得了一项省社科青年项目，这些便是对这几年辛勤跋涉的回报，也激励着我以坚定的姿态面向自己的学术未来。衷心感谢我的博士导师谭好哲先生，七年前承蒙先生不弃收入门下，我开始了人生中的一个新阶段。先生学养深厚、立身谨重而又处世谦和。论文写作期间，时时督促、多次提出修改建议，倾注了大量心血，先生的教诲，我将永远铭记于心。衷心感谢我的硕士导师郑训佐先生，先生人品高尚、视野广阔，在我读博士期间对我学业仍如同读硕士期间一样关注，先生的谆谆教诲是我在学业上更上一层楼的动力。

伴随着论文撰写和修改的是儿子李润凡的出生和成长。翻阅手稿，偶尔还会发现几页还有他小脚丫的印痕。这不能不使人感慨时间的流逝，那个小小的脚丫今天已经穿起了30码的鞋子。他在两三个月的时候，还拿不起杨明照先生编纂的那本《〈文心雕龙〉校注拾遗》，而今却乐此不疲地制造各种喧闹，当然也能够流利地说出古希腊三贤的名字和《文心雕龙》中的一些句子，还会提出一些诸如"《文心雕龙》的作者为什么是刘勰不是司马迁"之类让我无从回答的问题；有时候会对家里的一种小虫子发生兴趣，并上百度查出小虫子的名字叫"衣鱼"，及其昼伏夜出且并不咬人的特点，然后充满成就感地问我这是不是就是在做研究？他总是盼望长大，向我和先生许诺待他长大之后，给我们买最好的汽车。在他身上，我似乎又看到了那个不到六岁就开始读小学的自己，"生也有涯，无涯唯智"，但愿孩子的理想都能实现。感谢父母，他们为了我的学业倾尽心力，帮助我实现了理想，寸草之心，又如何能报答三春暖阳？感谢公婆对我学业的支持。感谢我的先生，他给了我温暖的家和可爱的儿子。他对我的爱有如阳光，让我的内心变得安定和充满幸福。

2014年5月于济南洪家楼公寓